JENNY SILER
Schnelle Beute

Buch

Es hätte ein ganz einfacher Auftrag für Allie Kerry sein sollen: Eine Diskette holen, sie nach Houston bringen und eine Menge Geld einstreichen. Zwar machte Allie die immense Summe stutzig, die ihr der Job einbringen sollte, doch die Chance auf einige Jahre sorgenfreies Leben lassen sie jede Vorsicht vergessen. Als sie herausfindet, daß die Diskette Beweise für illegale Drogengeschäfte der CIA während des Vietnamkriegs liefert, werden ihr die Zusammenhänge allerdings schnell klar. Und ihr bleibt nur ein Ausweg: die Flucht. Bei Mark, einem Freund aus Kindertagen, findet sie zunächst Unterschlupf – doch die Killer sind ihr längst auf den Fersen. Sie töten Mark, durchsuchen seine Wohnung, und nur in letzter Sekunde gelingt es Allie, ihnen mit der Diskette zu entwischen. Als sich herausstellt, daß sie auch ihrem ursprünglichen Auftraggeber nicht mehr vertrauen kann, ist sie völlig auf sich allein gestellt. Sie hat nur eine Chance: die Rolle von Jäger und Gejagtem zu vertauschen...

Autorin

Schnelle Beute ist der Debütroman der 28-jährigen Autorin, die vor ihrem gefeierten Erstling unter anderem als Gabelstapler-Fahrerin, Möbelpackerin, Tutorin für taube Schüler und Barmixerin gearbeitet hat. Heute gilt sie neben Kathy Reichs als größtes Talent unter Amerikas weiblichen Thriller-Autoren. Jenny Silers zweiter Roman *Auf dünnem Eis* ist bei Goldmann in Vorbereitung.

Jenny Siler
Schnelle Beute

Roman

Aus dem Amerikanischen
von Kristian Lutze

GOLDMANN

Die Originalausgabe erschien 1999
unter dem Titel »Easy Money«
bei Henry Holt and Company, New York.

Umwelthinweis:
Alle bedruckten Materialien dieses Taschenbuches
sind chlorfrei und umweltschonend.

Taschenbuchausgabe Juli 2001
Copyright © der Originalausgabe 1998
by Jenny Siler
Copyrigth © der deutschsprachigen Ausgabe 1998
by Wilhelm Goldmann Verlag, München,
in der Verlagsgruppe Random House GmbH
Umschlaggestaltung: Design Team München
Umschlagfoto: A. Schmitz-Maszil
Druck: Elsnerdruck, Berlin
Verlagsnummer: 44996
JE · Herstellung: Sebastian Strohmaier
Made in Germany
ISBN 3-442-44996-0
www.goldmann-verlag.de

1 3 5 7 9 10 8 6 4 2

Zuerst war es nur ein elfenbeinfarbener Schimmer unter der Erdkruste, die verschmierte Oberfläche eines einzelnen Zahns, den ein Farmer mit seiner rostigen Schaufel freigelegt hatte. Dann tauchte ein Schuh auf, das Leder war bereits brüchig und die Ösen mit Lehm verdreckt. Und jetzt sah man die spinnenartigen Umrisse einer Hand, die Fingerknochen lagen locker auf der Rundung eines Armgelenks. Als schließlich das ganze Gerippe geborgen wurde, fiel es in sich zusammen wie ein schlafender Mensch, der sich zusammenkuschelt, um sich zu wärmen.

David Callum sah die Skelette immer noch, sobald er nur die Augen schloß. Er malte sich aus, wie ihre Gesichter mit dem schlaffen Kiefer in die gleißende Hitze gezerrt wurden, um sie herum der Lärm, das Stoßen und Stampfen der Maschinen, die sie an die Oberfläche brachten.

Callum riß die Augen auf und schaute zum Fenster hinaus, um die Schreckensbilder abzuschütteln. Seine Hand lag auf dem Fensterbrett, die Knöchel vor Abnutzung geschwollen und die Haut mit braunen Altersflecken gesprenkelt.

Der Herbst, dachte David Callum, als er aus dem Fenster seines Arbeitszimmers blickte, naht unwiderruflich. Eine Böe wehte durch den Vorgarten und rollte durch das hohe Gras wie eine Welle, wie die leiseste Andeutung von Kraft. Der Tag war stürmisch gewesen, und doch hatte sich die Sonne immer wieder durchgesetzt. Jetzt wich der Nachmittag einer frühen Dämmerung. Ein paar Herbstkrokusse blühten verstreut um die Wurzeln einer Kiefer herum, und die weißen Blumen schimmerten wie funkelnde Perlen in dem stahlgrauen Licht.

Er wußte, es gab einen bestimmten Ausdruck für dieses intensive Leuchten, das dem Blütenblatt einen phosphoreszierenden Schimmer verlieh. Das Phänomen hatte etwas mit der Diffusion des Lichts zu tun, mit der sonderbaren Brechung der Sonnenstrahlen, die dafür sorgte, daß einem die Farben ins Auge sprangen. Callum konzentrierte sich, um den Begriff zu finden. In letzter Zeit hatte seine Fähigkeit, sich an solche Dinge zu erinnern, nachgelassen. Wie die leuchtenden Krokusse im Zwielicht blitzten gewisse Worte oder Ereignisse im Dunkel seiner Erinnerung auf, während andere im Schatten verblaßten.

Er dachte an ein Kleefeld direkt nach Sonnenuntergang, das wie tausend strahlende Augen in der blauen Dämmerung funkelte. Es erstaunte ihn, wie die Momentaufnahmen aus dem Nichts aufblitzten. Als er vorher am Waschbecken in der Küche gestanden hatte, um sich ein Glas Wasser zu holen, war er unvermittelt in seine Kindheit zurückversetzt worden. Er war wieder dreizehn und schaukelte an einem dicken Seil über der grünen Oberfläche eines Teiches. Er spürte das rauhe Seil in seiner Handfläche, die Sekunde der Schwerelosigkeit, als sein Körper den äußersten Punkt des Pendelschwungs erreichte, die Euphorie des Loslassens und den langen Fall durch die Luft. Und er erinnerte sich an die Stimme einige Tage zuvor, das unheilvolle statische Rauschen in der Telefonleitung, in dem die große Unerfülltheit seines Lebens mitanzuklingen schien. Ich dachte, es würde Sie interessieren, hatte die Stimme gesagt.

Irgendwann wird es doch herauskommen.

Wer weiß etwas darüber? *hatte Callum gefragt.*

Nur die Männer vom Einsatzkommando und ein paar Leute bei der CIA.

Und die Presse weiß noch nichts?

Nein, aber sie wird Wind davon bekommen. Was haben Sie jetzt vor?

Ich weiß noch nicht. Vielleicht brauche ich Ihre Hilfe.

Sie können auf mich zählen.

Ich rufe Sie an.

Dann war die Leitung tot gewesen, und er hatte nur noch gehört, wie Patricia durch die Küche ging, als der Wasserkessel schrill zu pfeifen begann.

Callum wandte sich vom Fenster ab. Auf der anderen Seite des Arbeitszimmers hob Charlie, sein Golden Retriever, verschlafen den Kopf aus einem Flecken warmen Sonnenlichts und öffnete sein Maul zu einem breiten Gähnen.

Trotz des wolkenverhangenen Himmels war es für einen Novembertag recht warm gewesen. Doch jetzt wehte vom Wasser eine kalte Brise herüber und fegte durch das alte Haus. Callum hörte das leise Knirschen von Reifen auf der Kiesauffahrt vor dem Haus. Charlie stand auf und trottete mit wild wedelndem Schwanz auf Callum zu.

»Wie war dein Mittagsschlaf, alter Junge?« fragte Callum und kraulte den breiten Kopf des Hundes.

Das Auto kam näher und hielt an. Callum öffnete die oberste Schreibtischschublade und zog eine kleine Diskette hervor. Eine Wagentür schlug zu, und schwere Schritte polterten auf den Dielen der Verandatreppe. Callum ging nach unten ins Wohnzimmer. Das gewohnte Klimpern von Charlies Halsband folgte ihm. Durch das feine Drahtgeflecht des Fliegengitters sah er die Gestalt eines jungen Mannes, der eine Tüte mit Lebensmitteln hielt. In der Einfahrt parkte ein Lieferwagen, auf dem in fetten Lettern SUQUAMISCH MARKET geschrieben stand. Callum lächelte, öffnete den schmalen Riegel und trat auf die Veranda.

»Hier ist die Bestellung, die Sie heute morgen telefonisch durchgegeben haben.« Der junge Mann lächelte. »Ich fürchte, wir haben keinen Ahi mehr, deswegen habe ich einen kleinen Blaufisch dazugetan. Aber sonst habe ich alles.«

»Ist in Ordnung«, nickte Callum. »Was schulde ich Ihnen?«

»Siebenundzwanzig fünfzig, Sir.«

Callum griff in seine Tasche und zog drei Zehndollarscheine hervor.

Er drückte dem jungen Mann das Geld und die Diskette in die Hand und nahm ihm die Tüte mit den Lebensmitteln ab.

»Der Rest ist für Sie.«

»Danke, Sir.« Er nahm das Geld und steckte es in seine Hosentasche.

»Und Sie haben niemandem etwas gesagt?«

»Keiner Menschenseele. Mein Chef glaubt, daß ich hier draußen ein bißchen Angeln gegangen bin. Es kann nichts schiefgehen.«

»Danke«, sagte Callum.

Der junge Mann winkte und sprang die Stufen hinunter. Wieder war die Sonne durch einen Riß in der Wolkendecke gebrochen. Sie stand tief am Himmel und tauchte die Umgebung in ein grell orangefarbenes Licht. Callum hörte, wie der Motor dröhnend ansprang und die Räder lose Steinchen in der Auffahrt aufwirbelten. Er sah der glänzenden Stoßstange nach.

»Komm, Charlie«, sagte Callum leise. Er hielt die Fliegengittertür auf und folgte dem Hund zurück ins Haus.

In der Küche stellte Callum die Lebensmittel behutsam auf den Tresen und starrte eine Weile aus den breiten Fenstern über dem Waschbecken. Hinter dem Garten spiegelte sich die gleißende Abendsonne in der glatten Oberfläche des Puget Sunds. Graugänse schwammen und tauchten nahe dem Ufer im Wasser, ihre kehligen Schreie hallten über die von Krebsen bevölkerte Böschung. Im dichten Wald am gegenüberliegenden Ufer der Bucht wich das Licht allmählich dem Schatten. Priele und Strudel bewegten sich langsam mit den Gezeiten. Am Ende der Bucht erstrahlten die Lichter der Skyline von Seattle. Im Osten der Stadt erhoben sich in der Ferne die schneebedeckten Gipfel und Felswände der Cascades wie eine Theaterkulisse.

Schließlich wandte sich Callum vom Fenster ab, um die Lebensmittel ordentlich zu verstauen. Er wickelte den kleinen Blaufisch aus dem sauberen weißen Papier und strich mit den Fingern über die rauhen Flossen und die glänzende Wölbung seiner Augen. Er öffnete den

Bauch des Fisches, fuhr mit einem scharfen Messer zwischen den Gräten und dem weißen Fleisch entlang und filetierte den Fisch mit ein paar geübten Bewegungen.

Den ausgenommenen Blaufisch legte Callum behutsam in eine flache gläserne Backform. Für die Füllung schnitt er eine Orange, eine Limone und eine Gemüsezwiebel in hauchdünne Scheiben und zerdrückte eine Knoblauchzehe. Er rieb die Schuppen mit Olivenöl, frisch gemahlenem Pfeffer und Weißwein ein, bedeckte die Schüssel und stellte sie in den Kühlschrank. Dann deckte er den Tisch auf der verglasten Veranda: eine saubere Leinenserviette, Messer und Gabel aus Silber und ein Weinglas mit dünnem Stiel.

Von der Veranda konnte Callum die dämmrigen Konturen des Gartens erkennen. Die bunten Sommerblumen seiner Frau waren verwelkt; an den Rhododendronbüschen hingen nur noch Blütenreste, die bräunlichen Dahlien ließen die schweren Köpfe hängen. Jenseits des Gartens, wo das Gelände zum Ufer hin abfiel, erhoben sich aus dem Schilf die schwarzen Umrisse langbeiniger Wasservögel, die vom Ufer ins Wasser staksten, um sich ihr eigenes Abendessen zu fischen.

Und er konnte sich selbst im spiegelnden Fenster erkennen, seine Konturen, die wenigen grauen Haare, sein fülliges Kinn. Er folgte den scharfen Linien seiner Adern, sah die Altersflecken. Er schloß die Augen und sah die kräftigen Beine seiner Frau beim Gehen vor sich. Obwohl er Bilder von ihnen beiden betrachten und mit Gewißheit feststellen konnte, daß sie mit ihm gealtert war, stellte er sich stets vor, daß Patricia in einer Art magischem Raum ewiger Jugend lebte.

Es kann nichts schiefgehen. Die Worte des Jungen dröhnten in seinen Ohren. Er dachte an die Briefe, die er Patricia aus Italien geschrieben hatte, an die Anrufe. Es war dieselbe Panik, dieselbe Angst. Es konnte immer irgend etwas schiefgehen. Immer. Im Haus war es totenstill, man hörte nichts außer dem entfernten Brummen des Kühlschranks und den gelegentlichen Lauten, die Charlie im Wohnzimmer von sich gab.

Callum holte seine Jogginghose, seine Windjacke und sein altes Columbia-Sweatshirt aus dem Badezimmer. Er zog seine Jeans und seinen Pullover aus und wechselte in seine Ruderkleidung. Dann ließ er Charlie durch die Hintertür hinaus und beobachtete, wie der Hund schnüffelnd durch den herbstlichen Garten zum Ufer lief. Als er selbst über die feuchte Wiese ging, hörte er, wie der Retriever im Wasser plantschte.

Callum war ein Mann, der sein Leben lang versucht hatte, alles Vorhersehbare zu meiden. Er kannte die Gefahren der Routine und hatte Jahre gebraucht, sich an den Luxus einer Routine zu gewöhnen. Und zu diesem Luxus gehörte sein abendliches Rudern. Doch jetzt, wo die alten Bedrohungen wiederauftauchten, war Callum sich seiner Verwundbarkeit schmerzhaft bewußt. Gewohnheiten ließen sich leicht verfolgen, sie machten ihn zu einem leichten Ziel.

»Charlie!« rief er. Der Hund tauchte aus dem Schatten auf und lief wieder davon. Callum beobachtete, wie das gelbe Hinterteil des Hundes im dichten Wald verschwand. Sie könnten dort draußen sein und ihn beobachten, dachte er, ihm geräuschlos näherkommen auf einem herbstlichen Teppich aus Lehm, feuchten Blättern und Kiefernadeln. Und wenn, was würden sie sehen? Einen alten Mann und seinen Hund; einen Narren, unbewaffnet und blind wie König Lear.

Callum ging am Ufer entlang bis zu der kleinen Holzhütte, die er für sein Skullboot gebaut hatte. Ein einsames Licht beleuchtete den Holzsteg. Er öffnete das Vorhängeschloß, trat in das Bootshaus, schaltete eine von der Decke hängende nackte Glühbirne ein und hob das Boot behutsam von der Halterung an der Wand auf seine Schultern. Vorsichtig betrat er den Steg, ließ das Skullboot zu Wasser und vertäute es am Steg.

Patricia hatte ihn oft gescholten, weil er im Dunkeln ruderte, aber Callum hatte ihr jedesmal versichert, daß das völlig ungefährlich sei. Er hatte an Bug und Heck sogar zwei kleine Lämpchen angebracht, damit man ihn in den Wintermonaten sehen konnte. Callum ging zurück ins Bootshaus, um ein Paar Ruder zu holen, und schaltete das

Licht aus. Irgendwo am Ufer klimperte Charlies Halsband. Auf der anderen Seite des Sunds war der Mond aufgegangen. Er hing groß und niedrig über der erleuchteten Skyline von Seattle. Das letzte Licht der Dämmerung schimmerte über der Bucht. Callum schob die Ruder in ihre Riemen und stieg vorsichtig in den Skuller. Er machte die Bug- und Heckleine los und stieß das kleine Boot vom Steg ab.

Callum tauchte die Ruderblätter ein und zog sie gleichmäßig durch das Wasser. Er genoß es, lautlos über die Bucht zu gleiten und dabei allein der Kraft seiner eigenen Bewegungen zu vertrauen.

Während er nun das Tempo steigerte und seinen Rhythmus fand, beobachtete er, wie der Mond mit zunehmender Höhe immer kleiner wurde. Er dachte daran, wie er einmal den Vollmond über Italien gesehen hatte, damals, im Krieg. »Der gute Krieg«, wie sie ihn genannt hatten. Während seine Beine vor- und zurückschnellten, dachte er daran, wie er im verdunkelten Bauch des Flugzeugs gesessen und dem Brummen der Motoren gelauscht hatte, während sie an Höhe gewannen. Mit ihm warteten drei weitere Männer auf den Absprung, alle rauchten Pall-Mall-Zigaretten und scherzten nervös miteinander.

Später in Südamerika, Korea und Vietnam war es anders gewesen. Die Kriege, in denen sie gekämpft hatten, hatten sich verändert, die Art zu kämpfen, die Rechtfertigung. Doch als sie in jener Nacht über Italien die Luke öffneten, sahen sie alle den Mond, der tief über der Landschaft hing; als ihm das kalte Rauschen des freien Falls entgegenschlug, hatte er sich wie von Gott verstoßen gefühlt.

Er war jetzt auf halbem Weg die Bucht hinunter. Ein feines Rinnsal von Schweißtropfen sickerte ihm zwischen seinen Schulterblättern den Rücken hinunter. Er hörte das Plätschern der Ruder und das Surren des Sitzes, wenn er sich vor und zurück bewegte. Die Lichter am Bug und Heck schimmerten matt über dem Wasser. Es war heute nachmittag so einfach gewesen, die kleine Scheibe zu überreichen.

Callum umrundete die Krümmung der Bucht und wendete sein Skullboot heimwärts. Sein kondensierter Atem hing im Licht des Hecklämpchens. Er dachte an Patricia, die in New York ihre Schwe-

ster besuchte, und daran, wie sie miteinander schlafen würden, wenn sie nach Hause käme. Ob sie im Flugzeug sein Lieblingskleid tragen würde, das mit den kleinen blauen Blumen und dem blaßrosa Kragen? Er dachte an die schmale Knopfleiste auf dem Rücken des Kleides und an die Freude, jeden Knopf einzeln zu öffnen und zu sehen, wie Patricias Wirbelsäule unter dem dünnen Stoff sichtbar wurde. Die Zeit, die mir noch bleibt, dachte er, gehört ihr; ich habe nichts mehr zu vergeuden.

Callum spürte mit jedem Zug, den sein fünfundsiebzigjähriger Körper tat, die Kraft des Zwanzigjährigen, der er einmal gewesen war. Er spürte, wie die Diskette aus seinen Händen glitt, wie der Fallschirm sich öffnete und ihm das Flickenmuster der italienischen Landschaft entgegenkam, um ihn aufzufangen.

In der Ferne konnte Callum durch den Wald das Licht seines Hauses und die Lampe am Bootshaus erkennen. Als er die Ruder für einen kurzen Sprint nach Hause ins Wasser tauchte, spürte er, daß etwas am landseitigen Ruder zerrte. Die lähmende Angst, die er vorher verspürt hatte, verschwand, und er hielt das Ruder langsam an. Eine Krabbenfalle, dachte er, als er das Ruder einzog und über seinen Schoß legte. Er strich mit der Hand über den glatten Hals und suchte nach der Leine, die er entwirren mußte. Aber er spürte nichts als glattes Holz.

Er blickte an dem Hecklämpchen vorbei aufs Wasser. Kaum merklich tauchte das schimmernde Gesicht eines Mannes aus den kleinen Wellen. Kreise breiteten sich über die Wasseroberfläche. Eine behandschuhte Hand packte die Wand des Boots, und kaltes Wasser umspülte Callums Beine. Einen Moment lang rang er mit dem Mann und klammerte sich an den leeren Ruderriemen an der Seite des Bootes.

Die Strömung riß an seinen Füßen, und er erinnerte sich daran, wie sein Körper gut sechzig Jahre zuvor in das grüne Dunkel eines Teichs getaucht war. Er spürte die glitschigen Steine unter seinen Zehen, den Schlamm, weich wie Maisflaum, die Flossen eines Barschs, der seine Haut streifte, die Kraft in seinen Beinen, als er sich hinauf in den goldenen Sommernachmittag schwang. Und bevor ihn der trübe Schleier der Bewußtlosigkeit übermannte, dachte er ein letztes Mal an die Diskette, eine Insel der Wahrheit inmitten eines Meeres von Lügen. Und er wußte, sie hatten nicht gewonnen.

- 1 -

Als mein Vater zum ersten Mal starb, war ich zwölf Jahre alt. Er stürzte betrunken im Hinterhof der Kneipe, die er zusammen mit seinem besten Freund in Key West, Florida besaß, schlug mit dem Kopf gegen die Regenrinne und hörte auf zu atmen. Wahrscheinlich hätte er die ganze Nacht in der stinkenden Pfütze aus regendurchnäßtem Müll und eigenem Erbrochenen gelegen, wenn sein mexikanischer Koch José ihn nicht gefunden hätte, als Futter für die Kakerlaken und Baumratten, die die Insel bevölkern. Doch José wischte die Galle aus dem Mund meines Vaters, schlug ihm auf die Brust und blies ihm in die Lungen, bis er stockend wieder zu atmen begann.

Jeder andere Mensch hätte sich diese Erfahrung vielleicht zu Herzen genommen, mit dem Trinken aufgehört und wäre auf dem richtigen Weg geblieben. Doch mein Vater dachte gar nicht daran, sein Leben zu ändern. Ich persönlich glaube nicht an den Tunnel aus Licht, an Jesus oder daran, daß deine Oma dich heimruft, wenn du stirbst. Als mein Vater dem Tod ins Auge gesehen hat und dort nur eine unendliche Leere erkannte, dachte er sich wahrscheinlich, was soll's, solange ich es noch kann, lebe ich einfach auf Teufel komm raus.

An jenem Abend brachte der beste Freund und Geschäftspartner meines Vaters, Cyrus, ihn nach Hause. Ihr Streit vor dem Haus weckte mich auf, und ich stand auf dem Balkon unseres abbruchreifen Hauses im Schatten der Königspalmen und lauschte ihren gedämpften Stimmen. Es war ein schwüler Sommerabend, und ich lehnte mich an das kühle Holz der Fassade.

Über die Bretter zu meinen Füßen huschten die glitzernden Rücken von Insekten.

»Hast du an Allie gedacht?« fragte Cyrus. »Hast du daran gedacht, was aus ihr wird, wenn du nicht mehr da bist?« Meine Mutter war acht Jahre zuvor gestorben, und mir wurde damals schlagartig bewußt, wie schnell es passieren konnte, ganz allein zu sein.

»Allie wird sich immer um sich selbst kümmern können, sie ist schließlich meine Tochter,« lallte mein Vater.

»Vergiß nicht, Joe, du bist heute abend gestorben.« Ich konnte den Abscheu in Cyrus' Stimme hören und seine Schritte, die in der feuchten Nacht verklangen.

Ich kroch an den Rand des Balkons und reckte meinen Hals über das Seitengeländer. Im Hochsommer ist die Luft in Key West so feucht, daß das Licht auf eine ganz eigene Art schimmert, so ähnlich wie Straßenlaternen im Nebel, aber weicher, subtiler, so daß das bißchen Licht von Laternen oder vorbeifahrenden Autos sich zu zersetzen und in allem zu spiegeln scheint. In diesem Licht sah ich vom Balkon aus meinen Vater.

Er kramte mit übertriebener Vorsicht Zigaretten und Feuerzeug aus seiner Tasche und fluchte, als er sie doch auf den Boden fallen ließ. Er bückte sich, um sie aufzuheben, und ich sah seine gekrümmten Schultern und seinen verwundbaren Nacken. Als er die Zigaretten gefunden hatte, richtete er sich auf und taumelte zu der kleinen, eisernen Bank, die wir im Vorgarten stehen hatten. Schwerfällig ließ er sich darauf fallen. Ich hörte das Klicken seines Feuerzeugs, und kurz darauf zeichneten sich die Konturen seines Gesichts von der hellen Butanflamme ab.

Ich blieb lange auf dem Balkon, während über mir die Baumratten durch das dichte Blattwerk der Feigen- und Flammenbäume huschten. Mein Vater rauchte eine nach der anderen, ich sah die rote Glut aufleuchten, wenn er inhalierte. Am nächsten Morgen fand ich ihn schlafend auf dem Sofa und machte ihm einen starken kubanischen Kaffee und Toast. Mein Vater und ich haben nie über jene Nacht gesprochen, obwohl er ahnte, daß ich alles wußte.

Er hat nie aufgehört zu trinken. Selbst in Key West, einer Stadt voller Säufer, war er berüchtigt. Bevor ich mein Studium geschmissen habe und am College noch eine feste Adresse hatte, hat er mir stolz einen Ausschnitt aus dem *Key West Citizen* geschickt. Er war eines Nachts verhaftet worden: »Polizei arretiert betrunkenen Radfahrer, der auf einer Straße nach Hause schwimmen wollte, die er fluchend für seine wiederholten Stürze verantwortlich machte.« Ich kann ihn mir lebhaft vorstellen, den Bauch auf dem trockenen Asphalt, die Arme hilflos rudernd, während er verzweifelt versucht, seinen Körper durch die Luft zu bewegen.

Mein Vater stammt aus einer irischen Einwandererfamilie. Seine Herkunft könnte einen Teil des Stolzes erklären, den er beim Saufen empfand. Er ist in Brooklyn aufgewachsen, nach Florida sind wir erst nach dem Tod meiner Mutter gezogen. Ich war noch zu jung, als sie starb, um irgendeine konkrete Vorstellung von ihr zu haben. Mir blieb nur eine unendliche, schattenhafte Erinnerung von Gerüchen und Bewegungen, die nie so real waren, daß ich meine Mutter vermissen könnte. Sie ist wie ein seltsames Wesen, dessen Existenz zweifelhaft ist. Manchmal taucht sie kurz auf, ein Parfümduft in einer Menschenmenge, die Art, wie einer Fremden die Haare in das Gesicht fallen.

Sie haben mich Alison Jana Kerry genannt, aber niemand nennt mich Alison. Deshalb wußte ich, daß irgendwas Gravierendes geschehen sein mußte, als Cyrus mich vor zwei Tagen von den Keys anrief und mit ernster Stimme sagte: »Alison, ich habe eine schlechte Nachricht für dich.« Fünfzehn Jahre, nachdem er zum ersten Mal gestorben war, werden wir meinen Vater endlich begraben.

Jetzt liege ich im Bett und wünsche mir, daß es draußen kalt und naß ist. Es gibt nichts, was ich mehr hasse als Sonnenschein, wenn ich verkatert bin. Ich habe nicht mal gewartet, bis Cyrus mir erzählen konnte, wie es passiert war. »Danke für den Anruf«, sagte ich und legte auf. Ich ging runter auf die Straße zum nächsten Schnapsladen, wo ich mir eine Flasche Wild Turkey kaufte. In dem schmuddeligen kleinen Hotelzimmer, das ich mir am Stadtrand von Oakland gemietet hatte, fing ich dann einfach an zu trinken. Als Joe anrief, war ich schon zu angeschickert, um seinen Vorschlag abzulehnen.

Durch die Schlitze der dreckigen Jalousie kann man helle, tiefhängende Nebelwolken erkennen. Der bläuliche Dunst verbreitet einen seltsamen Staub, und zuerst denke ich, daß es geschneit hat. Dann fällt mir ein, daß es erst Anfang November ist und es in dieser Gegend ohnehin fast nie schneit. Was für ein Glück, denke ich und ziehe die dünne Chenille-Decke bis unter mein Kinn. Aus dem Nebenzimmer dringt das gedämpfte Rumpeln eines Bettrahmens, der gegen die Wand stößt, begleitet vom rhythmischen Quietschen von Sprungfedern. Ich strecke die Hand aus und streiche über das zerwühlte Laken neben mir. Bevor ich morgens aufwache und mich bewege, gibt es immer wieder diese schrecklichen Momente, in denen ich nicht weiß, wo ich bin oder wer mit offenem Mund neben mir schläft. Heute ist es besser: Ich weiß, daß ich irgendwo außerhalb von Seattle, Washington bin, und zwar allein.

Im Nebenzimmer ist es still geworden. Jetzt höre ich nur noch das Gluckern in den Wasserrohren und den Regen, der gegen das Fenster prasselt. Ich streiche mit dem Finger über die genoppten Rippen des Überwurfs. In meinem Kopf pulsiert es, jede Bewegung verursacht einen stechenden Schmerz. Ich fahre mit der Zunge über meine trockenen Lippen und schmecke den Whiskey von gestern abend. Die leuchtenden roten Zahlen auf dem Wecker zeigen 10.07 an. Ich sollte längst weg sein. Wenn ich mich nach Cyrus' Anruf gleich auf den Weg gemacht hätte, wäre ich inzwischen schon fast in Florida. Im Stillen verfluche ich mich dafür, daß ich für heute abend dieses Treffen mit Joey vereinbart habe, aber dann fällt mir ein, wie dringend ich das Geld gebrauchen könnte.

Schnell verdientes Geld, darauf hoffen doch alle. Wir sind wie zwanghafte Spieler, die darauf warten, daß ein eins zu tausend gewettetes Pferd als erstes über die Ziellinie schießt. Wir wollen alle den großen Job, die Tour, mit der wir uns zur Ruhe setzen können. So viel Geld könnte meinem Leben eine Richtung geben oder mir zumindest eine Pause verschaffen, in der ich meine Gedanken ordnen könnte.

Ich werfe das Laken zurück und versuche aufzustehen. Ich stolpere zum Waschbecken und greife nach einem Aspirin, das ich hastig mit Leitungswasser herunterspüle. Das Wasser ist kalt und schmeckt ein bißchen nach Rost. Ich steige unter die Dusche und lasse das brühendheiße Wasser eine Weile auf meinen Körper prasseln. Ich muß andauernd an das Geld denken. Wenn ich es nicht so dringend bräuchte, wäre ich schon längst abgehauen. Joey würde einen anderen Kurier für das Päckchen finden, und ich wäre einen Tag früher in Florida, vielleicht gerade noch rechtzeitig zur Beerdigung.

Nach der Dusche fühle ich mich besser. Meine Kopfschmerzen sind fast weg, aber ich brauche Kaffee. Ich wickele eines dieser billigen weißen Hotelhandtücher um meinen Körper und gehe zurück ins Schlafzimmer. Noch immer kann ich mich nicht mit Gewißheit daran erinnern, ob ich Joey gesagt habe, daß ich das Päckchen überbringen würde. In meiner Handtasche krame ich nach meinem Handy, wähle Joeys Nummer und warte.

»Ja.«

»Joey, ich bin's, Allie.«

»Allie, Baby. Ich hab mir Sorgen um dich gemacht.«

»Ja, sicher«, erwidere ich sarkastisch. Ich kann eigentlich nicht sagen, daß Joey je mein Freund gewesen wäre. Bevor ich clean geworden bin, haben wir miteinander geschlafen. Jetzt kann ich den Umgang mit ihm nur ertragen, weil er mir wirklich gute Touren verschafft.

»Nein, wirklich. Das mit deinem Dad tut mir leid. Er war ein guter Typ, wirklich. Du weißt, daß ich ihn immer gemocht habe.«

Joeys Vater kannte meinen Vater, lange bevor Joey und ich uns getroffen haben. In den späten Siebzigern waren sie beide im gleichen Geschäft und haben plattenweise Dope von den Keys die Küste hinaufgeschifft.

»Ich weiß«, sage ich.

»Wie auch immer, Al. Es tut mir leid.«

»Läuft die Sache noch?« frage ich. Ich will nicht über meinen Vater reden; im Moment interessiert mich das Geld.

»Hör zu, Baby, das ist echt leichtverdientes Geld, genau wie ich es dir gesagt habe. Du mußt nur heute abend diesen Typ treffen. Du fährst gegen sechs zu dieser Bar in Bremerton, das Nightshift. Es gibt dort Billardtische und Musik. Der Typ weiß, wer du bist. Du parkst den Wagen auf dem Parkplatz im Hinterhof und gehst rein. Du spielst ein, zwei Partien Billard und bestellst dir einen Cocktail. Ganz leicht, stimmt's?«

Joeys Stimme klingt unbeschwert wie immer, wenn er mir seine Anweisungen gibt. Für ihn wird sich wohl nie etwas ändern.

»Ja, Joey«, sage ich, »ganz leicht.«

»Okay, du redest nicht mit dem Typen. Du brauchst nichts über ihn zu wissen. Du hängst eine Weile in der Bar rum wie ein nettes Mädchen, das allein ist und das ein bißchen Spaß haben will. Er wird dich finden und das Paket bei sich haben.«

»Du wartest ungefähr eine Stunde. Laß ihm ein bißchen Zeit. Dann gehst du wieder zu deinem Auto und fährst weg. Das Geld kriegst du, wenn du das Paket übergibst.«

»Alles«, sage ich ungerührt, »sonst liefer ich nicht.«

»Hey, weißt du, mit wem du redest, Baby? Ich bin's, Joey. Natürlich kriegst du das Geld.«

»Joey«, sage ich und überlege einen Moment.

»Ja, Al.«

»Es ist nicht das Übliche, oder? Ich meine, kein vernünftiger Mensch zahlt soviel für eine normale Tour.«

Joey sagt eine Weile nichts. Dann fährt er einfach fort: »Wie ich dir gestern gesagt habe, die Übergabe findet irgendwo außerhalb von Houston statt. Mit dem Paket bekommst du eine Kontaktnummer. Wenn du weißt, daß du alles hast, hältst du an der nächsten Telefonzelle und rufst mich an, nur damit ich Bescheid weiß, daß alles glatt gegangen ist. Ruf die Kontaktnummer erst an, wenn du in Houston bist. Dort erfährst du den genauen Treffpunkt. Zwei Anrufe, Allie, das ist alles.«

»Zwei Anrufe«, wiederhole ich. Ich bin nicht gerade scharf darauf, mit meinen Kunden am Telefon zu plaudern. Genaugenommen rede ich am liebsten gar nicht mit ihnen.

»Es ist genau wie jede andere Tour, die du fährst«, sagt Joey mit aalglatter Stimme.

»Ich melde mich.«

Ich lege das Telefon neben mir aufs Bett und klopfe eine Zigarette aus der Packung auf dem Nachttisch. Mein Blick fällt auf mein düsteres Ebenbild in dem Spiegel an der Wand gegenüber. Ein Lichtstreifen fällt durch die offene Badezimmertür und legt sich über den matt orangefarbenen Teppich. Ich zünde die Zigarette an und verfolge im Spiegel, wie sich langsam der Qualm ausbreitet. Meine Haare sind noch naß; sie hängen in dunklen ungleichmäßigen Locken auf meine nackten Schultern.

»Genau wie jede andere Tour«, sage ich zu mir selbst im Spiegel. Ich beobachte, wie meine Lippen die Silben formen und sich mit der Bewegung die Muskeln in meinem Gesicht verändern.

Normalerweise ist es wirklich schnelles und leichtverdientes Geld. Joe ruft mich an oder Michael oder einer von den anderen. Meistens weiß ich nicht mal, was ich da durch die Gegend fahre, und eigentlich will ich es auch gar nicht wissen. Ich soll auf keinen Fall Fragen stellen. Manchmal ist es Smack, manchmal Koks oder ganz frisches Marihuana. Oder es sind ganz andere Päckchen. Wie heute abend. Ich habe kein richtiges Zuhause. Wenn ich keine Touren fahre, wohne ich auf den Keys bei meinem Vater und Cyrus oder besuche Freunde. Manchmal fahre ich auch einfach nur rum. Das mache ich jetzt seit sieben Jahren, mich einfach treiben lassen, seit meinem zweiten Jahr auf dem College.

Als ich achtzehn war, habe ich die Keys mit einem Stipendium für die New York University verlassen. Ich hatte eine kleine Wohnung in Brooklyn und einen Job als Kellnerin in einer Bar in Alphabet City, auf der anderen Seite des Flusses. Dort habe ich auch Joey zum ersten Mal getroffen. Meine Freundin Christine hat ihn mir eines Abends nach der Arbeit vorgestellt. Wir beide hatten uns in dem kleinen Büro des Ladens ein paar Lines reingezogen, und als wir die Treppe hochkamen, stand er in der Tür und redete mit unserem Boss. Er dachte gar nicht daran, uns Platz zu machen, und wir mußten uns an ihm vorbeiquetschen, um wieder in die Bar zu kommen.

»Hey, Joey«, sagte Christine. »Wie geht's?«

»Nicht übel.« Ich spürte, wie Joey mich taxierte. »Wer ist deine Freundin?« fragte er.

»Das ist Allie. Ich dachte, ihr beiden kennt euch vielleicht. Sie ist aus Florida, von den Keys. Kommst du nicht auch von da unten?«

Ich sagte gar nichts und starrte Joey nur grimmig an.

»Nett, dich kennengelernt zu haben«, sagte er. Ich drehte mich um und ging weiter.

Auch damals habe ich schon als Kurier gearbeitet, aber nicht im großen Stil wie jetzt. Damals hat mir mein Vater die Touren besorgt. Es war nichts Besonderes. Anfangs hatte ich nicht einmal eine Pistole dabei. Wenn ich beispielsweise für Hertz einen Wagen von Miami nach Orlando überführte, rief ich meinen Vater an und fragte ihn, ob irgend jemand eine Transportgelegenheit brauchte. Und irgend jemand suchte immer eine. Nach meinem zweiten Jahr an der New York University merkte ich, daß ich mit Autofahren mehr Geld verdienen konnte als mit einem Abschluß in englischer Literatur. Also schmiß ich das Studium und den Job in der Bar.

Damals habe ich noch nicht für Joey gearbeitet, ich schlief nur ab und zu mit ihm. Joey engagiert keine Junkies, und ich steckte damals einfach zu tief drin. Ich habe nie Heroin gespritzt und auch nie viel Dope geraucht, aber ich hatte eine der weltgrößten Liebesaffären mit Kokain.

Ich bin jetzt seit mehr als vier Jahren clean, doch hin und wieder juckt es mir noch immer in den Fingern. Manchmal frage ich mich, ob das Ritual um Kokain nicht mächtiger ist als die Droge selbst. Als ich aufgehört habe, träumte ich anfangs dauernd, ich würde breite, satte Linien auslegen und flockige Rocks zerkleinern. Beim Aufwachen spürte ich noch das Ticken der Rasierklinge auf dem Glas, das Klicken der Pipette auf dem Spiegel.

Ich drücke meine Zigarette in dem Aschenbecher neben dem Bett aus. Es hat aufgehört zu regnen. Ich nehme meine Walther PKK/S aus der Handtasche. Ich ziehe den Clip heraus und vergewissere mich, daß die Waffe geladen ist. Ich streiche mit den Fingern über das geschmeidige, kalte Metall des Laufes. Irgendwas sagt mir, daß Joey diesmal falsch liegt.

Die Walther ist nicht meine einzige Waffe, aber sie ist meine Lieblingspistole. Mein Vater hat sie mir geschenkt, als ich mit den Kurierfahrten angefangen habe. Sie ist so kompakt, daß sie im Rücken bequem unter den Bund meiner Jeans paßt. Wenn ich mit meiner Walther schieße, kann ich mir ziemlich sicher sein, nicht danebenzuschießen. Und dann habe ich noch eine Browning-High-Power-Automatik für brenzlige Situationen, bei denen ich zusätzliche Schußkraft und ein großes Magazin brauche.

Ich ziehe mich rasch an. Ich schlüpfe in meine Lieblingsjeans und entscheide mich für die schwarzen Schuhe und einen schwarzen Pullover. Meine Haare stopfe ich unter meine Yankees-Kappe. Während ich mir meine Tasche schnappe, sehe ich mich nochmals prüfend im Zimmer um. Als letztes nehme ich die Walther, schiebe den vollen Clip in den Griff und verstaue die Waffe in meinem Hosenbund.

Als ich die Tür öffne und zum Parkplatz gehe, hat sich der Nebel bereits gelichtet. Ein Neonschild mit der Aufschrift EMERALD CITY MOTOR INN blinkt über dem einstöckigen Gebäudekomplex. Über den grellen Buchstaben dreht sich flimmernd die Nachbildung eines großen, grünen Edelsteins. Mein 69er Mustang steht in einer Parklücke nicht weit von meinem Hotelzimmer, aber ich kann mich nicht erinnern, ihn gestern abend dort abgestellt zu haben. Ich werfe meine Tasche auf die Rückbank und setze mich hinter das Steuer. Auf der Beifahrerseite suche ich in einer Schachtel nach der Karte von Washington, um mich zu vergewissern, daß ich von Seattle nach Bremerton eine Fähre nehmen kann. Tatsächlich entdecke ich auf der blauen Fläche des Puget Sunds eine winzige grüne Linie, die meine Vermutung bestätigt. Das kalte Metall der Walther drückt gegen meinen Rücken, und ich rutsche ein bißchen auf meinem Sitz hin und her. Dann drehe ich den Zündschlüssel, biege vom Parkplatz ab auf die Straße und lasse das Emerald City hinter mir.

- 2 -

Die Fähre um zehn vor fünf nach Bremerton ist überfüllt mit Pendlern, die auf dem Heimweg sind. Ich lasse den Mustang auf der unteren Ebene stehen und steige nach oben. Durch das warme Hauptdeck erreiche ich das Oberdeck. Als ich die Tür aufstoße und hinaustrete, schlägt mir ein kalter Wind entgegen. Es dämmert bereits. Die untergehende Sonne schimmert bernsteinfarben durch die dunklen Wolken am Horizont. Ich stemme mich gegen den Wind und arbeite mich in Richtung Bug vor. Dort sind in einer Art Wintergarten mehrere Reihen schmutziger Stühle und einige Heizkörper aufgestellt worden. In einer Ecke sitzt eine junge Frau und spielt Cello, und etliche Leute haben sich um sie versammelt, um ihr zuzuhören.

Ich setze mich etwas außerhalb auf einen Platz und ziehe eine Zigarette aus der Tasche. Ein paar kleine Kinder in bunten Wintermänteln drehen sich im Kreis und haben die Arme ausgebreitet wie Flügel. Der Wind trägt ihre hellen Schreie in unregelmäßigen Abständen zu mir herüber. Ich lehne mich in meinem Stuhl zurück und schlage die Beine übereinander. Die Seeluft peitscht mir ins Gesicht.

Als ich zwölf war, ließ mich mein Vater mit auf das Boot kommen, wenn er arbeitete. Beim ersten Mal habe ich mich auf Cyrus' Laster versteckt, und sie hatten keine andere Wahl. Von da an hat er vermutlich geglaubt, daß ich mehr Ärger machen würde, wenn er mich allein zu Hause ließe. Später brachte er mir dann bei, wie ich eine Pistole zu benutzen hatte, und er lehrte mich, genausogut zu kämpfen wie die Männer, mit denen er zusammenarbeitete. Doch anfangs saß ich nur still neben ihm, trank Coca-Cola und beobachtete ihn und Cyrus im Licht des Armaturenbretts. Sie arbeiteten immer nachts, und früher oder später schlief ich in der winzigen Kabine ein.

Jeder wußte, daß mein Vater und Cyrus eine Kneipe besaßen. Ihre wirkliche nächtliche Arbeit war eines der vielen Geheimnisse, die meinen Vater umgaben. Wenn ich die Augen schließe und an meine Kindheit denke, erinnere ich mich daran, wie ich wieder und wieder aufgewacht bin vom Klang gedämpfter Männerstimmen im Dunkeln. Wir lagen irgendwo vor Sugarloaf Key oder Islamorada vor Anker, und ich roch das Salzwasser und die Kiefern am Ufer. Wenn ich aus der Kajüte spähte, sah ich die gebeugten und vor Schweiß glänzenden Körper der Männer bei der Arbeit. Das Funkgerät des Boots knackte leise, manchmal hörte man Englisch, manchmal kubanisches Spanisch oder haitianisches Patois.

Es gab noch andere Geheimnisse. In besonders heißen Nächten schrie mein Vater manchmal in der Dunkelheit unseres Hauses auf. Ich schlich zu seinem Zimmer und lauschte an der Tür, wie er in seinen Träumen kämpfte. »PIC-Träume« nannten er und Cyrus sie. Ich hatte keine Ahnung, was sie damit meinten, doch der Begriff gehörte zur Privatsprache unserer seltsamen Familie.

Die Motoren drosseln die Geschwindigkeit und beginnen rhythmisch zu pulsieren, als die Fähre eine rote Kanalboje passiert und die schmale Bucht von Bremerton ansteuert. Ich stehe auf und gehe über das Deck zur Reling. Direkt über mir hängt ein Schwarm Möwen, der sich mit dem Wind in die Höhe schraubt, um gleich darauf wieder abzutauchen. Unten wirbeln Büschel von Seegras und Treibholz in der Gischt, bis sie unter dem flachen, eisernen Bug zermalmt werden.

Auf den Keys ist das Wasser klar und verlockend. Selbst in den Tiefen der Kanäle könnte man überleben, dort ist das Wasser milchig von Salz, träge und warm. Hier sind die Wellen mattschwarz und undurchdringlich. Am steinigen Ufer erheben sich Pfahlhäuser vor den felsigen Klippen. Meilenweit erstrecken sich dunkle Hügel und dichte Wälder, in denen man sich leicht verirren und nie gefunden werden könnte. Ich kann jetzt die Lichter von Bremerton und die Konturen eines riesigen Krans bei den Marinewerften erkennen. Der Kran ist mit einer flatternden weißen Plastikplane verhüllt und von innen beleuchtet.

Die junge Frau im Wintergarten hat aufgehört zu spielen und packt ihr Cello ein. Ich wende mich von der Reling ab und gehe zur Treppe. Auf dem Weg zu meinem Wagen muß ich mich an all den Pendlern vorbeidrängen, die auf dem Heimweg sind.

Bremerton ist eine Marinestadt. Als ich die Fähre verlasse, sehe ich die beleuchteten Werften und die mit Marinekasernen bebauten Hügel. Ich folge der Straße von der Fähre in die Stadt, vorbei an verrammelten Ladenfassaden und ein paar düsteren Bars. Dann erkenne ich auf der rechten Straßenseite die Leuchtreklame über dem Nightshift. Mein Herz schlägt schneller. Angst hat mich nie besonders erregt. Ich versuche einfach nur an das Geld zu denken und behalte die Bar beim Vorbeifahren im Auge.

Ich biege in die nächste Seitenstraße ab und fahre auf den Parkplatz hinter dem Nightshift. Ich parke den Mustang in der Nähe des Hinterausgangs und schalte den Motor ab. Ein Matrose mit Bürstenschnitt und eine Frau in einem engen Kleid stolpern aus der Hintertür. Sie gehen zu einem roten Jeep.

Die Uhr auf dem Armaturenbrett zeigt 18.09 Uhr an. Ich atme tief ein und lasse meinen Blick noch einmal über den Parkplatz schweifen. Der Matrose und die Frau sind weggefahren. Außer mir parken jetzt noch zwei weitere Wagen auf dem Hof, und beide sind leer. Der Parkplatz geht in eine Sackgasse über, die an beiden Seiten von den fensterlosen Rückfronten der Nachbarläden des Nightshift gesäumt wird. Am Ende der Gasse sieht man die Hinterseite eines Gebäudes mit zwei kleinen Fenstern. Beide sind unbeleuchtet. Ich ziehe den Schlüssel aus dem Zündschloß und steige aus dem Mustang. Schnelles Geld.

Der Geruch von Schnaps und kaltem Rauch schlägt mir entgegen, als ich durch die Hintertür das Nightshift betrete. Ich drücke mich an den Billardtischen vorbei und setze mich an den Tresen. Die Barkeeperin, eine kleine drahtige Frau, deren graues Haar mit zwei Klammern nach hinten gesteckt ist, schüttet gerade billigen Scotch in einen Krug. Außer ihr bin ich die einzige Frau im Raum. Ein halbes Dutzend Männer sitzen, den Kopf in die Hände gestützt, am Tresen und trinken stumm vor sich hin. Um einen der Billardtische drängt sich eine Gruppe junger Männer, die so aussehen wie Matrosen.

Die drahtige Frau schiebt den Scotch über den Tresen zu einem der alten Männer rüber und wendet sich dann mir zu.

»Was darf's denn sein, junge Dame?« fragt sie.

Mein Magen fühlt sich immer noch flau an von gestern abend, aber irgend etwas muß ich trinken, während ich warte.

»Geben Sie mir einfach ein Bier vom Faß«, sage ich schließlich.

Ich setze mich auf einen der Hocker am Ende der Bar, so daß ich eine gute Sicht auf die Eingangstür habe, und lege einen Fünfdollarschein auf den Tresen.

»Louise!« brüllt einer der Gäste.

»Ja, ja, ich komme.« Die Frau reicht mir mein Bier über den Tresen und macht mit der anderen Hand eine wegwerfende Geste über ihre Schulter hinweg.

Hinter der Bar ist ein großes Schild an der Wand angebracht, auf dem in fetten Lettern steht: WENN UNSER SERVICE IHREN ANSPRÜCHEN NICHT GENÜGT, DANN SENKEN SIE IHRE ANSPRÜCHE. Unter dem Schild hängt das verblaßte Foto einer Softballmannschaft und diverse verstaubte Pokale. In einem kleinen Regal über der Kasse drängen sich kleine Brezel- und Kartoffelchipstüten neben Aspirin- und Alka-Seltzer-Packungen. Auf einem handgeschriebenen Schild an der gegenüberliegenden Wand sind die Billardregeln aufgelistet, die im Nightshift gelten, einschließlich 25 Cent Strafe, wenn man seinen Queue fallen läßt. Irgend jemand hat noch in einer krakeligen Schrift dazu geschrieben: KEINE WAFFEN. Vorsichtshalber ziehe ich den Bund meiner Jacke ein bißchen tiefer.

»Hey, Louise, mach mal lauter«, schreit jemand. Louise klettert auf einen Hocker und fingert am Regler eines uralten Fernsehers herum, der in einer Ecke der Bar angebracht ist. Die Lokalnachrichten haben gerade angefangen, und die unverkennbare Eingangsmelodie der Sendung durchdringt den Raum.

»Guten Abend«, tönt die klare Stimme der Sprecherin.

»Unsere Topmeldung heute abend: Noch immer keine Spur bei der Suche nach David Callum.«

Um mich herum regt es sich, und einige Männer blicken mit verhaltenem Interesse von ihren Drinks auf. Der Name Callum kommt mir irgendwie bekannt vor.

»David Callum ist im Laufe der gestrigen Nacht aus seinem Haus auf Bainbridge Island verschwunden«, fährt die Sprecherin fort. Auf dem Bildschirm erscheint ein malerisches Haus am Ufer eines Sees. »Der hochrangige ehemalige CIA-Offizier, Freunden zufolge ein begeisterter Ruderer, ist offenbar gestern abend mit seinem Skullboot hinaus auf den See gerudert und wird seither vermißt.

»Na, da ist doch mal einer, der ganz bestimmt keine Feinde hatte«, murmelt neben mir ein Mann mit graumeliertem Bart und Baseballkappe sarkastisch.

Ich blicke wieder zum Fernseher. Ein Mann mit einem Regenmantel, auf dem ein Rangabzeichen prangt, steht zum Interview bereit. »Die Nachbarn haben uns alarmiert, nachdem Callums Retriever die ganze Nacht gebellt hatte. Sie haben dann heute morgen nachgesehen und konnten Mr. Callum nirgendwo finden. Wir haben im Bootshaus nachgesehen und festgestellt, daß sein Skullboot fehlt.«

»Muß man mit dem Schlimmsten rechnen?« unterbricht ihn die junge Reporterin.

»Ma'am, die Suche nach Mr. Callum läuft noch. Wir sprechen hier von einem fünfundsiebzigjährigen Mann. Ihm könnte alles mögliche zugestoßen sein. Gestern abend war Vollmond, und die Flut kann hier ziemlich ungemütlich werden.«

Die Bilder verschwinden, und man sieht wieder das Nachrichtenstudio. Im hinteren Teil der Bar hat einer der Billardspieler die Jukebox angeschmissen, und die Stimme der Sprecherin geht in der ersten Zeile von Nirwanas *Where Did You Sleep Last Night?* unter. Ich sehe mich in der Bar um und frage mich, ob einer dieser Männer mein Kontakt ist. Die Eingangstür geht auf, und ein Mann Ende Fünfzig kommt herein. Er trägt braune Anglerstiefel über seiner Jeans und eine braune Segeltuchjacke. Er läßt seinen Blick durch den Raum schweifen, und seine Augen bleiben für den Bruchteil einer Sekunde auf mich gerichtet. Er setzt sich mit dem Rücken zur Tür auf einen Barhocker und bestellt einen Bourbon. Als er zum Trinken anhebt, fallen mir trotz des schummrigen Lichts seine gepflegten Hände auf, die manikürten Fingernägel, die frisch rasierten Wangen. Ich schaue auf mein Glas und beobachte den Mann aus den Augenwinkeln. Ich habe in meinem Leben genug Zeit am Meer verbracht, um die schmutzigen Hände und das gegerbte Gesicht eines Fischers zu erkennen.

Der Mann stellt seinen Bourbon ab und starrt an mir vorbei zur Hintertür. Die Gruppe am Billardtisch fängt an zu lärmen. Ihr Gegröle übertönt die dröhnende Stimme von Kurt Cobain.

»Sauberer Bandenstoß«, ruft einer von ihnen.

»Scheiß Glücksschuß«, schnauzt ein anderer.

Der falsche Fischer steckt nervös die Hand in die linke Brusttasche seiner Jacke. Er ist der Kontaktmann, aber mir ist nicht klar, wo das Geld ist. Ich steige von meinem Hocker, werfe ein paar Münzen in die Jukebox und beuge mich über das bunt erleuchtete Glas, um eine Auswahl zu treffen.

Einer der Matrosen sieht mich an, und ich schlendere langsam zum Billardtisch hinüber. Dabei werfe ich ihm mein bestes Betrunkenes-Mädchen-Lächeln zu. Ich stelle mein Bier ab und beuge mich mit weit geöffneter Jacke über den grünen Filz des Tisches. Im tiefen V-Ausschnitt meines Pullovers sieht man den Ansatz meiner Brüste. Wenn ich die Walther nicht im Hosenbund stecken hätte, würde ich die Jacke ausziehen.

»Was dagegen, wenn ich einsteige?« frage ich. Ich blicke über das bunte Muster der Kugeln hinweg und sehe, wie der Fischer sich von dem Barhocker erhebt. Noch immer hat er seine Hand tief in der Jackentasche. Bloß ein nervöser Amateur, denke ich und blicke lächelnd zu dem Matrosen auf.

»Klar, Baby«, sagt einer von ihnen.

Aus dem Augenwinkel kann ich noch immer den Fischer sehen. Er hat noch einen Bourbon bestellt, und sein Blick klebt an mir. Ich richte mich auf und gehe zu dem Queueständer an der Wand. Ich nehme einen der hölzernen Stöcke aus der Halterung und gleite mit den Fingern über seine polierte Oberfläche. Louise steht hinter dem Tresen und mixt einen Drink. Die älteren Gäste starren auf die flimmernden Bilder des Fernsehers. Die Blicke der Matrosen richten sich auf mich.

Der Fischer kippt seinen Bourbon hinunter und kommt auf mich zu. Ich bin dabei, die Kugeln aufzubauen, und halte den Blick auf das bunte Dreieck vor meinen Augen. Ich lasse mir Zeit beim Sortieren der Kugeln. Als letztes schiebe ich die Achterkugel in die Mitte des Dreiecks. Der Fischer ist jetzt direkt hinter mir, sein Aftershave riecht ein wenig nach Desinfektionsmittel. Als er sich an mir vorbeischiebt, streichen seine Fingerknöchel über meinen Oberschenkel, und irgend etwas gleitet in die Tasche meiner Jeans. Ich ziehe das Dreieck um die Kugeln weg und lege es auf die Lampe über dem Tisch. Ich hebe meinen Queue und mache meinen Stoß.

Der Fischer ist an mir vorbei in Richtung einer kleinen Nische zu den Toiletten gegangen. Ich habe zwei gerade Kugeln versenkt und konzentriere mich auf den nächsten Stoß, indem ich die Position der Kugeln begutachte. Der Fischer ist noch nicht von der Toilette zurück. Ich beuge mich wieder über den Tisch und sage meinen Stoß an: die Viererkugel ins Seitenloch. Ein kalter Luftzug streift meinen Nacken, als jemand durch die Hintertür den Raum betritt. Absichtlich verfehle ich das Loch und trete vom Tisch zurück. Ein grauhaariger Mann in schmutziger Arbeitshose ist aufgestanden und starrt direkt an mir vorbei. Mit einer raschen Kopfbewegung weist er in Richtung der Toiletten.

Ich mustere den Neuankömmling, als er die Herrentoilette betritt. Er ist kein großer Mann, etwa einssiebzig, doch sein Körper strahlt etwas Bedrohliches aus, das mich an die gefährlichen Skorpione erinnert, die wir unter unserem Haus gefangen haben, als ich ein kleines Mädchen war. Als ich zum ersten Mal so einen Skorpion gesehen habe, waren wir gerade auf die Keys gezogen, und ich wachte mitten in der Nacht auf, weil ich pinkeln mußte. Ich ging barfuß die Treppe hinunter bis zum Bad und schaltete das Licht ein. Durch die offene Tür fiel ein Lichtstrahl auf den Flur, über den ich gerade gekommen war, und ich konnte die hektischen Bewegungen eines Tieres ausmachen. Der glänzende schwarze Schwanz des Skorpions stand aufrecht; er bewegte seine Greifscheren wild hin und her, und ich wußte, daß er mir weh tun wollte. Ich stampfte mit dem Fuß auf, und er huschte davon, sein Panzer tickte über den polierten Boden. Ich hatte unglaubliches Glück gehabt, daß meine Füße in jener Nacht den Skorpion verfehlt hatten. Danach schlief ich nur noch, wenn das Licht im Flur angeschaltet blieb. Der Gedanke, daß der Skorpion irgendwo im Haus darauf lauerte, seine verpaßte Gelegenheit nachzuholen, verfolgte mich noch im Schlaf.

In meinem Geschäft treffe ich dauernd auf solche Typen. Sie genießen ihre Arbeit und haben Spaß daran, dir Angst einzuflösen oder Schmerzen zuzufügen. Der falsche Fischer in der Toilette, mit seinen nervösen Gesichtszügen und sauberen Händen, könnte solcher Brutalität nichts entgegenhalten.

»Du bist dran«, höre ich einen der Matrosen sagen. Die Halbglatze des Skorpionmannes verschwindet um die Ecke in der Nische. Ich blicke auf den Billardtisch. Mein Gegner hat keine einzige Kugel versenkt. Ich versuche es erneut mit der Viererkugel und spiele sie über die Bande ins Seitenloch. Dann versuch ich es mit der Fünferkugel und stoße daneben. Die Toilettentür wird geräuschvoll aufgestoßen, und der Skorpionmann kommt heraus. Sein aufrechter Gang wirkt nicht großspurig, sondern hart und unnachgiebig. Er erinnert mich an unseren Kater, Max, den wir einmal bei uns zu Hause hatten, die Art, wie er die Tür aufstieß. Max, der Skorpionmann.

»Spielt eben für mich weiter, Jungs. Ich muß mal für kleine Mädchen.«

Ich lege meinen Queue an den Rand des Tisches und gehe in Richtung der Nische.

Ich biege um die Ecke und lehne mich mit dem Rücken an die Tür der Herrentoilette. Ich denke an den Mann am Tresen und an den Mann, der wahrscheinlich draußen auf mich wartet. Wenn ich Glück habe, kennen sie nur den Fischer. Wenn nicht, dann bin ich so gut wie tot. Ich ziehe die Walther aus dem Hosenbund, überprüfe das Magazin und schiebe es zurück, bis es einrastet. Schnelles Geld. Ich öffne die Tür und betrete die Toilette.

Das erste, was ich sehe, sind seine Stiefel. Es sieht beinahe komisch aus, wie das braune Gummi aus einer der Kabinen ragt. Der Fischer liegt auf dem Rücken, sein Kopf ist gegen den Toilettensockel gestoßen. Seine Augen sind weit aufgerissen, und aus einem gezackten Loch in seiner Stirn sickert Blut. Ich hocke mich über ihn und greife in seine Jacke. Sein Körper ist noch warm, und in seinen Augenwinkeln stehen Tränen. Er ist etwa so alt wie mein Vater, vielleicht ein paar Jahre älter. In seiner Innentasche ist eine Waffe, die ich in meiner Jacke verstaue. Ich schiebe meine Hand unter seinen Körper und ziehe ihm seine Brieftasche aus der Hose. Er hat nur ein paar hundert Dollar bei sich, das ist alles.

Als ich in die Bar zurückkehre, sind Max und der ältere Mann in Arbeitshosen nirgends zu sehen. Die Matrosen sind immer noch mit ihrem Spiel beschäftigt, und ich kann unbemerkt durch die Hintertür nach draußen schlüpfen.

Das einzige Licht auf dem Parkplatz stammt von einer nackten Glühbirne über dem Hinterausgang der Bar. Ich presse meine Walther schußbereit an meine Seite und haste auf das metallisch schimmernde Blau meines Mustangs zu. Auf halber Strecke schlägt irgendwas gegen meine Beine, und ich verliere das Gleichgewicht. Meine linke Schulter schlägt hart auf den Boden, und ich beiße mir vor Schmerz auf die Lippen. Die Walther gleitet mir aus der Hand und bleibt außer Reichweite liegen.

»Gib mir die Diskette«, zischt Max in mein Ohr. Sein heißer Atem verströmt einen ranzigen Geruch. Das Gewicht seines Körpers drückt gegen meine Brust. Mit seinen Schenkeln preßt er mir die Arme fest an die Seite. Er ist nicht mehr jung. Sechzig etwa, aber jugendliche Sechzig. Er nimmt mich noch fester in die Zange, er besteht nur noch aus Muskeln und wütender Kraft, und ich sehe das Weiß seiner Augen leuchten.

»Ich weiß nicht, wovon du redest«, lüge ich und versuche ruhig zu klingen. Ich reiße meinen Kopf zur Seite und erkenne ein paar Schritte entfernt die Umrisse meiner Walther. Die Waffe des Fischers steckt immer noch in meiner Jackentasche.

Max richtet den Lauf seiner Pistole auf mein Gesicht. Es ist eine kleine Waffe, eine Beretta Jetfire, Kaliber fünfundzwanzig mit einem langen Schalldämpfer. Die perfekte Wahl, um jemand in einer schmutzigen, kleinen Toilette zu erledigen. Er drückt die Spitze des Laufes an meine Wange und preßt seine Lippen direkt an mein Ohr.

»Wo ist die Diskette?« Er redet mit sanfter Stimme, als wären wir ein Liebespaar. Seine Lippen sind trocken, und ein Schauer durchfährt meinen Körper. Ich reiße meinen Kopf weg von der Beretta und ramme ihm mein Knie mit aller Kraft zwischen die Beine. Für den Bruchteil einer Sekunde ist Max überrascht, dann geben seine Beine nach. Die Kugel aus seiner Waffe prallt dicht neben meinem Ohr auf dem Asphalt ab.

Ich löse einen Arm aus der Umklammerung und schlage die Hand, mit der er die Waffe hält, hart auf den Boden. Ich höre den metallischen Aufprall der Fünfundzwanziger und ramme mein Knie noch einmal in seinen Unterleib. Mit den Füßen stemme ich mich gegen seine Brust und befreie mich mit einem kräftigen Stoß. Max taumelt rückwärts. Seine rechte Hand tastet nach seiner Innentasche. Ich rolle mich auf meine Knie, ziehe die Neunmillimeter aus der Tasche und richte sie auf seine Brust. Gleichzeitig hebe ich seine Beretta und meine Walther vom Boden auf.

»Denk nicht mal dran«, drohe ich ihm und stecke den Colt zurück in meine Tasche, während ich auf ihn zugehe.

»Runter! Runter mit der Waffe!« dröhnt eine Stimme.

Als ich mich umdrehe, sehe ich den zweiten Mann auf der anderen Seite des Parkplatzes, der sich hinter der Karosserie eines Wagens in Deckung gehalten hat. Ich ziehe den Kopf ein und gehe zu Boden, meine Finger umschließen den Abzug der Walther. Ich ziele auf die einzelne Glühbirne über dem Hinterausgang. Das Glas splittert, und es herrscht völlige Dunkelheit auf dem Parkplatz. Ich gehe tief in die Hocke und bewege mich rückwärts auf das gespenstische Blau meines Wagens zu. Dabei versuche ich, die Umrisse des Mannes in Arbeitshosen ausfindig zu machen. Im Moment ist es völlig still um mich herum. Nur das Pfeifen der Schüsse klingt noch in meinen Ohren.

Als ich meinen Wagen beinahe erreicht habe, lege ich noch ein bißchen an Tempo zu und schieße ziellos um mich. Jedesmal wenn ich den Abzug drücke, wird mein Arm durch die Wucht der Halbautomatik zurückgerissen.

»Miststück!« Die Stimme des Mannes in Arbeitshosen hallt durch die Dunkelheit.

Max ist immer noch irgendwo da draußen und jetzt noch wütender als vorher. Mit einem lauten Knall explodiert plötzlich eines der parkenden Autos, und man hört das laute Klirren der splitternden Windschutzscheibe. Ich spüre einen stechenden Schmerz in der Wange und dann die Wärme meines eigenen Blutes. Jemand schleicht sich auf gleicher Höhe mit mir an der gegenüberliegenden Wand entlang. Ich feuere einen Schuß ab und ducke mich hinter einem geparkten Auto. Meine Munition ist fast aufgebraucht. Ich suche in meiner Tasche nach einem neuen Magazin und tausche es gegen die leere Hülle in meiner Walther aus. Auf dem Parkplatz ist es totenstill. Mein Gesicht pulsiert, und ich fasse mir an die Wange. Eine große Scherbe ragt aus dem weichen Fleisch.

Am anderen Ende des Parkplatzes stöhnt der Mann in Arbeitshosen leise vor sich hin. Ich atme tief durch. In geduckter Stellung drücke ich mich gegen das kalte Metall der Autos und schleiche mich in die Richtung, aus der ich den Schuß gehört habe.

Seine Schuhe verraten ihn. Das fast unmerkliche Quietschen der Ledersohle auf dem Asphalt, wenn Max den Fuß absetzt. Ich bleibe dicht an der Wand und umschlinge ihn von hinten.

»Gib mir die Waffe«, sage ich und drücke ihm die Beretta direkt an seinen Schädel. Er kauert hinter dem Mustang und faßt mit der linken Hand nach der Stoßstange, um Halt zu finden. »Sofort!«

Mit einem fiesen Grinsen hält er mir die Waffe hin. Ich könnte ihn jetzt töten, wenn ich wollte, aber das ist nicht meine Art zu arbeiten. Außerdem habe ich das Gefühl, daß diese Typen keine gewöhnlichen Verbrecher sind. Und ich habe keine Lust, noch tiefer in die Scheiße zu geraten.

»Steh auf«, sage ich und halte den Lauf der Beretta dicht an seinen Schädel. »Ich steige jetzt in mein Auto, und du rührst dich nicht, bis ich weg bin. Danach kannst du dich um deinen Freund da drüben kümmern.«

Der keuchende Atem des Mannes klingt wie die schabende Bewegung eines Skorpions, der sich in die schattigen Winkel eines alten Hauses zurückzieht.

- 3 -

Erst neun Jahre nach dem Tod meiner Mutter konnte mein Vater sie loslassen, vielmehr das, was von ihr übrig war. Damals lebten wir schon auf Key West. Die Insel ist seit vielen Jahren ein Marinestützpunkt, und das Militär hat für seine tiefgängigen Schiffe zahllose Kanäle ausheben lassen. Ironischerweise bietet dieses Labyrinth jetzt den einheimischen Schmugglern ein Schlupfloch. Sie haben im Gegensatz zur Küstenwache den Vorteil, seit Generationen mit dem Irrgarten vertraut zu sein. Wie viele meiner Freunde, deren Väter und Onkel auch im Geschäft waren, habe ich den Großteil meiner Kindheit damit verbracht zu lernen, wie man ein Boot durch diese Gewässer steuert.

Der meiste Sand aus den Kanälen wurde ans Ufer geschafft, um Strände für die Inseln zu schaffen, aber ein kleinerer Teil von dem Kies wurde einfach zu Haufen aufgetürmt, die bis heute aus dem Wasser ragen. Auf halber Strecke nach Woman Key bilden zwei dieser Erhebungen eine tiefe, windgeschützte Lagune.

Als ich ein Teenager war, sind wir an besonders heißen Sommernachmittagen oft zur Lagune gesegelt, haben Bier getrunken und sind in den kühlen Tiefen des Wassers geschwommen. Auf dem Grund lag ein kleines gesunkenes Boot, in dessen Rumpf ein riesiger Barsch lebte. Wenn man abends ins Wasser sprang und mit den Armen ruderte, konnte man manchmal das matte Flimmern der winzigen leuchtenden Tierchen sehen, die dort in Schwärmen vorkamen. Die Lagune war kein besonders malerischer Ort, eher eine ungewöhnlich tiefe Aushebung in ansonsten flachen Gewässern.

In dieser Lagune beschloß nun mein Vater, meine Mutter zu versenken. Vielleicht wollte er sie irgendwo lassen, wo die Strömung sie nicht sofort davontragen würde; vielleicht wollte er an heißen Tagen ein Bier mit ihr teilen können. Aus welchem Grund auch immer, eines Tages bat er jedenfalls Cyrus, den Anker zu werfen. Wir hatten Sandwiches und kubanischen Conch-Salat zum Picknicken mitgenommen. Ich war damals dreizehn, und mein Vater hatte außer dem Red-Stripe-Bier für sich und Cyrus auch einen Guanabana-Shake für mich in die Kühltasche gepackt.

Nachdem wir gegessen hatten, holte er die Urne hervor und schlug sie gegen die Außenwand des Bootes. Wahrscheinlich war er schon ein bißchen beschwipst, denn es gelang ihm nicht auf Anhieb, das Tongefäß zu zerbrechen. Er holte noch mal weit aus und schmetterte es mit aller Kraft gegen den Rumpf. Die Urne platzte auf wie eine Eierschale, und wir sahen alle, wie Fetzen von gewöhnlichem Zeitungspapier über die ruhige Wasseroberfläche wehten.

Jahrelang war mein Vater davon überzeugt, daß ihn das Krematorium in New York betrogen hatte. Ich weiß nicht, welches Motiv er ihnen unterstellte, vielleicht malte er sich eine Verschwörung aus, in der Tote zu Gartendünger verarbeitet oder ihre Körperteile heimlich nach Asien verkauft wurden. Jedenfalls glaube ich, daß die fehlende Asche für meinen Vater ein weiterer Grund dafür war, die Lagune zu mögen, als ob ihre tiefen Gewässer den Betrug an ihm auf eine gewisse Weise bezeugen könnten. Erst als ich sechzehn war, sollten wir erfahren, daß meine Mutter letztendlich doch dort gelegen hatte.

Ich war mit meiner besten Freundin Meredith Norton zu der Lagune gesegelt. Es war ein wunderbarer Apriltag, und wir schwänzten die High-School. Merediths Eltern waren verreist, und wir nahmen uns ihr Segelboot aus dem Yachthafen. Wir ankerten und zogen uns bis auf die Badeanzüge aus. Das Wetter war schon seit Wochen beständig gewesen, und das Wasser in der Lagune war ungewöhnlich klar. Wir ließen unsere Füße über die Reling baumeln und betrachteten die verschwommenen Umrisse der gesunkenen Jolle unter uns. Wir tauchten abwechselnd zum Grund der Lagune und brachten jedesmal einen Gegenstand als Beweis mit nach oben, daß wir es geschafft hatten. Beim ersten Mal erwischte ich eine Red-Stripe-Flasche, wahrscheinlich ein Überbleibsel meines Vaters von einem seiner Ausflüge. Meredith tauchte als nächstes und brachte eine Tonscherbe mit nach oben. Sie warf sie neben mir auf das Deck, und ich erkannte die gerundete Oberfläche der Urne wieder. Ich sprang zum nächsten Tauchgang ins Wasser.

Ich rückte die Taucherbrille zurecht und erreichte die Stelle, zu der Meredith zuletzt getaucht war. Wo ihre Hände den Grund berührt hatten, war das Wasser noch trüb, aber ich konnte weitere Scherben der Urne erkennen. Ich schob eine dicke Algenschicht, die sich über die Scherben gelegt hatte, beiseite und erkannte die Umrisse einer kleinen Plastiktüte. Als ich danach greifen wollte, riß das Plastik in meinen Händen, und ein graues Pulver strömte aus der Tüte. Ich ließ es durch meine Finger rieseln. Es fühlte sich schwer und scharfkantig an, wie Splitter von Zähnen und Knochen. Mir ging allmählich die Luft aus, und ich schüttelte die Plastiktüte ein paarmal, um die letzten Reste meiner Mutter zu befreien. Als ich an der Oberfläche nach Luft schnappte, konnte ich immer noch den Staub ihres Körpers in meinen Händen spüren.

Als ich an jenem Abend nach Hause kam, erzählte ich meinem Vater von der Asche. Er rief Cyrus an, und beide lachten herzlich darüber. Ich weiß noch immer nicht, wie wir alle die Plastiktüte hatten übersehen können, die wie ein schlüpfriges Dotter aus der geplatzten Schale der Urne geflutscht sein mußte. Vielleicht hatte mein Vater in einem letzten Versuch, sie zurückzuhalten, einen Trick angewandt, um sich selbst zu täuschen.

Der falsche Fischer hatte ebenfalls einen Trick angewandt, um die Diskette unbemerkt in meine Jeans gleiten zu lassen. Es ist fast zehn Uhr, und ich bin ohne Pause durchgefahren, seit ich den Parkplatz des Nightshift verlassen habe. Ich versuche Abstand zu gewinnen, zu dem, was gerade geschehen ist. Einmal habe ich angehalten. In der Nähe von Tacoma habe ich den Wagen in einer Parkbucht irgendwo am Highway abgestellt und mich übergeben. Ich kotzte ins Gebüsch, bis nur noch Galle kam. Dann stieg ich wieder in den Mustang und fuhr in Richtung Interstate 90.

Vor mehr als einer Stunde habe ich die leuchtende Skyline von Seattle hinter mir gelassen und bin jetzt auf dem Weg nach Osten. Es geht bergauf, und der leichte Regen, der mich bisher begleitet hat, geht in Schnee über. Feuchte Flocken sammeln sich auf meiner Windschutzscheibe. Ich bete, daß die Schlechtwetterfront bald vorbei sein wird, und fixiere den Mittelstreifen auf dem Asphalt. Ich versuche, meine verwirrten Gedanken zu ordnen, indem ich die Szene im Nightshift wieder und wieder in meinem Kopf abspulen lasse.

Ich kann das Bild des Fischers und all die Kleinigkeiten, die ihn verraten haben, nicht abschütteln: seine sauberen Fingernägel, die makellose Oberfläche seiner Stiefel, die perfekte Rasur. Die beiden anderen Männer waren Profis, doch der Fischer hatte alle Anzeichen eines Beamten. Und die Bullen, mit denen ich bisher zu tun hatte, waren alle Amateur-James-Bonds.

Die Straße ist steiler geworden. Ich schalte einen Gang runter und gebe Gas. Der Gipfel des Snoqualmiepasses liegt unmittelbar vor mir. Am rechten Hang kann ich vage die starren Umrisse der Skilifte und Kabel erkennen. Ich merke, daß meine Benzinanzeige sich gefährlich dem Ende zuneigt, und ich steuere vorsichtig auf die linke Straßenseite. Direkt vor mir leuchtet ein helles ARCO-Schild, und ein paar Häuser lassen sich hinter dem Schleier aus Schnee vermuten. Neben meinem Fenster taucht ein grünes Highwayschild auf mit der Aufschrift »Nächste Ausfahrt Hyak – Verpflegung – Telefon – Tanken«.

Hyak besteht nur aus einer Ansammlung kitschiger Schwarzwaldhäuschen, in denen eine Tankstelle, ein kleiner Laden und eine durchgehend geöffnete Imbißkneipe untergebracht sind. Ich steuere den Parkplatz auf der Rückseite der Gebäude an und parke den Mustang so, daß man ihn vom Highway nicht sehen kann. Ich schalte den Motor ab, lehne mich im Sitz zurück und strecke mich, so gut es geht. Ich brauche Kaffee und Benzin, aber zuerst muß ich mich ein bißchen frisch machen. Die Haut auf meiner Wange spannt unter einer dicken Schicht aus getrocknetem Blut.

Die Waffen, die ich im Nightshift aufgesammelt habe, liegen auf dem Beifahrersitz ausgebreitet. Ich schalte die Innenbeleuchtung ein. Max' Fünfundvierziger ist eine Heckler und Koch, eine P9S mit offenem Gefechtsvisier. Ich prüfe ihr Gewicht in meiner Hand. Sie ist schwer und robust, anders als die elegante und leichte Beretta. Man kann mit ihr ernsthaften Schaden anrichten und seinen Gegner brutal niederstrecken. Sobald ich in Montana bin, muß ich mir Munition für beide Waffen kaufen. Unter den Worten Made in Germany hat jemand die Buchstaben R. B. H. in das Metall geritzt. Ich verstaue sie zusammen mit dem Colt und der Beretta unter dem Sitz.

Außer mir befinden sich noch zwei andere Fahrzeuge auf dem Parkplatz, ein Kleinbus mit Skiträgern und ein Streifenwagen der Washington State Patrol. Ich bin mir ziemlich sicher, daß die Bullen nicht nach mir suchen. Die Mörder des Fischers werden wohl kaum die Polizei um Hilfe gebeten haben. Die haben andere Methoden, jemanden zu finden.

Ich klappe den Spiegel auf der Rückseite der Sonnenblende herunter. Mein Gesicht sieht furchtbar aus. Meine Unterlippe ist geplatzt, und bei meinem Sturz auf dem Parkplatz haben sich winzige Asphaltsplitter in mein Kinn gegraben. Ich ziehe ein paar Scherbensplitter aus meiner Wange und knibbele mit dem Fingernagel die Blutkruste ab. Im Handschuhfach liegt ein Verbandskasten. Ich nehme mir eine Pinzette und ein paar feuchte Pads zum Desinfizieren und mache mich im düsteren Licht an die Arbeit. Drinnen kann ich mich dann vernünftig waschen. Ich schüttle meine stumpfen Haare, lasse ein paar Strähnen so gut es geht über mein Gesicht fallen und werfe einen letzten prüfenden Blick in den Spiegel.

Die Luft draußen ist kalt und duftet nach Neuschnee und Kiefernwäldern. Die aus braunem Zedernholz gezimmerten Häuser von Hyak sind wie mit einem weißen Zuckerguß überzogen, ihre Dächer glitzern im grellen Licht der hohen Laternen auf dem Parkplatz. Mein warmer Atem löst sich im Schneetreiben auf.

Ich stapfe hinüber zu dem kleinen Supermarkt und betrete den Laden. Ein kräftiger Mann Mitte Fünfzig in einem karierten Flanellhemd sitzt hinter der Theke und liest eine Zeitschrift mit einem riesigen Rehbock auf dem Titelblatt. Er blickt auf und nickt, als ich hereinkomme.

»Ganz schönes Schneetreiben da draußen«, sage ich, reibe meine Hände und trete mir die Schuhe auf der Matte vor der Eingangstür ab.

»Jo.« Er nickt noch mal und wendet sich dann wieder seiner Zeitschrift zu.

»Was dagegen, wenn ich mal Ihre Toilette benutze?« frage ich.

»Durch das Café«, murmelte er und weist mit dem Kopf auf die Wand hinter mir.

Das kleine Café ist hell erleuchtet und mit Postkartenständern und anderen käuflichen Souvenirs vollgepackt: T-Shirts mit der Aufschrift I SKIED SNOQUALMIE und Plüschbären auf Skiern mit dem Aufdruck HYAK auf der Brust. Vorne vor dem Fenster reihen sich mehrere Tische, vor einem Plastiktresen sind ein paar Barhocker am Boden befestigt. Eine Familie drängelt sich um einen der Tische und ißt Hamburger mit Pommes. Der

Polizist sitzt mit dem Rücken zu mir am Tresen und wärmt sich die Hände an seinem Kaffeebecher. Der Geruch von abgestandenem Fett liegt schwer in der Luft.

Ich steuere die Toilette im hinteren Teil des Cafés an und komme dabei an der Familie mit dem Kleinbus vorbei. Die Eltern, beide Ende Dreißig, tragen Skipullover in scheußlichen Neonfarben. Die Mutter trägt ihr blondes Haar in einer auftoupierten Dauerwelle, ihr Mund glänzt vom roten Lippenstift. Die zwei pummeligen Kinder halten ihren Mund, als ich an ihrem Tisch vorbeikomme. Die Tochter glotzt nur auf mein zerschundenes Gesicht, und eine halbgekaute Pommes bleibt ihr am Mund hängen.

»Starr nicht so«, höre ich die Schelte der Mutter.

Bei all dem Mist, mit dem ich mich bei meiner Arbeit herumschlagen muß – übellaunige Kontaktleute, miese Ware, Bullen –, finde ich dennoch nichts schlimmer als die typische amerikanische Familie. Sobald man die Küsten verläßt und die endlose Breite des Landes betritt, die riesigen, konturlosen Mittelstaaten mit ihren scheunengroßen Kirchen und ihrem geschmacklosen Essen, wird es schwierig, dieser allgegenwärtigen und erbärmlichen Normalität zu entkommen. Ich weiß nicht genau, warum mich diese Familien so nerven. Vielleicht liegt es daran, daß es eine heile Welt für mich niemals gab. Ich habe niemals mit meinem Vater einen Ausflug nach Disneyworld gemacht. Und ich habe niemals mit ihm und Cyrus an einem Plastiktisch bei Howard Johnson herumgesessen. Ich habe schon immer zur Unterwelt gehört.

Wenn ich diese familiären Grüppchen mit ihren Volvos und Plymouth Voyagers heute sehe, frage ich mich, welche Geheimnisse ihr Leben hat. Sind sie glücklich? Gehen die Männer abends nach Hause und machen es mit ihren stillen Frauen, ohne sich auch nur für einen Moment zu fragen, was es da draußen sonst noch gibt? Jedesmal wenn ich an meinem Beruf zweifle, stelle ich mir vor, wie ich in irgendeiner geräumigen Vorstadtküche stehe und in einem sauberen Backofen Thunfischauflauf backe, irgendeinen langweiligen Beruf ausübe und mit einem Mann schlafe, den ich nicht begehre. Und dann weiß ich, daß ich die richtige Wahl getroffen habe. Ich habe gelernt, mich unter sie zu mischen, ohne aufzufallen.

Ich schließe die Toilettentür hinter mir ab und begutachte mein Gesicht im Neonlicht. Spätestens morgen werde ich ein paar üble Blutergüsse haben. Ich ziehe die Brieftasche des Fischers aus der Jackentasche und breite ihren Inhalt auf der Ablage neben dem Waschbecken aus. Ich entdecke die Karte eines Zahnarztes aus Falls Church, Virginia. Irgend jemand hat auf der Rückseite einen Termin vermerkt: »Donnerstag, 5. Dezember, Zahnreinigung.« Er ist also tatsächlich ein Bulle.

Neben ein paar Dollarnoten steckt ein zusammengefalteter Zettel mit einer Wegbeschreibung zum Nightshift und ein paar hingekritzelten Bemerkungen über mein Aussehen. Nichts weist auf eine geplante Übergabe hin. Kreditkarten oder Ausweise sind der Brieftasche bereits entnommen worden, entweder vom Fischer selbst oder von dem Mann, der ihn getötet hat.

Etwas versteckt finde ich in einem der Lederfächer eine zerknitterte Spielkarte, deren Rückseite einen kunstvoll gestalteten Vogel abbildet. Seine Flügel sind weit ausgebreitet, und an seinen buntleuchtenden Federn prangt an jeder Spitze ein einzelnes Auge. Der Vogel ist kein Pfau, er sieht eher aus wie ein Fabelwesen. An seinen Krallen lodern Flammen, als wäre er im Begriff, sich in die Lüfte zu erheben. Die Vorderseite ist ein Pik-As. Auf der freien Fläche am oberen rechten Rand befindet sich die primitive Zeichnung eines abgetrennten Arms, der ein blutiges Schwert hält.

Ansonsten birgt die Brieftasche nichts von Interesse: die Quittung einer Tankstelle, eine Kundenkarte von Starbucks für Viel-Kaffee-Trinker, bei der nur noch ein Stempel zum Freigetränk fehlt, und ein Päckchen Kaugummi. Ich nehme die Diskette aus meiner Gesäßtasche, packe sie aus und halte sie ins Licht. Sie sieht aus wie eine kleinere Version der CDs, die ich in meinem CD-Player im Auto höre. Für diese kleine Scheibe hat irgend jemand den Fischer getötet. Und sie hätten auch mich umgebracht. Ich sollte Joey anrufen und ihm sagen, daß etwas schiefgelaufen ist. Ich habe den Trumpf in der Hand. Wenn ich jetzt die Diskette hergebe, dann verliere ich das Geld und höchstwahrscheinlich auch mein Leben.

Ich drehe den Hahn auf und warte, bis das Wasser dampfendheiß ist. Ich befeuchte meine Hände und nehme einen Klecks pinkfarbener Seife aus dem Seifenspender. Als ich mein Gesicht von allen Blut- und Dreckspuren befreit habe, trockne ich mich ab, verstaue die Diskette wieder in meiner Tasche und stecke alle Quittungen, Karten und Zettel zurück in die Brieftasche.

Ich gehe zurück durch das Café. Der Polizist ist weg, die Kleinbusfamilie gerade mit dem Essen fertig. Und der Mann im Laden ist immer noch mit seiner Jagdzeitschrift beschäftigt.

»Einmal volltanken.« Ich lege zwei Zwanzigdollarscheine auf den Tresen und gehe nach draußen auf den Parkplatz, um meinen Mustang aufzuschließen. Als mein Tank voll ist, gehe ich wieder hinein, hole mir einen großen Becher Kaffee, eine Schachtel Zigaretten und mein Wechselgeld.

Ich werde Joey später anrufen, denke ich, als ich den Mustang auf die Auffahrt zum Highway lenke. Ich ziehe eine Zigarette aus dem frischen Päckchen und schiebe sie zwischen die Lippen. Eine Hand am Steuer, klappe ich mein Zippo auf und starre auf die helle Glut an der Zigarettenspitze.

Ich denke an die wenigen Menschen, denen ich trauen kann. In der Dunkelheit vor mir breitet sich die winterliche Landschaft aus wie ein geheimnisvoller wogender Ozean. Berge erheben sich vor mir, und in den Senken der Täler erscheinen die alten Hütten der Bergarbeiter. Die breite Spur des Highways windet sich durch das verschneite Ödland von Washington weiter nach Idaho. Zwei weitere Bergpässe trennen mich noch vom ersehnten Schlaf. Bei Anbruch der Dämmerung werde ich die Grenze nach Montana erreicht haben. Wenn mein Vater noch leben würde, könnte ich ihn anrufen und fragen, was ich jetzt tun soll.

- 4 -

Wenn du durch einen Staat wie Montana fährst, wo die Städte Paradise, Wisdom oder Opportunity heißen, werden in dir seltsame trügerische Hoffnungen geweckt. Im Grunde deines Herzens weißt du, daß es nur falsche Versprechungen waren, mit denen Siedler oder Bergarbeiter in diese unerträglich karge Landschaft gelockt werden sollten. Aber ein anderer, noch tiefer liegender Teil in dir glaubt an die Lüge. Du fragst dich, ob der Rückzug des großen Inlandmeeres in einer Stadt namens Musselshells wirklich Muscheln hinterlassen hat, und plötzlich meinst du, Felder von Seetang zu sehen, wo sich heute das Getreide im Wind wiegt.

Um kurz nach sechs verlasse ich die Interstate und erreiche das Städtchen Missoula. Die drei Orionsterne hängen in einer schrägen Linie am Abendhimmel und sind im Begriff, hinter den schwarzen Bergen zu verschwinden. Im Tal quellen aus den Schornsteinen einer Papierfabrik dicke Rauch- und Dampfwolken. Über dem Eingang des Hellgate Canyon hängt ein violetter Dunst, den die vertrauten Neonlichter des Thunderbird Motels verbreiten.

Wenn ich so vor mich hinfahre, dann ist das Auto mein Kokon. Das weiche grüne Licht des Armaturenbretts hat eine beruhigende Wirkung auf mich, und der schwarze Gummi meiner Reifen isoliert mich gegen die Außenwelt.

Ich bin schläfrig und öffne das Fenster ein wenig, als mein Wagen sich durch Rattlesnake Canyon bergauf kämpft, vorbei an Häusern mit gepflegten Vorgärten. Ein intensiver Holzgeruch durchdringt die kalte Luft. Abgesehen von ein paar einzelnen Fenstern, die erleuchtet sind, liegt das Viertel noch im Dunkeln.

Am Fuß der Berge wird der Canyon schmaler, die Häuser werden seltener. Tief herabhängende Äste von Ponderosakiefern umsäumen die Straße, die sich wie eine Spirale in langen Serpentinen durch den Wald windet. Ich schalte das Fernlicht ein. Vor mir geht der schwarze Asphalt in Schotter über. Ich nehme den Fuß vom Gas und schalte für das letzte Stück in den zweiten Gang herunter. Der Mustang holpert über Steine und Schlaglöcher, manchmal drehen die Reifen durch. Ich spähe durch das Dickicht aus Kiefern und warte auf die Lichtung, die sich jeden Moment auftun müßte. Ich warte darauf, daß meine Scheinwerfer auf die rauhen Wände von Marks Hütte fallen.

Ich habe Mark kennengelernt, als ich noch überwiegend im Osten des Landes gearbeitet habe. Er war für Überführungen in den Westen zuständig, also habe ich alles, was über Kansas City hinausging, an ihn weitergegeben. Wir trafen uns in irgendeinem Hotel, das aussah wie aus *Psycho*, im Dew Drop Inn oder im Shady Grove, und tauschten Pakete aus.

Vor etwa drei Jahren ging dann etwas bei einem Auftrag in der Nähe von Reno schief. Es war nicht Marks Schuld; sein Kontaktmann hatte den Auftraggeber reingelegt, und Mark geriet unvermittelt in einen Schußwechsel zwischen den beiden. Er bekam eine Kugel ab und hat seitdem nicht mehr als Kurier gearbeitet.

Der Wald lichtet sich und gibt den Blick frei auf Marks Hütte. Ich manövriere den Mustang zur Rückseite und stelle ihn neben Marks ramponiertem Land Cruiser ab. Marks Hütte ist das letzte Haus im Canyon und liegt direkt unterhalb des Grates, wo sich die Berge von Osten und Westen zu einer zerklüfteten Gebirgskette vereinigen. Hier endet die Schotterstraße, und die Wildnis beginnt. Ich steige aus dem Wagen und lasse die Stimmung auf mich wirken. Über den Bergen im Osten breitet sich das gräuliche Licht des Morgens aus, während weiter westlich die letzten Sterne am Himmel verblassen.

Das Gras auf der Lichtung ist von einer dicken Schicht weißen Rauhreifs überzogen, und als ich um das Haus zum Eingang der Hütte gehe, hinterlassen meine Füße matte Abdrücke. Neben der Tür steht der vertraute Blumentopf, unter dem ich den Schlüssel finde. Bei jedem Besuch staune ich erneut über diese Geste des Vertrauens, es sind wertvolle Momente, die mir ein Leben ohne Angst und Ruhelosigkeit versprechen.

Ich drehe den Schlüssel im Schloß und betrete die dunkle Hütte. Behutsam schließe ich die Tür hinter mir und warte, bis der Metallriegel eingerastet ist. Die Vorhänge im Wohnzimmer sind nicht zugezogen, und im Dämmerlicht sehe ich Marks geschlossene Schlafzimmertür. Gegenüber kann ich die Umrisse seines Computers erkennen. Ich ziehe Jacke, Schuhe und Jeans aus und schlendere hinüber zum Sofa. Am Fußende liegt eine warme Wolldecke, in die ich mich fest einwickele. Die Walther liegt neben mir auf dem Boden, und ich schlafe ein.

Es gibt ein Bild von meinem Vater, das ich hinter der doppelten Rückwand im Handschuhfach des Mustang aufbewahre. Er muß sechzehn oder siebzehn gewesen sein, als es aufgenommen wurde. Er steht vor der Klosterschule St. Mary's und trägt einen Anzug, der aussieht, als hätte er ihn von seinem Bruder geerbt. Es ist offensichtlich Frühling, denn die Kastanienzweige im Hintergrund des Bildes stehen in voller Blüte. Das leicht lockige Haar meines Vaters ist kurz geschnitten und nach hinten gelegt.

Er blickt direkt in die Kamera, und er grinst so breit, daß seine runden Wangen kaum noch sichtbar sind. Auf der Rückseite des Fotos kann man noch die verblichene Schrift meiner Großmutter erkennen: »Abschlußball des Tanzkurses für Jungen an der St.

Magdalenes Junior High-School.« Das selige Lächeln meines Vaters ist also leicht zu begreifen. Nachdem er wochenlang nur mit den anderen Jungen der katholischen Schule getanzt hat, nachdem er Jim Leary oder den verschwitzten Charlie Girvin bei Walzer und Foxtrott über das Basketballfeld geführt hat, wird er heute endlich mit einem Mädchen tanzen dürfen.

Natürlich war dies lange bevor meine Mutter oder ich in sein Leben traten, lange vor dem Krieg. Ich versuche, mir die Zeit vor meiner Geburt vorzustellen, und male mir aus, wie mein Vater unter den wachsamen Augen der Nonnen seine Hand zaghaft an die Hüfte seiner Tanzpartnerin legt, sich an die pfirsichfarbenen Falten ihres Kleides schmiegt. Ich versuche, mir sein Gesicht vorzustellen, auf dem sich ein solches Lächeln ausbreitet, in der Erwartung eines so herrlichen Tages.

Als ich ein kleines Mädchen war, setzte mein Vater manchmal die Jukebox in der Kneipe in Gang, und ich stieg auf seine Füße. Er beugte sich tief herab, so daß ich den Whiskey in seinem säuerlichen Atem riechen konnte, und legte seine Hand auf meinen Rücken. Ich klammerte mich an seine Hüften, packte sein Hemd mit meinen winzigen Fäusten, und wir drehten uns im Dreivierteltakt.

In der seltsamen Benommenheit des Halbschlafs umklammern meine Finger die weiche Wolldecke. Ich spüre den sanften Druck der Hand meines Vaters im Rücken, den zarten Taumel des Walzers. Ich öffne die Augen und starre auf die braune Lehne von Marks Sofa. Der Fernseher wirft zuckende Schatten in das winterliche Licht des Nachmittags. Offenbar ist der Ton abgeschaltet. Mein erster Gedanke ist, daß ich Cyrus gar nicht danach gefragt habe, wie es passiert ist. Ich habe keine genaue Vorstellung davon, wie mein Vater zu Tode gekommen ist.

Ich richte mich auf und schwinge meine Beine, noch immer in die Decke gewickelt, vom Sofa. Auf dem Bildschirm sind drei Paare vor einem Publikum in Szene gesetzt. Ein Moderator, ein großer Mann in einem überdimensionierten Anzug, galoppiert durch das Studio und stellt Fragen. Mark sitzt mit dem Rücken zu mir an seinem Computer. Sein Oberkörper ist nackt, und die große schwarze Spinne, die er sich auf die linke Schulter hat tätowieren lassen, schimmert zuckend auf seiner Haut, während seine Hände im schnellen Wechsel zwischen Tastatur und Maus hin und her huschen. Auf seinem kahlrasierten Schädel sitzt ein Kopfhörer, aus dem ein metallisches Wimmern nach außen dringt.

Er singt leise mit, die feinen Adern und Sehnen an seinem Hals bewegen sich mit seinem Kiefer. Mark ist Halbindianer. Er ist bei seiner Mutter im Rocky-Boy-Reservat an der nördlichen Staatsgrenze aufgewachsen. Nachdem er beschlossen hatte, nicht mehr als Kurier zu arbeiten, kam er zurück, um hier zu leben. Jetzt arbeitet er für große Computerfirmen und testet neue Spiele oder schreibt Programme.

»Peng, peng, peng.« Er ahmt leise das Geräusch eines Schusses nach. Seine Handbewegungen werden schneller, dann hämmert er dreimal fest auf die Tasten. »Peng, peng.« Er lehnt sich zurück, nimmt den Kopfhörer ab und lacht triumphierend. Er gibt seinem Drehstuhl einen Schubs und merkt, daß ich ihn beobachte. Ich lächle ihn verschlafen an.

»Allie«, ruft er, stürzt sich auf mich und fängt an, mit mir zu raufen. »Mann, ich habe mich echt zu Tode erschreckt, als ich dich heute morgen entdeckt habe. Du mußt dir abgewöhnen, dich immer so anzuschleichen.«

Ich blicke in Marks Gesicht. Er ist kleiner als ich, aber dafür doppelt so stark. Er hockt jetzt mit angezogenen Beinen auf mir und drückt mich fest auf den Fußboden.

»Mein Gott«, sagt er, und sein Lächeln verschwindet, »du siehst ja furchtbar aus.«

»Oh, danke.«

»Alles in Ordnung mit dir?«

Ich zucke mit den Schultern. »Es sieht schlimmer aus, als es ist, wird schon wieder.«

Mark richtet sich auf und gibt mir die Hand, um mich nach oben zu ziehen. »Arbeitest du gerade?« fragt er.

»Ich hatte einen Auftrag in der Nähe von Seattle.«

»Ich nehme an, er war nicht gerade erfolgreich.«

»Um ehrlich zu sein, nein.«

»Wann wirst du's endlich lernen, Süße?«

»Ungefähr dann, wenn du's tust«, sage ich und grinse ihn an.

»Im Ernst, Al, ich mache mir Sorgen um dich.«

»Brauchst du aber nicht.«

Mark schüttelt resignierend den Kopf. Wir haben schon oft darüber diskutiert, und er weiß, wann er aufgeben muß. »Möchtest du etwas essen?«

»Ich sterbe vor Hunger.« Ich greife nach meiner Jeans und schlüpfe schnell hinein. Die Walther nehme ich vom Boden und deponiere sie auf dem Couchtisch.

»Ich habe ein paar gute Antilopensteaks, wenn du magst.« Mark humpelt in die Küche. »Wie wär's, wenn ich etwas für dich koche, während du mir die ganze Geschichte erzählst?«

Ich folge ihm in die Küche, nehme die Diskette aus meiner Tasche und lege sie auf den Tisch. Mark nimmt ein paar Eier aus dem Kühlschrank und erhitzt die schwere, gußeiserne Pfanne über dem Gaskocher. Er schenkt mir eine Tasse Kaffee ein und wickelt dann zwei große, dicke Steaks aus dem weißen Papier einer Metzgerei.

»Mein Cousin hat sie unten bei Dillon besorgt«, erklärt er und deutet auf das Fleisch.

Ich nicke und nehme einen Schluck Kaffee. Beim Gedanken an Essen knurrt mir der Magen. Ich kann mich nicht mehr daran erinnern, wann ich das letzte Mal etwas zu mir genommen habe.

»Wie läuft deine Arbeit?« erkundige ich mich und beobachte Marks Hände, als er die Eier in die Pfanne schlägt.

»Wie immer. Aber ich habe ein paar ganz gute Sachen für den Computer bekommen.« Mark wendet die Eier und schiebt sie an den Rand der Pfanne, um Platz für die Steaks zu schaffen. »Ich habe neulich einen Job für Microworks gemacht, sie haben mir ein Testmodell ihrer neuen Kamera gegeben. Die Dinger sind unglaublich. Ich kann sie ans Netz schließen und mit jedem x-beliebigen Teilnehmer am Bildschirm reden. Du müßtest dir den ganzen Mist mal ansehen, es klingt nur so kompliziert.«

Mark nimmt einen Teller aus dem Schrank über dem Waschbecken und belädt ihn mit den Eiern und zwei dicken Scheiben Bauernbrot, die er vorher dick mit Butter bestrichen hat. Er reicht mir den Teller und gibt mir Messer und Gabel. »Das Steak ist jeden Moment fertig.« Marks Blick fällt auf die Diskette, die immer noch auf dem Tisch liegt, und er begutachtet sie neugierig.

»Ist das dein Auftrag?«

Ich nicke.

»Was noch?«

»Das ist alles«, sage ich.

Mark schaut mich erstaunt an. »Sie hätten es auch per Post schicken können.«

»Haben sie aber nicht.« Das Eigelb ist weich und flüssig, und ich dippe ein bißchen Brot hinein. »Hör zu. Ich will dich da nicht mit reinziehen, aber ich muß herausfinden, was hier gespielt wird.«

Mark sagt nichts und beobachtet mich, während ich esse. Das frische Fleisch knackt und bruzzelt in der Pfanne. »Irgend etwas ist schiefgelaufen, ja?« sagt er schließlich.

»So ist es. Ich wäre bei der Übergabe fast draufgegangen.« Ich höre auf zu essen, lehne mich in meinem Stuhl zurück und sehe Mark durchdringend an. »Ich weiß nicht, was genau dahintersteckt, aber es ist eine ernste Sache. Also wenn du willst, hau ich sofort ab.«

»Klar. Wir haben zwar vieles gemeinsam durchgestanden, aber ich habe einfach keine Lust darauf, daß du hier bleibst. Hau doch einfach ab und geh dabei drauf.« Mark verdreht die Augen, um seinem Sarkasmus deutlicher Ausdruck zu verleihen. »Bist du verrückt? Du wirst nirgendwohin gehen.«

»Danke, Mark.«

»Für wen fährst du die Tour?« fragt Mark. Ich zögere einen Moment. Mark hat Joey immer gehaßt. »Joey hat mir den Job besorgt, aber ich glaube, das hier ist selbst für ihn eine Nummer zu groß. Diese Typen in Seattle waren knallharte Profis. Vielleicht bezahlte Killer. Auftragskiller, verstehst du.« Mark nimmt die Pfanne vom Gasherd und legt das Steak auf meinen Teller. Seine langen braunen Augenbrauen ziehen sich zusammen und bilden eine tiefe Sorgenfalte auf der Stirn.

Während ich das Steak verschlinge, erzähle ich ihm, was im Nightshift gelaufen ist.

»Könnte irgendeine Konzerngeschichte sein«, meint er, als ich endlich fertig bin. »Das Computergeschäft kann einem das Genick brechen.« Er hat uns mehrmals Kaffee nachgegossen, inzwischen ist es bereits Abend geworden und das letzte Tageslicht aus dem Canyon verschwunden.

»Ich sag dir, Mark, dieser Typ, der mir die Diskette zugesteckt hat, war ein Bulle. Er läßt sich in Church Falls die Zähne reinigen, verdammt noch mal. Aber warum sollte ein Bulle sich mit irgendeinem Konzern anlegen?«

»Es gibt nur eine Möglichkeit, das herauszufinden«, sagt Mark. Er steht auf, nimmt sich die Diskette und geht ins Wohnzimmer zu seinem Computer. Er bietet mir einen zweiten Stuhl vor seinem Schreibtisch an und bedeutet mir, mich zu setzen.

»Hast du Joey schon von den Problemen bei der Übergabe erzählt?«

»Nein. Außer mit dir habe ich noch mit niemandem darüber gesprochen. Bist du sicher, daß ich bleiben soll?«

»Entspann dich, Kleines, hier draußen wird uns niemand finden.«

Mark schiebt die Diskette in das Laufwerk des Computers, und der Monitor wird aktiviert. Marks bräunlicher Teint schimmert im Licht des Monitors, seine feinen Hände bewegen sich mit eleganter Leichtigkeit über die Tastatur. Ich weiß nichts über diese geheime Welt, in der er sich bewegt. Ich stehe leise auf und lasse ihn arbeiten.

In der Küche hole ich meine Zigaretten und Marks Pfeife. Von einer Tour in der letzten Woche habe ich noch ein bißchen Gras übrig. Sorgfältig stopfe ich eine große, grüne Blüte in die Pfeife.

Marks Finger hören auf, die Tastatur zu bearbeiten. »Es ist ein Spiel«, sagt er und wendet sich vom Computer ab. Das Wort SPYMASTER leuchtet hell und in fetten Lettern auf dem Bildschirm. Über den Buchstaben wehen eine amerikanische und eine sowjetische Flagge, dazu tönt eine geheimnisvolle Musik aus den Lautsprechern des Computers. Mark schiebt die Tastatur zur Seite und ersetzt sie durch eine Playstation für Computerspiele.

»Willst du mal probieren?«

»Du weißt, daß ich in diesen Spielen nicht gut bin.«

»Blödsinn, Al. Es ist nicht so schwer, wie es aussieht. Es geht vor allem darum, sich all die Tricks zu merken.«

Ich setze mich wieder neben ihn und gebe ihm die Pfeife und ein Feuerzeug. »Reste von meiner letzten Lieferung. Ich dachte, du freust dich vielleicht darüber.«

»Perfekt!« Mark lächelt selig. Er schnipst das Feuerzeug an, zieht drei- oder viermal kräftig an der Pfeife und bläst dann den Rauch genüßlich aus. »Okay«, sagt er und reibt sich die Hände. »Laß uns loslegen.«

»Hast du eine Ahnung, wie alt das Spiel ist?« frage ich.

»Auf dem Copyright stand 1987.«

Ein fies aussehender Mann erscheint auf dem Bildschirm. Er

trägt einen zerknitterten Anzug, und eine Zigarette hängt in seinem Mundwinkel. Unter der Figur erscheint eine Laufzeile auf dem Bildschirm:

> General Nikolai Gregorowitsch, Chef des KGB, einer der größten Schurken im Krieg um die Demokratie. Ihre Mission ist es, ihn im Spionagespiel zu besiegen.

»Das kann nicht wahr sein«, stöhne ich.
»Ich glaube nicht, daß dieses Baby je produziert wurde. Jedenfalls habe ich noch nie davon gehört.« Mark zappelt ungeduldig auf seinem Stuhl herum. »Guck mal, da ist noch mehr.« Der düstere Gregorowitsch ist von einer Gestalt ersetzt worden, die einen glatten Anzug trägt. In der rechten Hand hält sie eine Walther. Der Text am unteren Bildschirmrand lautet:

> Sie sind David Callum, Chef der amerikanischen CIA ...

»Dieser Typ, Callum«, sage ich, ohne mir die Erklärung weiter durchzulesen, »ich glaube, der war wirklich Chef der CIA. Er war gestern abend in Bremerton in den Nachrichten.«
Doch Mark hört mir nicht zu. Die Einleitung ist vorbei, und das Spiel hat begonnen. Im Vordergrund des Monitors ragt der kurze Lauf der Walther ins Bild. Mark dreht an seinem Trackball, und die Walther bewegt sich in diese und jene Richtung, durch Korridore und um Ecken. Manche Pfade sind Sackgassen, andere führen zu verborgenen Türen, die weiter ins Labyrinth hineinführen. Offenbar befinden wir uns im Innern des Kreml.
Ich bleibe über eine Stunde neben Mark sitzen und sehe zu, wie Callums Vorräte an Leben schwinden und seine Gestalt wiederholt durch roboterähnliche sowjetische Soldaten zu Tode kommt. Jedesmal, wenn Mark das Spiel neu startet, ist er, was die

Tricks und Kniffe des Labyrinths betrifft, ein wenig klüger, so daß er immer weiter in den Kreml vordringt.

»Du hockst wahrscheinlich noch stundenlang vor der Kiste, oder?«

Mark will das Spiel gerade zum vierten Mal starten. Ich stehe auf und beginne damit, ihm ein weiteres Pfeifchen zu stopfen.

»Ich glaube, die langen Winter oben in Havre haben irgendwas mit deinem Gehirn angestellt«, sage ich scherzhaft.

»Das ist doch Wahnsinn.« Mark ist auf einmal ernst. Ich gebe ihm die Pfeife.

»Ein Typ ist ermordet worden, und irgend jemand hat das gleiche auch mit dir vor. Und alles, was wir haben, ist dieses beschissene Spiel.« Mark hält einen Moment inne und zieht an seiner Pfeife. »Die graphische Gestaltung von diesem Ding ist uralt, außerdem ist der kalte Krieg lange vorbei. Vielleicht hat der Fischer dir die falsche Diskette gegeben.«

»Ich sollte Joey anrufen und herausfinden, was verdammt noch mal eigentlich abgeht. Ich will das Ding einfach loswerden und mein Geld kriegen.« Ich ziehe das Handy aus meiner Tasche und wähle Joeys Nummer in Miami. Mark zieht noch einmal an der Pfeife und legt sie dann behutsam auf den Tisch.

Bei Joey meldet sich niemand. Ich werde es später noch einmal probieren. Langsam spüre ich, wie wenig ich die letzten Tage geschlafen habe. Ich tapse ins Bad und ziehe mich aus. Im Spiegel begutachte ich die gelben Blutergüsse, die sich unter meiner Haut gebildet haben.

Ich bücke mich und fahre mit den Fingern an einer sichelförmigen Narbe an meinem Unterschenkel entlang. In jener Nacht, als Joey mich in seinem Apartment in Miami durch eine Glastür gestoßen hatte, war ich zu high, um irgendeinen Schmerz zu spüren. Ich schließe die Augen und erinnere mich an die Fahrt in seinem Wagen zur Notaufnahme des Mercy Hospitals. Er hatte Handtücher unter meine Beine geschoben, damit ich seine Polster nicht vollblute. Irgendwo auf dem McArthur Causeway bin ich wieder zu mir gekommen und habe das dick verschmierte Blut gesehen. Ich hörte Joey wieder und wieder sagen, wie leid es ihm täte.

Joey hatte damals ein kleines rotes MG-Kabriolett. Wir rasten mit offenem Verdeck über die Bucht, und ich reckte den Kopf aus dem Wagen, um mir den warmen Fahrtwind ins Gesicht wehen zu lassen. Der Luftwiderstand zerrte an meinen Lippen und drückte gegen meine Wangen. Vor uns erhob sich die schillernde Skyline von Miami, die mit Neon verzierten Brücken, die leuchtenden Fenster der S-Bahnen, die sich durch die Stadt schlängelten, die Königspalmen am Ufer der Bucht. Als ich meinen Kopf wieder einzog, streckte Joey eine Hand zu mir aus und hielt mir ein kleines Glasfläschchen mit Kokain hin. Es war, als wolle er damit seine Reue bezeugen und mir ein Friedensangebot unterbreiten.

Ich steige in den warmen Dampf der Dusche und ziehe den Vorhang zu. Auch heute noch verzeihe ich Joey all seine Fehltritte und gewalttätigen Ausbrüche. Das Leben ist brutal, und wir finden es völlig normal. Das Wasser prasselt auf mein Gesicht, ein stechender Schmerz durchzuckt die Wunde an meiner Wange. Eines Tages werde ich über die glatte Narbe dort streichen und mich an den längst vergessenen Schmerz erinnern, ein Fragment meines Lebens, das durch die gealterte Haut bricht.

- 5 -

»Allie, wach auf!« Marks Stimme reißt mich aus dem Schlaf. Er steht vor dem Sofa und rüttelt an meiner Schulter. Ich reibe mir die Augen und richte mich mühsam auf. Mein Haar ist noch feucht vom Duschen und liegt kühl an meinem Hals. Es ist vollkommen dunkel in der Hütte, nur das Flimmern des Monitors erhellt den Raum. Ich schaue auf den zuckenden Bildschirm.

»Ich habe es geschafft«, ruft Mark und zerrt mich vom Sofa, »ich habe den General geschlagen.«

Ich stolpere zum Schreibtisch und setze mich. »Was passiert da gerade?« frage ich.

»Keine Ahnung. Als du eingeschlafen warst, habe ich es noch einmal probiert. Du weißt, wie sehr ich es hasse zu verlieren. Ich habe mich bis zum fünften Stockwerk des Kremls vorgearbeitet, wo dann Gregorowitsch auf mich wartete. Das erste Mal hat er mich erledigt, aber beim zweiten Mal war ich auf ihn vorbereitet. Er öffnete den Mund und stieß ein gräßliches Lachen aus, und ich habe mit der Walther losgeballert, peng, peng, peng. Ich muß ihn erschossen haben, denn danach fing das ganze Programm an, verrückt zu spielen. Wie du siehst.«

»Kannst du das stoppen?«

»Ich kann es versuchen.«

Mark ersetzt die Playstation wieder durch die Tastatur und fängt an loszutippen. Ich bin immer noch im Halbschlaf und trotte in die Küche, um mir einen Kaffee zu machen.

»Verdammte Scheiße! Allie, komm schnell her, das mußt du dir ansehen!« Marks Stimme überschlägt sich fast. Ich stürze zu ihm und starre auf den Computer. Der Monitor flimmert nicht mehr.

»Es ist irgendeine topographische Karte«, flüstere ich. Ich fahre mit den Fingern über den Monitor und verfolge den Lauf der Linien, die Berge und Hügel andeuten. Ortsnamen sind keine eingetragen, nur Zahlen, die offensichtlich die Höhenmeter angeben.

»Verdammt, das ist Vietnam, Al«, sagt Mark leise, und ich kann seinen Atem an meiner Wange spüren. Ich starre auf die undeutlichen Umrisse des Landes und versuche, mein Wissen aus dem Geographieunterricht zu aktivieren.

»Guck mal.« Mark zeigt auf einen Punkt, wo mehrere kleine, von Westen kommende Flüsse zu zwei großen Strömen zusammenfließen. »Das ist das Mekongdelta«, sein Finger wandert nach Norden, »und ungefähr hier müßte Saigon liegen.«

Mark tippt auf die Tastatur, und die Karte verschwindet. In der rechten oberen Ecke des Monitors erscheint das Datum »18. Dezember 1969«, gefolgt von einem offiziellen Brief. Unter dem Text prangt ein rundes Siegel, das einen Vogel abbildet. Direkt über dem Siegel befinden sich zwei Unterschriften.

»Was zum Teufel...?« Mark hält die Luft an und pfeift dann leise. Er starrt auf den Bildschirm und lehnt sich in seinen Stuhl zurück. Ich überfliege den Brief und bleibe an Ausdrücken wie »mit der erforderlichen Gewalt«, »Befriedung« und »strenge Geheimhaltung« hängen.

»Okay.« Mark sieht mich konzentriert an. »Weißt du, wie ein Fax Bilder übermittelt? Das hier funktioniert in etwa genauso«, erklärt er. »Man speist ein Bild in den Computer ein – ein Foto zum Beispiel oder ein Dokument wie dieses – und der Computer kopiert das Bild auf seine Festplatte. Wir betrachten also das Foto eines Dokumentes, das 1969 geschrieben wurde.«

»Das Siegel kommt mir bekannt vor.« Ich zeige auf den kleinen Stempel mit dem Vogel.

Mark hat sich wieder dem Bildschirm zugewandt, um das Dokument zu lesen. »Die Maßnahme beginnt um 3.00 Uhr in Chau Doc«, lautet der erste Satz. »Sie können mit aller zur Durchführung der Aktion erforderlichen Gewalt vorgehen. Bei jedem anderen Ausgang als der totalen Befriedung des Gebietes gilt der Einsatz als gescheitert. Die Mission verläuft unter strenger Geheimhaltung und muß unter allen Umständen als solche behandelt werden. Ich wiederhole, unter keinen Umständen dürfen Befehle oder Anweisungen im Rahmen dieses Kommandos mit irgend jemandem außer den bei der Durchführung der Maßnahme direkt beteiligten Personen erörtert werden...«

Mein Blick verharrt auf den Namen unter dem Dokument. Die obere Unterschrift ist leicht zu entziffern, das große schräge D des Vornamens, gefolgt von dem offenen C im Nachnamen.

»David Callum«, sage ich und sehe Mark an.

»Und der da?« fragt Mark und zeigt auf das schräge Gekritzel unter Callums Unterschrift.

Ich schüttle den Kopf. »Der Vorname könnte mit einem J anfangen.«

»Und der erste Buchstabe des Nachnamens könnte ein R sein, aber ich bin mir nicht sicher.«

Mark steht auf und humpelt zu einem großen Bücherregal an der gegenüberliegenden Wand. Seine langen Finger gleiten über die aufgereihten Bücher und verharren schließlich auf dem Rücken eines dicken, überdimensionierten Atlas. Er blättert durch die Seiten, bis er die Karte von Vietnam gefunden hat.

»Chau Doc«, sagt er und legt den Band vor mir auf den Schreibtisch. Sein Finger folgt der blauen Linie des Bassac landeinwärts bis zur dicken Linie der kambodschanischen Grenze.

»Hast du eine Ahnung, was ein Hmong ist?«

»Ich glaube, das sind irgendwelche Laoten. Südlich von hier im Bitterroot Valley lebt eine ganze Gruppe von ihnen. Die meisten sind Farmer, ich nehme an, sie sind mit einer Welle von Boat People gekommen, die Indochina verlassen haben, nachdem die Kommunisten die Macht übernommen haben. Sie verkaufen Gemüse auf dem hiesigen Bauernmarkt. Mein Vater hat in der Stadt Englischkurse für sie organisiert.«

Eine neue Landkarte erscheint auf dem Monitor. Quer über das Bild verlaufen zwei breite Flüsse, und dort, wo der südlichere Fluß die Grenze von Vietnam nach Kambodscha erreicht, ist Chau Doc mit einem roten Kreis markiert. Nordwestlich von Chau Doc in Kambodscha befindet sich ein dickes rotes X.

»Komm schon, Baby, zeig mir etwas, was ich noch nicht weiß.« Mark führt beim Arbeiten Selbstgespräche. Der Monitor flimmert erneut, und ein Foto erscheint, das aussieht wie die Luftaufnahme eines Lagers. Am unteren Bildrand ist die Bezeichnung »U. S. Army Corps of Engineers« eingegeben, und darüber steht in deutlichen Lettern STRENG GEHEIM.

Das ohnehin grob gerasterte Schwarzweißfoto wird durch die Auflösung im Computer noch undeutlicher, doch man kann gut erkennen, daß es sich um einen Flugplatz handelt. Die schattenhaften Rümpfe von drei ziemlich großen Flugzeugen, die auf der Landebahn stehen, lassen sich leicht identifizieren. In der Mitte ballen sich die Dächer diverser Gebäude, und weitere kleinere Bauten reihen sich am Rand des Flugplatzes, wahrscheinlich sind es irgendwelche Beobachtungsposten.

»Hatte der CIA nicht eine Art privater Fluglinie in Vietnam?« frage ich Mark und versuche krampfhaft, meine dürftigen Kenntnisse über den Krieg aus meinem Gedächtnis hervorzuholen. Als das Foto aufgenommen wurde, waren wir beide wahrscheinlich noch gar nicht geboren. Eine meiner frühesten Kindheitserinnerungen ist die endgültige Räumung der amerikanischen Botschaft in Saigon. Ich kann mich noch daran erinnern, daß wir in unserem Wohnzimmer in Brooklyn vor unserem kleinen Schwarzweißfernseher gesessen haben und daß meine Mutter geweint hat. Es war kurz vor ihrem Tod, und vielleicht ist es die einzige reale Erinnerung, die ich an meine Mutter habe. Ich sehe die Leute noch vor mir, die auf das Dach der Botschaft klettern, um zu den Hubschraubern zu gelangen.

Ich suche nach weiteren Informationen auf dem Bild. Aber außer ein paar Geländewagen und etlichen Sandsäcken wirkt das Gelände vollkommen verlassen.

Ich schaue noch einmal auf den Atlas und entdecke die vertrauten Städtenamen entlang des Mekong: Mytho und Canto. Ich fahre mit dem Finger die Küstenlinie entlang, vorbei an Cam Ranh, Danang und Hue bis nach Hanoi und Haiphong im Norden des Landes.

Im Amerika meiner Kindheit war Danang der Ort, wo dieser Serienheld Magnum mit seinem Partner T. C. gegen die Kommunisten gekämpft hatte. Und Billy Joels trauriges Lebewohl an Saigon war eine Zeitlang die beliebteste Blues-Tanznummer auf unseren Schulfesten. Im Geschichtsunterricht wurde der verlorene Krieg noch eilig am Ende des Schuljahres eingeschoben, zwischen dem Klassenausflug und Watergate, einer weiteren nationalen Schande. Das einzige, woran ich mich noch gut erinnern kann, ist die Tatsache, daß die nordvietnamesische Armee uns an irgendeinem Feiertag namens Tet überrascht hatte. Natürlich gab es diese Geschichten von Menschen, deren Leben sich verändert hatte durch das, was da geschehen war. Meine Grundschullehrerin ließ die Jungen immer ihre Nylonstrümpfe streicheln, wenn sie Geschichten erzählte. Es ging das Gerücht, daß ihr Mann, der die Belagerung von Khe Sanh mitgemacht hatte, nachts noch immer den Feind durch ihr Haus schleichen sah. Unsere Leute mußten Mitleid mit ihr gehabt haben, denn ihr ungewöhnliches Bedürfnis nach körperlicher Zuneigung wurde nie kritisiert.

Im Kino sahen wir einen glattrasierten Charlie Sheen in *Platoon* durch den Dschungel stapfen, und als kiffende Teenager haben wir uns *Apocalypse Now* auf Video angesehen. Mein Vater hat fast nie vom Krieg gesprochen. Natürlich hatte er diese Träume, und es gab Fotos, die meinen Vater mit seiner M-16 zeigten, neben ihm Cyrus, dessen Afrofrisur unter seinem Helm hervorragte. Dann gab es Gerüchte über die Niederlage, das Geraune um einen Krieg, der meine Kindheit umgab.

Mark gibt einen neuen Befehl ein, und auf dem Computer erscheint eine Liste. Ich überfliege die Namen: Jason Adams, Darnell Walker, Henry Morrison. Insgesamt sind es vierundzwanzig Namen, und hinter jedem steht der Eintrag »im Einsatz verschollen«.

»Amerikaner«, bemerkt Mark. Er gibt einen weiteren Befehl

ein, aber auf dem Bildschirm erscheint kein neues Bild. »Ich glaube, das war's. Ich verstehe noch immer nicht, was das ganze Theater um die Diskette soll. Wir haben ein Nachschublager, eine Liste vermißter Männer, einen Befehl von Callum und irgendeinem J. R. über die Entsendung einer laotischen Einheit nach Kambodscha und ein paar mickrige Karten.«

»Kannst du noch mal zu der Luftaufnahme zurückgehen?«

»Klar.«

»Meinst du, du könntest das für mich ausdrucken?« frage ich.

»Ich würde niemals durch das Spiel kommen.«

Ich stehe vom Schreibtisch auf und zünde mir eine Zigarette an. Es ist heiß und stickig in der Hütte. Scheinbar hat Mark den Holzofen in der Ecke geschürt, während ich geschlafen habe. Ich gehe zur Tür und hinaus auf die kleine Veranda. Die Luft ist frisch, sie fährt mir beim ersten Atemzug eiskalt in Nase und Lungen. Fröstelnd nehme ich einen tiefen Zug an der Zigarette und sehe zu, wie sich der Rauch langsam in der Dunkelheit verliert.

Irgendwo im Tal höre ich einen Wagen wenden, das dumpfe Geräusch des Motors wird lauter, als der Wagen beschleunigt und in Richtung Stadt rast. Am Rande der Lichtung raschelt etwas in den Zweigen der Ponderosakiefern. Zwischen den Bäumen sehe ich irgend etwas auf die Hütte zufliegen. An den Umrissen erkenne ich, daß es eine Eule ist. Die auffällige Kontur ihres Kopfes tritt deutlich aus dem Dunkel hervor, die Krallen an ihren kräftigen Beinen sind ausgefahren. Die Eule stürzt auf das Dach der Hütte zu, umkreist es und verschwindet in der Nacht.

Die Fliegengittertür in meinem Rücken fällt zu. »Alles okay, Al?« höre ich Marks Stimme direkt hinter mir, und ich drehe mich zu ihm um.

»Mein Vater ist tot. Ich habe vor zwei Tagen auf den Keys angerufen und es erfahren.«

»Das tut mir leid, Al.«

»Ich sollte nicht mal hier sein. Wenn ich nicht diesen Mist mit der Diskette am Hals hätte, wäre ich jetzt schon längst zu Hause.«

Mark sagt nichts. Er nimmt mir die Zigarette aus der Hand und nimmt einen Zug. Auf sein kantiges Kinn fällt das kalte Licht des Mondes, der über dem Canyon scheint.

»War dein Vater in Vietnam?« frage ich ihn.

»Hubschrauberpilot bei der Armee.«

»Meiner war bei den Special Forces. Obwohl ich nicht genau weiß, was das heißt. Eine Zeitlang hat er eine PRU geleitet, irgendeine Einheit der südvietnamesischen Armee. In meiner Gegenwart hat er eigentlich nie darüber geredet.«

Mark gibt mir meine Zigarette zurück und reibt sich die Hände, um sie zu wärmen. In der Hütte hört man das Surren des Druckers.

»Hey, Al, du hast eben erzählt, du hättest diesen Callum in den Nachrichten gesehen. Worum ging es denn da?«

»Ach, um irgendeinen Bootsunfall, er war über Nacht vermißt worden. Er hat zusammen mit seiner Frau ein Haus auf irgendeiner Insel in der Nähe von Seattle. Bainbridge, glaube ich.«

»Und wo hast du die Lieferung in Empfang genommen?«

»In Bremerton, am gegenüberliegenden Ufer des Sunds, vor Seattle.«

»Warum verschwindet David Callum ausgerechnet in der Nacht, in der du diese Diskette bekommst, auf der ständig sein Name auftaucht? Und warum findet die Übergabe eine Fahrstunde von seinem Haus entfernt statt. Glaubst du, das ist alles Zufall?«

Ich starre in den dunklen Wald. »Das ergibt doch alles keinen Sinn. Glaubst du, jemand würde ihn wegen eines Fotos und ein paar Landkarten ermorden? Der Vietnamkrieg ist vor mehr als zwanzig Jahren gewesen. Niemand könnte durch etwas in Schwierigkeiten geraten, was so lange her ist. Außerdem habe ich dir doch gesagt, daß dieser Typ, der in Bremerton getötet wurde, ein Bulle war. Wenn die also die Diskette schon längst hatten, warum wurde der Typ dann getötet und warum sollten sie mir die Scheibe geben?«

Ich ziehe ein letztes Mal an meiner Zigarette und schnippe die Kippe weg.

»Scheißkalt hier draußen.« Ich drehe mich um und will reingehen.

»Allie.«

»Ja.«

»Das mit deinem Vater tut mir wirklich leid.«

»Ich weiß, Mark. Mir auch.«

Mark tritt nach mir in die Hütte und schließt die Tür. Ich werfe einen Blick auf den Fernseher. Die Uhr auf dem Videorecorder zeigt 2.30 Uhr an, aber bei meinem Schlafrhythmus könnte es jede Tages- und Nachtzeit sein, ohne daß ich den Unterschied bemerken würde. Ich reibe meine Augen und versuche, mich an die Ereignisse seit Joeys erstem Anruf zu erinnern, seit dem Abend, an dem ich mit Cyrus gesprochen habe. An der Ostküste ist es jetzt halb fünf morgens. Cyrus wird in ein paar Stunden aufstehen, und Joey geht wahrscheinlich gerade erst schlafen. Ich sollte sie beide anrufen. Joey, um herauszufinden, was verdammt noch mal eigentlich los ist, und Cyrus, um ihm zu sagen, daß ich es nicht rechtzeitig zur Beerdigung schaffen werde.

Mark schaltet den Fernseher ein, ohne den Ton aufzudrehen, und verschwindet in der Küche, um einen Kaffee aufzusetzen. Mein Handy liegt auf meiner Tasche, und ich rufe Joey in Miami an.

Das Telefon klingelt viermal, bevor ich eine schläfrige Frauenstimme höre. »Hallo?«

»Ich möchte mit Joey sprechen.«

Ich höre das gedämpfte Kichern der Frau und das Rascheln von Bettlaken. »Joey, Liebling, für dich.«

»Wer zum Teufel ist dran?«

»Das hat sie nicht gesagt.«

Joey seufzt genervt und nimmt den Hörer.

»Holà.«

»Stets der Aufreißer, was?« sage ich. »Ich nehme an, irgendeine Frau ist immer verzweifelt genug, sich von dir bumsen zu lassen.«

»Vorsicht, Baby. Du bist jedenfalls ziemlich lange geblieben. Was willst du?«

»Was soll das heißen, verdammt? Du hast mir einen Riesenschlamassel eingebrockt. Es wurden Leute ermordet wegen dieser Lieferung, und es kann sein, daß ich die nächste bin.«

»Wo bist du? Bist du bei Mark?«

»Das geht dich nichts an.« Mark kommt ins Wohnzimmer und bringt mir einen Kaffee. Er wirft einen giftigen Blick auf das Handy. Als ich zum ersten Mal voller Blutergüsse zu einer Übergabe gekommen bin, wollte er Joey umbringen. Es hat Stunden gedauert, bis ich es ihm ausgeredet habe. »Jetzt hör mal gut zu«, sage ich mit fester Stimme, »mir ist es scheißegal, wer die Diskette kriegt, aber ich will mein Geld. Wer also hat die Lieferung bestellt?«

»Tut mir leid, Baby. Du kennst die Regeln. Das kann ich dir nicht sagen.«

»Der Trottel, der mir das Päckchen gegeben hat, war zu blöd, mir die Kontaktnummer zu geben. Willst du, daß ich hier sitzen bleibe und den Kopf in den Arsch stecke, oder sagst du mir, wohin ich fahren soll?«

»Mein Gott, beruhige dich, Al. Wir wissen alles über die kleine Panne in Bremerton.«

»Kleine Panne? Joey, ein Mann ist tot.«

»Baby, du mußt die ganze Sache viel entspannter sehen. Du hast die Tour bekommen, weil ich weiß, daß du die Beste bist. Ich möchte, daß du heute nacht ein bißchen schläfst und dann Richtung Texas fährst. Die Übergabe soll nach wie vor dort stattfinden. Ruf mich wieder an, wenn du in Houston bist. Es ist eine simple Tour, Al. Du hast das schon hundertmal gemacht. Und jetzt schlaf ein bißchen.«

Es klickt leise, und die Leitung ist tot. Ich halte das Handy noch einen Moment lang unverändert an mein Ohr. Wen meint Joey mit »wir«, und wer hat ihm erzählt, was passiert ist?

Ich lege das Handy langsam zur Seite und denke an Joeys glatte Handflächen, meine prickelnde Haut darunter. Als es zum ersten Mal passierte, waren wir in Key West. Es war zwischen zwei Aufträgen, und Joey war mit dem Wagen aus New York gekommen, um mich zu treffen. Mein Vater und Cyrus waren mit dem Boot unterwegs, und wir saßen unter den Bougainvillea im Garten hinter dem Haus. Ich hatte den Tag am Strand von Fort Taylor verbracht, meine vom Salzwasser überzogene Haut war noch heiß von der Sonne.

An jenem Tag war ein Manati ganz nahe ans Ufer gekommen, und ich hatte ihn beim Schwimmen gestreift. Als ich mit Joey im Garten saß und das kalte Metall des Gartenstuhls an meinem Schenkel spürte, dachte ich daran, wie anschmiegsam das Tier gewesen war. Wir waren mehrere Meter zusammen geschwommen, und jeder hatte die Fremdheit des anderen gespürt.

Am Rande des Gartens stand ein nachtblühender Kaktus, dessen pelzige Knospen sich zu weißen Blüten geöffnet hatten. Wir waren ziemlich betrunken. Als wir durch die holzigen Bougainvillea nach oben blickten, sahen wir im Osten Blitze am Himmel, und wir konnten den nahenden Regen hören, der über die Insel fegte.

Wir stolperten ins Haus. In der Küche lehnte ich mich mit dem Rücken gegen die Wand, meine Schulterblätter schmerzten, als meine sonnenverbrannte Haut das Holz berührte. Ich schloß meine Augen und zog seinen Körper an mich heran, schob mein Leinenkleid über die Hüften und öffnete langsam jeden Knopf. Ich hörte den heftigen Regen, spürte, wie meine Zunge über seine spitzen Zähne glitt, fühlte, wie meine Lippen an seinen Lippen die Worte formten: »Schlag mich.« In jeder einzelnen Silbe lag die Verführung, und ich wußte, daß ich mich selbst betrog.

Mark hat sich aufs Sofa gesetzt und reinigt mit konzentrierter Sorgfalt seine Pfeife. Tick, tick, tick. Er klopft das metallene Mundstück leise gegen den schweren Glasaschenbecher.

Ich nehme noch einmal mein Handy und rufe Cyrus an. Am anderen Ende der Leitung höre ich nur die monotone Stimme seines Anrufbeantworters, wahrscheinlich schläft er noch.

»Cyrus, ich bin's, Al. Ich rufe an, um dir zu sagen, daß ich auf dem Weg nach Hause bin. Ich bin bei Mark und muß noch etwas erledigen, aber in ein paar Tagen werde ich bei den Keys sein, wenn du bis dahin mit den Vorkehrungen warten kannst.« Ich halte einen Moment inne, plötzlich wird mir bewußt, wie absurd diese Formulierung ist. Ich rede hier von meinem Vater und davon, daß er beerdigt wird. »Ich ruf dich später noch einmal an.«

»Ich kann nicht glauben, daß du immer noch für ihn arbeitest«, knurrt Mark.

Ich lasse mich neben ihn aufs Sofa fallen. Im Fernsehen sieht man einen großen Jet der American Airlines am wolkigen Himmel schweben.

»Ich muß schließlich meinen Lebensunterhalt verdienen«, sage ich abwesend. »Es geht mir nur um das Geld.«

»Er ist ein mieses Schwein.«

Ich antworte nicht und konzentriere mich statt dessen auf den Fernseher. Am Heck des Flugzeuges befinden sich zwei ineinander verschobene As. Die CIA hatte in Vietnam eine eigene Fluglinie, und die hieß ganz bestimmt nicht CIAir.

»Mark.«

»Yes?«

»Air America«, sage ich langsam. Ich gehe zum Schreibtisch,

wo der Ausdruck der grob gerasterten Luftaufnahme liegt. Ich deute mit dem Finger auf das Kreuz des halberleuchteten Flugzeugs und spüre die knisternde Spannung auf meiner Haut. »Die Fluglinie der CIA in Vietnam hieß Air America.«

»Das alles gefällt mir nicht, Al. Warum bringst du die verdammte Diskette nicht nach Langley, oder wo auch immer diese Typen rumhängen. Die sehen es nicht gern, wenn man in ihren Angelegenheiten rumpfuscht. Scheiß auf das Geld und scheiß auf Joey. Schau mich an. Ich bin ein gottverdammter Krüppel. Willst du so enden wie ich? Oder vielleicht lieber wie der Typ in der Bar in Bremerton?«

Mark hievt sich vom Sofa und humpelt auf mich zu. Er nimmt die Diskette aus dem Laufwerk und greift nach den ausgedruckten Seiten im Drucker. »Sieh einfach zu, daß du dieses Scheißding los wirst«, sagt er wütend. Er hält die Diskette über den Papierkorb und läßt sie demonstrativ im Müll landen. »Siehst du, wie leicht es ist. Und jetzt steigst du einfach in deinen Wagen und fährst weg, Al.« Er zerknüllt die ausgedruckten Bilder nacheinander und wirft sie zu der Diskette in den Papierkorb. »Es wird noch andere Jobs geben.«

Ich öffne den Mund, um Mark zu sagen, daß ich sehr gut auf mich selbst aufpassen kann, da klingelt das Telefon. Mark stützt sich auf sein gesundes Bein und humpelt zum Telefon. Es tut mir weh zu sehen, daß sein Knie ihm heute nacht offenbar Schmerzen bereitet.

»Hallo?« Mark hört eine Weile zu, bevor er mit trauriger Stimme sagt: »Ja, ich komme sofort... Es tut mir leid, daß er Ihnen Ärger gemacht hat... Nein, halten Sie ihn einfach auf, bis ich da bin... Danke.«

Mark legt den Hörer auf. »Hast du Lust auf einen kleinen Ausflug?« fragt er.

»Klar, was ist denn los?«

»Mein Vater. Ich erkläre es dir auf dem Weg in die Stadt. Vielleicht sollten wir lieber deinen Wagen nehmen. Wahrscheinlich muß ich am Ende wieder seinen Truck nach Hause fahren.«

Ich lasse die Diskette und die Papiere im Papierkorb, wo Mark sie hingeworfen hat. Wir werden später noch einmal darüber diskutieren, und ich werde das letzte Wort haben. Schnelles Geld.

- 6 -

Wir sind schweigend ins Tal hinuntergefahren und unterqueren jetzt die Interstate, um rechts in Richtung Stadt abzubiegen. Das Licht der Laternen fällt in den Wagen, und ich sehe Mark an. Er trägt eine blaue Strickmütze, sein blanker Nacken ist zwischen der Mütze und dem Kragen seiner Segeltuchjacke zu sehen.

»In letzter Zeit hat mein Dad es mit den ›alten Werten‹, wie er es nennt, irgendeine blödsinnige Weißenidee von wegen, die Indianer hätten von Anfang an recht gehabt, weil wir instinktiv gewußt hätten, daß es nicht gut ist, die Natur zu mißbrauchen. Scheiße. Außer meiner Mutter hängt jeder Indianer, den ich kenne, mit einem Flachmann in irgendeinem Loch in Havre oder Hart Butte rum.«

Ich konzentriere mich auf die kurvige Straße und lausche Marks Stimme. Ich merke, wie sein Rocky-Boy-Akzent durchbricht, die einfache Sprache der Eisenbahnstädte im hohen Norden.

»Dieser Indianertick ist schlimmer geworden, seit meine Mutter ihn verlassen hat.«

Ich habe Marks Vater, Keith, einmal getroffen. Obwohl er Professor für Mathematik ist, könnte man ihn problemlos für einen Penner halten. Er lebt in einem heruntergekommenen Wohnwagen am Fluß in der Nähe der alten Papiermühle. Vor ein paar Jahren habe ich Mark begleitet, als er Kaution für ihn stellen mußte. Sein Vater hatte sich in Stockman's Bar betrunken, den Fußboden vollgepißt und die Scheibe des Pokerautomaten zertrümmert, an den er sein letztes Geld verloren hatte. Mark und ich brachten ihn damals nach Hause und packten ihn in sein schimmeliges Bett. Die ganze Zeit dachte ich, Ratten, hier muß es Ratten geben.

»In den letzten paar Jahren hat er dann während der Saison so eine rituelle Jagd veranstaltet. Er glaubt, er könne den Mathematikprofessor von der Ostküste vergessen, indem er loszieht, mit Pfeil und Bogen ein paar Rehböcke schießt und ihr Herz ißt oder so. Im vergangenen Jahr habe ich ihm jedenfalls gesagt, er solle es mal in der Gegend von Polaris versuchen, südlich von Wisdom im Beaverhead National Forest. Da unten gibt es jede Menge Maultierhirsche. Dorthin fahre ich auch immer mit meinem Cousin zur Jagd.«

Marks Stimme klingt bedrückt. »Im letzten Winter ist er also dorthin gefahren, obwohl ein schwerer Schneesturm angesagt war, aber er hat wahrscheinlich gedacht, er macht so etwas wie einen gemütlichen Spaziergang durch den Park in Connecticut. Er ist also allein da draußen in seiner gottverdammten Welt, in der die Philosophie der amerikanischen Eingeborenen noch etwas bedeutet. Eines Abends sitzt er in seinem Truck und zelebriert die weiße Mittelschichtversion eines Regentanzes oder was immer er da draußen macht, als über CB-Funk ein Notruf kommt: Irgendein Tourist aus Kalifornien wird vermißt. Natürlich fährt mein Vater zu dem Haus des Ranchers und meldet sich freiwillig, den Trottel zu suchen. Als man den Typ am Ende gefunden hat, war er schon steif gefroren. Er hatte außer einem beschissenen Sweatshirt nichts an. Mein Vater und drei andere Jäger, die sich der Suche angeschlossen hatten, haben ihn entdeckt. Und mein Vater hatte, bis der Rettungshubschrauber aus Butte eingetroffen war, kein Gefühl mehr in den Füßen.«

Ich wende meinen Blick für einen Moment von der Straße ab. Mark sieht mich an. Seine Augen sind dunkler, als ich sie je gesehen habe.

»Sie haben ihm die verdammten Zehen abgenommen, Al. Sie meinten, er hätte so schwere Erfrierungen erlitten, daß ihnen nichts anderes übrig geblieben war, als das abgestorbene Fleisch wegzuschneiden. Seitdem ist es mit ihm steil bergab gegangen.«

Ich starre Mark an und denke an meinen Vater, an sein unnützes, abgestorbenes Fleisch. Ich konzentriere mich wieder auf die Straße. Es gibt nichts, was ich sagen könnte.

Als wir den Wagen vor dem Oxford's parken, ist es fast vier Uhr morgens. Schneeflocken wirbeln durch die Luft. Als wir den Laden durch eine schmutzige Glastür betreten, weiß ich, daß ich zu Hause bin. Das »Ox«, Oxford Saloon, wie es offiziell heißt, zieht sämtliche Nachtschwärmer von Missoula an. Ich war schon oft mit Mark hier, um frühmorgens gebratenes Hirn mit Eiern und Hackfleisch unter einer dicken braunen Sauce zu essen. Im Saloon sind eine Bar, ein rund um die Uhr geöffnetes Café, ein Strip-Club und diverse Poker- und Kenospiele untergebracht.

Die Bar ist von Gesetzes wegen über Nacht dicht, und die Alkoholvorräte sind mit einem stabilen Gitter gesichert. Über dem Flaschenregal hängen Vitrinen, in denen ein beeindruckendes Waffenarsenal versammelt ist. Keine Handfeuerwaffen, nur Gewehre und Flinten. Jedes Stück ist mit einem handgeschriebenen Kärtchen versehen. Es ist eine seltsame Mischung: Ein britisches Armeegewehr aus dem Zweiten Weltkrieg hängt neben einer Remington, Kaliber 22.

Ich folge Mark über die abgetretenen Linoleumfliesen ins Café. Links von uns sitzt eine dicke Frau auf einem Barhocker in einer durch Plastikwände abgetrennten Nische. Es ist unmöglich zu sagen, wie alt sie ist. Sie trägt starkes Make-up und hat gefärbte, von Haarspray klebrige Haare. Ihre knallrot lackierten Nägel sind spitz gefeilt, die dicklichen Hände sind ständig in Bewegung.

Hinten im Pokerraum wird an zwei Tischen gespielt, die von

einem Lichtkreis bestrahlt werden. Ich bleibe an der Tür stehen, bis meine Augen sich an die Dunkelheit gewöhnt haben.

Die Männer an dem hinteren Tisch lehnen sich in ihren Stühlen zurück und werfen die Spielkarten auf den Filz. Mark geht an ihnen vorbei zum hinteren Ende des Raumes. Einer der Spieler, ein Indianer, dessen langer Pferdeschwanz unter seiner John-Deere-Kappe hervorragt, zieht einen Stapel Chips auf seine Seite.

»Hey, Professor«, ruft er über die Schulter, als Mark vorbeigeht, »dein Junge ist hier.«

Ich spähe in den düsteren Raum und mache die schwachen Umrisse einer Gestalt aus, die über einem dunklen Ecktisch zusammengesunken ist. Mark humpelt auf seinen Vater zu.

Als ich zu den beiden gehe, ist es Mark gelungen, seinen Vater wachzurütteln. Der üble Gestank von Urin schlägt mir entgegen, und mein Magen dreht sich um.

»Hey, Keith, ich bin's, Allie. Erinnern Sie sich noch an mich?«

Kraftlos und mit leerem Gesichtsausdruck wendet er sich Mark zu.

»Steh auf«, befiehlt Mark.

Keith stemmt sich mit beiden Händen auf die Tischplatte und hievt sich ein paar Zentimeter vom Stuhl hoch. Er atmet schwer, und vor Anstrengung treibt es ihm den Schweiß auf die Stirn. Unfähig, sich aus eigener Kraft aufzurichten, läßt er sich erschöpft wieder in den Stuhl zurückfallen.

Mark verdreht die Augen. »Al, könntest du hier bei ihm warten, ich muß seine Rechnung noch bezahlen. Ich kann's echt nicht fassen.« Er wendet sich wieder seinem Vater zu und spricht laut und deutlich mit ihm, als würde er mit einem kleinen Kind reden. »Mußt du dich übergeben?«

»Nein«, bringt Keith mühsam hervor und lehnt sich vornüber auf den Tisch.

»Bist du sicher?«

»Ich paß auf ihn auf«, sage ich und lege meine Hand auf Keith' Rücken. Ich spüre, wie sein Körper bebt. Er öffnet den Mund, und ein kleines Rinnsal Erbrochenes tröpfelt auf den Tisch.

»Keith«, sage ich langsam, »Sie müssen sich gerade hinsetzen, okay?« Ich schiebe meine Hand unter sein Kinn und versuche seinen kraftlosen Oberkörper hochzuziehen. Mit seiner abgewetzten Cordjacke sieht er aus wie die Karikatur eines Professors, der irgendwann einmal für die Rolle eines Gelehrten ausgestattet und dann vergessen wurde.

»Hey, Professor«, ruft einer der Männer am hinteren Tisch und blickt in unsere Richtung, »sieht aus, als hättest du dir eine neue Freundin angelacht.«

»Leck mich am Arsch«, lallt Marks Vater.

»Kommen Sie, Keith«, flehe ich leise, »wir wollen einfach zusehen, daß wir hier rauskommen, okay?«

»Scheißschlitzauge.« Ohne mich zu beachten, schimpft Keith vor sich hin. Der Mann am Tisch dreht sich zu uns um, und im Licht der Deckenlampe kann ich deutlich seine asiatischen Gesichtszüge erkennen. Er trägt ein blau-weiß-rotes T-Shirt mit der Aufschrift MORGAN'S COUNTY PICKLE FESTIVAL, 100TH ANNIVERSARY.

»Keith, halten Sie verdammt noch mal die Klappe«, zische ich ihn durch die Zähne an.

»Es ist ein Hmong, ein Mohnbauer«, flüstert Keith mir wie zur Bestätigung zu.

»Schon gut, Keith, wir gehen jetzt.« Ich hake einen Arm unter seinen. »Sie müssen aufstehen, Mark wartet draußen auf uns.«

Mühsam hieve ich Keith' schlaffen Körper hoch. »Sie müssen mir schon helfen, ja?«

Keith blickt zu mir auf und nickt. Endlich versucht er, sich selbst auf den Beinen zu halten. Der Hmong hat sich wieder dem Spiel zugewandt und versucht, uns zu ignorieren. Keith schwankt und legt einen Arm um meine Schulter, und gemeinsam taumeln wir auf die Tür zu.

Auf dem Gang kommt uns Mark entgegen, und ich gebe Keith an ihn weiter. »Ich bringe ihn nach Hause und treffe dich dann bei mir in der Hütte. Vielleicht wird es ein bißchen dauern.«

»Mark, ich muß demnächst aufbrechen. Joey rechnet damit, daß ich morgen früh auf der Straße bin.«

»Warte, bis ich zur Hütte zurückkomme, okay? Fahr nicht, ohne dich zu verabschieden.«

Mark nimmt seinen Vater und balanciert ihrer beider Gewicht auf seinem gesunden Bein.

»Soll ich dir helfen?« frage ich.

»Nein, ich hab's schon.«

Bevor sie zur Tür hinaus wanken, drehen sie sich noch einmal zu mir um und werfen mir beide ein breites Grinsen zu. Ich kann jetzt deutlich erkennen, daß sie Vater und Sohn sind.

Der Schnee fällt jetzt gleichmäßiger. Ich sitze in meinem Wagen, lasse die Standheizung laufen und lausche dem Rhythmus der Scheibenwischer auf der feuchten Windschutzscheibe. Ich öffne das Fahrerfenster einen Spalt weit und zünde mir eine Zigarette an. Während ich auf die leere Straße starre, versuche ich mich zu sammeln. Morgen früh muß ich unbedingt weiterfahren, ich habe mich ohnehin schon zu lange aufgehalten. Wer immer mich auch aufspüren will, ich habe ihm zuviel Zeit geschenkt.

Zwei Blocks entfernt kommt ein Mann aus einem Hinterhof in meine Richtung. Ich greife unter den Sitz nach meiner Walther und lege sie griffbereit in meinen Schoß. Der Mann in Arbeitshosen aus dem Nightshift kommt mir in den Sinn, seine perfekte Tarnung. Die Gestalt kommt näher, und ich schnippe meine Zigarettenkippe aus dem Fenster. Ich beobachte seine langen Schritte, sehe die Abdrücke seiner Stiefel auf dem schneebestäubten Bürgersteig.

»Du mußt immer auf Achse bleiben, Al«, hatte mein Vater mir geraten. »Solange du nicht an einem Ort bleibst, können sie dich nicht erwischen.«

Ich entsichere die Walther und lege meinen Finger an den Abzug. Die Sohlen des Mannes knirschen in der Kälte. Egal wer er ist, ich werde erst wissen, ob er gefährlich ist, wenn er zuschlägt.

Gut drei Meter von mir entfernt zögert der Mann. Er tritt auf der Stelle und schlägt seinen Jackenkragen hoch. Als er in seine Tasche greift, setzt mein Herz für einen Moment aus. Ich spüre die Walther in meinem Schoß und stelle mir vor, wie ich die Waffe im Sekundenbruchteil über das Armaturenbrett hebe und abfeuere. Ich konzentriere meinen Blick auf die Hände des Mannes. Aber er kramt nur in seiner Tasche und zieht schließlich ein Zippo und eine Packung Lucky Strikes heraus. Erleichtert lehne ich mich in den Sitz zurück und atme langsam aus.

Eine der Pokerpartien muß schließlich doch geendet haben. Die Tür des Saloons geht auf, und der Indianer mit der John-Deere-Mütze wankt heraus. Kurz darauf stolpert auch der Hmong durch die Tür, und ich beobachte, wie die beiden sich voneinander verabschieden. Durch das geschlossene Fenster des Mustang höre ich den Hmong rufen »nächstes Mal«.

Der Indianer grinst und winkt ihm noch einmal über die Schulter. Der Hmong trottet über die Straße zu seinem leuchtendroten Chevrolet Pick-up, der ein paar Meter vor mir unter einer Laterne parkt. Der Mann ist um die Fünfzig und hat einen leichten Bauchansatz. Er zieht den Schlüssel aus der Tasche und steigt in den Wagen. Der Motor springt stotternd an, und aus dem Auspuff quellen dicke Abgaswolken. Der Hmong hat die Innenbeleuchtung des Wagens eingeschaltet, so daß die Umrisse seines Kopfes durch das Rückfenster erkennbar sind. Er fummelt an irgend etwas herum, am Radio wahrscheinlich oder an der Heizung, dann steigt er wieder aus dem Wagen und macht sich mit einem Eiskratzer an seiner Windschutzscheibe zu schaffen.

Ich lehne mich zurück und beobachte ihn, seine Arme stemmen sich gegen die dicke Eisschicht auf dem Glas. Und dann sehe ich sie. »Preismützen« habe ich sie immer genannt. Mein Vater und Cyrus haben ihre nie getragen, aber ich habe schon einbeinige Veteranen gesehen, die sie trugen, während sie an Straßenecken mit Pappbechern voller Kleingeld klimperten. Man kann sie in jedem Army-Shop kaufen. 125th CAVALRY, DANANG oder 85th AIRBONE steht drauf. Normalerweise beachte ich die Aufschrift gar nicht, doch die Kappe des Hmong ist anders, deshalb ist sie mir sofort aufgefallen. Auf seiner Mütze stehen in großen Buchstaben die Worte PRU-IV-CORPS gestickt. Daneben sind zwei weitere kleinere Abzeichen erkennbar: eines stellt eine Hand dar, die ein Schwert hält, die andere einen bunt gefiederten Vogel.

Die erste Tour, die ich je für Joey gefahren bin, ging von Galveston, Texas, aus. An einem frühen Montagmorgen parkte ich meinen Wagen wie verabredet am State Park und ging eine Weile am Strand spazieren. Etwa eine Stunde später kehrte ich zu meinem Mustang zurück und fuhr weg.

»Was werde ich transportieren?« hatte ich Joey am Morgen zuvor gefragt. »Wenn du für mich arbeitest, Al, fängst du besser gar nicht erst an, so etwas zu fragen.« Dann zog er lässig ein dickes Bündel Hundertdollarscheine aus der Gesäßtasche seiner Leinenhose hervor. Es war von einem goldenen Clip mit den eingravierten Initialen »JP« zusammengehalten. »Wenn ich dir sage, Kansas City, dann fährst du nach Kansas City. Das ist alles. Du machst nicht den Kofferraum auf und schnüffelst rum. Du redest nicht mit den Kontaktleuten. Du bist ein Kurier, Al, und ich werde dir für jede Tour gutes Geld zahlen, kein Vergleich zu dem, was du vorher verdient hast. Aber stell keine Fragen. Ich sage dir, wo du die Lieferung entgegennimmst und wo du sie abgeben mußt, mehr brauchst du nicht zu wissen.«

Ich beobachtete, wie Joey fünf glatte Scheine aus dem Clip zog, vor mir auf den gläsernen Couchtisch blätterte und sich eine Zigarette anzündete. »Benzingeld«, sagte er und wies mit dem Kopf auf den Tisch, »den Rest kriegst du bei Lieferung.«

Ich stand auf und stopfte die Scheine in die Tasche meiner Jeans. Es war Ende März, und eine frische Brise vom Atlantik wehte durch die offene Balkontür ins Apartment. Ich starrte an Joey vorbei auf die schaumgekrönten Wellen, die sich bis zum Horizont erstreckten.

»Hast du die Walther noch, die dir dein Dad geschenkt hat?« fragte er und schob sein Kinn nach vorne.

»Ja, die habe ich noch.«

»Gut.«

Der rote Chevy rollt an, als der Hmong einen Gang einlegt. Ich beobachte, wie er die Straße hinunterfährt, und denke an meine Ahnungslosigkeit damals, an den stummen Austausch von Geld und Ware. Als ich an jenem Morgen in Galverston den Motor anließ, stieg ein Schwarm Pelikane vom Strand auf und erhob sich über den blassen Gewässern des Golfs. Ich konnte den Schatten der Vögel folgen, die über dem Sand und den Wellen schwebten.

Ich lasse den Mustang langsam anrollen und folge den blassen Spuren, die der Chevy im Schnee hinterlassen hat. Seine Rücklichter leuchten weit vor mir wie zwei glühende Kohlen. Ich blicke auf die Uhr. Es ist kurz nach fünf. Ich sollte kehrtmachen, zur Hütte zurückfahren und einfach nur an das Geld denken. Ich schließe für einen Moment die Augen und sehe die Karte von Vietnam und die Worte »Hmong-Einsatzkommando« vor mir. Sie sind da draußen, Max und die anderen, die ich nicht kenne. Sie sind da draußen und suchen nach mir. Ich folge der Spur des

Chevy die öde Straße hinunter, vorbei an dunklen Läden und durch einen dichten Schleier aus Schnee. Mein Vater hat getrunken, um einen sinnlosen Krieg aus seinem Gedächtnis zu löschen. Er hatte gekämpft, ohne zu wissen, warum. Wenn ich sterbe, werde ich wenigstens die Gründe kennen. Die Bremslichter des Pick-up leuchten auf, als der Wagen abbiegt, und ich nehme den Fuß vom Gas, um einen sicheren Abstand zu halten. Vielleicht schaffe ich es den Bitterrootpaß hinauf und zurück, bevor Mark wieder zu Hause ist. Ich folge dem Hmong auf die Higgins-Street-Brücke. Unter uns strömen die schwarzen Fluten des Clark Fork River aus der Mündung des Canyons. Jetzt ist es zu spät, noch umzukehren.

Ich habe den Mustang am Straßenrand geparkt und beobachte von meinem Wagen aus die Umrisse des roten Chevy an der Tankstelle gegenüber. Ich kann den Hmong am Tresen mit einer Frau plaudern sehen, während er sein Benzin bezahlt. An den Schlangenlinien, die der Pick-up über die vierspurige Straße von Missoula gezogen hat, konnte ich sehen, daß der Mann entweder todmüde oder noch nicht wieder nüchtern oder beides sein muß.

Auf dem Parkplatz stehen drei große Holztransporter und ein paar Wagen mit Pferdeanhängern. Die Sonne ist noch nicht über den Bergen im Osten aufgegangen, aber allmählich erhellt eine blasse Dämmerung den verhangenen Himmel.

»Hör verdammt noch mal endlich auf, mit dieser Frau zu quatschen, und steig wieder in dein Auto«, flüstere ich genervt. Ich blicke erneut auf die Uhr. 5.45 Uhr. Ich ziehe die letzte Zigarette aus der Packung und werfe die leere Packung auf den Boden. Ein Sattelschlepper donnert vorbei und wirbelt Split gegen meine Windschutzscheibe. Ich zünde ein Steichholz an und betrachte den Widerschein der Flamme im Fenster.

Endlich schlendert der Hmong auf seinen Wagen zu. Im Licht

der Zapfsäulen kann ich ihn zum ersten Mal deutlich erkennen. Er trägt eine abgewetzte Lewis und Cowboystiefel. Die Anpassung an eine Kultur, die ihm sehr fremd sein muß, bewundere ich. Wie lange ist er wohl schon hier? Der Fall der Botschaft von Saigon liegt mehr als zwanzig Jahre zurück. Vielleicht hat er Kinder, die seine Sprache schon nicht mehr verstehen, vielleicht hat er den Geruch von feuchter Erde und brennenden Palmwedeln schon vergessen, vielleicht sogar die Schreie, die sein engster Nachbar in den Tiefen der Nacht von sich gab.

Ich schließe die Augen und versuche mir den Garten hinter dem Haus meines Vaters vorzustellen, das verworrene Dickicht aus Kakteenblüten, den süßlichen Geruch von Jasminblüten, das andauernde Rascheln der Eidechsen, Käfer oder sonstiger Insekten.

Eine Wagentür fällt zu, und ich höre, wie ein Motor anspringt. Ich öffne meine Augen wieder und spähe über den Highway. Der Hmong wendet den Wagen und scheint einen Moment zu zögern, bevor er weiterfährt. In Lolo gabelt sich die Straße. Ein Abzweig führt vorbei an den heißen Quellen durch den Clearwater National Forest und hinunter nach Idaho. Der andere Abzweig, den der Hmong nimmt, führt direkt ins Bitterroot Valley.

Ich folge dem Chevy auf der ausgebauten Straße. Im Westen erkennt man im Tal den sich windenden Lauf des Bitterroot River, und die zerklüfteten, zackigen Gipfel der Berge erstrecken sich über mir. Mark hat mir einmal erzählt, daß Missionare irgendwo in diesen Bergen ein riesiges Kreuz errichtet haben und das alte Indianerland nach einem katholischen Heiligen genannt haben. Auch wir waren hier einmal Fremde, genau wie der Hmong ein Fremder gewesen sein muß und die Jungs, die in schwerer Tarnkleidung durch Südostasien geschlichen sind.

Wir erreichen Florence. Von Mark weiß ich, daß dieses Tal eine seltsame Mischung von Menschen beheimatet: Ex-Hippies aus Kalifornien, die ein friedliches Plätzchen zum Grasanbau suchen, mormonische Fundamentalisten, alte Farmer- und Viehzüchterfamilien und hin und wieder ein Wehrsportgruppen-Fanatiker. Ich lasse mich etwa hundert Meter zurückfallen. Eine Meile hinter Florence erhebt sich ein Schwarm Krähen von einem Zaun und zieht ein Band über den mittlerweile orangefarbenen Himmel.

Kurz vor Stevensville wird der Chevy plötzlich langsamer, biegt nach Osten in Richtung des Flusses ab und fährt durch ein Wäldchen aus kahlen Pappeln. Als seine Bremslichter aufleuchten, drossle ich meine Geschwindigkeit. Der Pick-up überquert eine schmale Brücke und verschwindet für einen Moment hinter hohen Gräsern in einer Senke. Als ich den Bitterroot River überquere, taucht die Sonne gerade über dem Kamm eines Hügels auf, und der Fluß blitzt im hellen Licht auf wie die schillernde Oberfläche einer Schlange.

Die Schönheit des Tals, das sich in kühlen Farben vor mir erstreckt, überwältigt mich für einen Moment, so daß ich sogar den Pick-up aus den Augen verliere. Dann sehe ich, wie er gerade an zwei großen Gewächshäusern vorbeifährt. Kurz darauf hält er vor einem kleinen Gebäude, das wie eine Ranch aussieht. Zwei weitere Wagen stehen vor dem Haus: ein ramponierter grüner Ford-Kombi und ein LKW mit Plane, wie man ihn zum Transport von Waren oder Möbeln benutzt. Ich parke den Mustang am Straßenrand, nehme das Fernglas aus dem Handschuhfach und steige aus dem Wagen. Das Feld vor mir ist knöcheltief mit Schnee bedeckt und fällt sanft zu der Straße hin ab, auf der wir gekommen sind. Spitze Flockenblumen ragen aus den Schneeverwehungen. Ich stelle das Fernglas scharf und nehme das Haus und die Autos ins Visier.

Im Tal ist es so still, daß ich auch aus dieser Entfernung jedes Geräusch höre, selbst das leise Klicken, als der Hmong seine Fahrertür öffnet. Er steigt aus und geht zielstrebig auf das Haus zu. Nachdem er eingetreten ist, bleiben die Fenster noch einen Moment lang im Dunkeln, dann geht in einem Zimmer das Licht an.

Ich folge mit dem Fernglas dem Lauf der Straße vorbei an den Gewächshäusern und wieder zurück zum Haus. Ich erinnere mich an Keith' gelallte Worte im Oxford. Natürlich haben sie Gewächshäuser. Sie sind Bauern. In Laos waren sie auch Bauern. Jenseits der Gewächshäuser, wo die Zufahrt zum Haus des Hmong auf die Straße stößt, der ich gefolgt bin, ragt ein Holztor auf. Darüber prangen die Umrisse eines großen Vogels. Seine Flügel sind über die Einfahrt gebreitet wie die Schwingen eines geflügelten Beschützers.

Das Leder meiner Schuhe ist steif geworden, und meine Füße werden langsam taub. Ich durchwühle das Handschuhfach, bis ich die Brieftasche des Fischers gefunden habe. Die zerknitterte Spielkarte, die ich mir zuletzt auf dem Snoqualmiepaß angesehen habe, steckt noch immer in dem Fach, in dem ich sie entdeckt habe. Ich ziehe sie behutsam heraus, entfalte sie und halte sie ins Licht. Ich folge mit dem Finger den kunstvoll gestalteten Flügeln, dem scharfen Schnabel und dem gekräuselten Fächer des Schwanzes.

Der Schnee fällt nur noch schwach, und das Morgenlicht breitet sich über das Tal. Ich lege die Karte weg, nehme das Fernglas zur Hand und visiere erneut das Haus an. Ich schwenke zu dem Lastwagen und versuche, das Nummernschild scharf zu stellen. Langsam tritt ein Logo hervor, auf dem die Umrisse der Rocky Mountains zu erkennen sind, der Lastwagen stammt also offensichtlich aus Colorado.

Morgan County, Colorado, ein Ort mit schlechtem Wetter, Tornados, verheerenden Hagelschauern und einer dürren Landschaft, die aus Ölpumpen, Steppengräsern und Rüben- oder Zuckerfeldern besteht. Ich kenne diesen Ort, seine Ödnis und Verzweiflung. Ich bin viele Male dort gewesen. Darwin, die Freundin meines Vaters aus seiner Marinezeit, lebt westlich von

Morgen County in einem Wohnwagen unweit des Platte River. Darwin nimmt Drogen, die ihr Ruhe und Schlaf versprechen; Drogen, die sie den Krieg vergessen lassen.

- 7 -

Ich habe sie während der ganzen Fahrt gespürt, diese schreckliche, tiefsitzende Angst, diese sichere Gewißheit, daß irgend etwas nicht stimmt. Und es lag nicht nur an diesen Vogelsymbolen, die einander glichen.

Ich biege in den Canyon von Marks Hütte und überquere den Rattlesnake Creek. Meine Nackenhaare sträuben sich. Im tiefen Neuschnee auf Marks Einfahrt sieht man drei verschiedene Reifenspuren. Vielleicht ist er in die Stadt gefahren, um nach mir zu suchen, oder für eine Tüte Milch oder eine Packung Zigaretten zum Laden und zurück. Auf halbem Weg zur Hütte halte ich den Wagen an und steige aus. Zwei der Spuren wurden vom selben Wagen hinterlassen, der offenbar gekommen und wieder gefahren ist, die dritte Spur endet vor dem Haus.

Ich steige wieder in den Mustang und lasse ihn leise die letzten paar Meter bis zur Lichtung rollen. Die Walther drückt mir ins Kreuz. Als ich die Deckung der letzten Ponderosakiefern verlasse, nehme ich eine Hand vom Steuer und zücke die Walther.

Irgendwann im Laufe meines zweiten oder dritten Jahres auf der High-School wurde meinem Vater schlagartig klar, daß ich partout nicht zu überreden war, mich aus seinem Geschäft rauszuhalten. Immer häufiger hatte ich ihn auf seinen Touren begleitet, und anstatt in meiner Kajüte zu schlafen oder Comics zu lesen, hatte ich begonnen, Cyrus und ihm bei der Arbeit zu helfen. Wenn wir die Keys erreichten, kletterte ich von Bord und fing an, zusammen mit den anderen das Boot zu entladen. Auf den Keys ist Schmuggel immer eine Art Familientradition gewesen, so wie im mittleren Westen die Landwirtschaft. Ich kannte mehrere Jungen in meinem Alter, die ihren Vätern oder Onkeln bei ihren Touren halfen. Auch von meinen Freundinnen hatte niemand im Sommer einen Büro- oder Kellnerjob. Wir lernten früh, wo man das richtige Geld verdient.

In jenem Sommer gab es auch mein Vater auf, mich zu beschützen, und begann damit, mich das Überleben zu lehren. Natürlich hatte ich schon jahrelang von ihm gelernt. Ich hatte gesehen, wie er den Arm anwinkelte und die Faust ballte, wenn er dem Sandsack am Dock hinter der Kneipe einen Schlag versetzte, ich hatte bemerkt, wie er an der Stimme eines Mannes erkennen konnte, ob man ihm vertrauen konnte, und ich kannte die Gesichter der einheimischen Polizisten, mit denen er zu tun hatte. Auf Summerland Key gab es eine alte Ananasplantage, die zu einem Schießplatz umgewandelt worden war, und in jenem Sommer fuhren wir fast täglich dorthin und durchlöcherten Zielscheiben aus Papier. Danach hielten wir in Big Coppitt und saßen auf der Terrasse der Tiki-Bar. Mein Vater trank ein Red Stripe aus der Flasche, und ich hatte einen Mango-Shake oder einen Eisbecher vor mir.

Als ich seinen alten Colt-Revolver zum ersten Mal abfeuerte, stand er hinter mir, legte seine Arme um meine Schultern und hielt meine Hände fest in seinen großen irischen Pranken. Vom Golf wehte ein heißer Wind und trug den Gestank von verfaultem Seetang mit sich, der im Sommer ans Ufer gespült wurde. Ich suchte mir einen sicheren Stand und visierte die Zielscheibe an.

»Der Teil ist leicht«, sagte er in mein Ohr. »Wenn du dieses Ding irgendwann wirklich benutzen mußt, werden im Zweifelsfall nicht Augen und Hand, sondern deine Nerven versagen.«

Ich konzentrierte mich noch einen kurzen Moment, atmete dann tief ein und zog am steifen Abzug. Die Wucht des Rückstoßes drückte meinen Körper in die Arme meines Vaters. Meine

Schultern stießen gegen seine Brust, mein Kreuz preßte sich an seinen Bauch.

»Gutes Mädchen«, sagte er und wiegte mich in seinen starken Armen. Ich ließ die Waffe sinken, und gemeinsam begutachteten wir den klaffenden Riß in der Zielscheibe.

Ich habe jetzt einen freien Blick auf die Lichtung. Ich lockere meinen starren Griff um die Walther, denke an die Schießstunden auf Summerland und versuche, meine Nerven unter Kontrolle zu halten. Als erstes sehe ich die schlammbespritzte Karosse von Keith' GMC vor der Hütte stehen. Dort endet eine der drei Reifenspuren. Die anderen Spuren verlaufen in großen Schleifen, offensichtlich hat der Fahrer gewendet und ist wieder in Richtung Stadt davongefahren.

Ich schalte den Motor ab, steige aus und stapfe durch die Schneedecke. Dabei versuche ich, die aufsteigende Panik zu unterdrücken. Die Tür zu Marks Hütte steht weit offen.

»Mark!« rufe ich. Das Echo meiner Stimme hallt durch den Canyon. Ich spanne meine Armmuskeln an und hebe die Walther vor die Brust. Ich verlangsame meine Schritte und schleiche mich seitlich an die offene Tür heran. Kalter Pulverschnee ist in meine Schuhe gerieselt. An der Stelle, wo die Reifenspur in die Schleife übergeht, schaue ich mir den Boden genauer an. Von dort, wo die Wagentür geöffnet wurde, führen zwei Fußspuren über die Holztreppe an dem Blumentopf vorbei.

Ich spähe in die dunkle Hütte und taste mich weiter vor. Im Wohnzimmer flimmert der Bildschirm von Marks Computer. Langsam steige ich die Treppe hinauf, die Bretter ächzen unter meinem Gewicht. Irgendwo im Wald stößt eine Krähe ein schrilles Krächzen aus. Wer immer es war, Mark muß sie vorher gehört haben, den Motor des Wagens, wenn er sich den Berg heraufkämpft. Er muß reichlich Zeit gehabt haben zu verschwinden.

»Mark!« rufe ich noch einmal. Der Wind hat den sauberen Schnee über die Schwelle der Hütte geweht. Mit ausgestreckten

Armen und meiner Walther in beiden Händen betrete ich die Hütte und schwenke den Lauf der Waffe hin und her.

In der Hütte ist kein Laut zu hören. Obwohl es eiskalt ist, bedeckt ein dünner Schweißfilm meinen Rücken. Mein Gesicht brennt, und mein Atem geht so heftig, daß ich selbst erstaunt darüber bin. Die halbgeöffnete Schlafzimmertür quietscht leise, als ein leichter Windzug sie streift. Ich trete mit dem Absatz hart dagegen, die Klinke schlägt krachend an die Wand.

Noch bevor ich den Raum betreten habe, rieche ich das Blut. Ich muß würgen und mache instinktiv einen Schritt zurück.

»Bitte, lieber Gott«, flüstere ich, »laß es nicht Mark sein.« Aber ich weiß bereits, daß er tot ist.

Vom Flur aus kann ich sein Bett sehen. Die Kissen sind aufgeschlitzt, und die Bettdecke ist zerrissen. Feine weiße Daunenfedern bedecken den Holzboden. Die gegenüberliegende Wand ist in Brusthöhe von einer breiten Blutspur verschmiert.

Mein Arm ist kraftlos, und ich lasse die Walther sinken. Ich mache einen Schritt nach vorn und dann noch einen. Marks braune Fußsohlen ragen hinter dem Bett hervor. Ich wirbele die leichten Daunenfedern auf, ein paar von ihnen bleiben an meinen nassen Schuhen kleben.

Marks Augen sind weit aufgerissen, sein Kopf liegt zur Seite geneigt am Boden. Ich lege die Walther aus der Hand und streiche über die weiche Neigung an seinem Hinterkopf. Sein Oberkörper ist nackt, und am unteren Ende seiner Tätowierung klafft ein blutiges Loch in seinem Rücken. Die Kugel hat das harte Brustbein und den kräftigen Muskel seines Herzens glatt durchbohrt. Marks rechte Hand ist unter dem Körper verdreht. Die Finger seiner Linken sind seltsam abgewinkelt auf die rauhen Holzdielen gebreitet, von seinem Daumen verläuft eine schmale Blutspur. Die Aufschläge seiner Levi's sind noch naß vom Schnee. Ich streiche mit der Hand über seine Beine und spüre den feuchten Stoff, meine Finger berühren seine spitzen Knöchel.

Ich suche festen Halt in der Hocke und drehe Mark auf den Rücken. Erst jetzt sehe ich, was sie ihm angetan haben. Sein Nasenbein ist von der Wucht eines harten Schlages gebrochen und seitlich verschoben worden. Auf der dunklen Haut seiner Arme zeichnen sich Druckstellen mit geplatzten Äderchen ab. Die angeschwollenen Blutergüsse müssen von zwei Händen rühren, die ihn von hinten festgehalten haben.

Ich stehe auf und bedecke Marks Leiche so gut es geht mit einer Hälfte der zerrissenen Bettdecke. Ich beuge mich über ihn und schließe seine Augenlider. Wer immer das hier getan hat, es hat ihm Freude bereitet. Ich sehe Max' blasses Gesicht vor mir und rieche förmlich seinen sauren Atem in dem kalten Zimmer. Ich hebe die Walther auf und gehe durch den Flur in den vorderen Teil der Hütte.

Irgend jemand wird bald hier sein: Max auf der Suche nach mir, ein Nachbar, der den entfernten Schuß gehört hat, oder die Polizei. Mechanisch packe ich alles, was ich von meinen Sachen finden kann, in meine Tasche.

Natürlich haben sie die Diskette, denke ich. Vielleicht hat Mark sie kommen hören und die Scheibe versteckt, aber sie wären niemals ohne das Ding gegangen. Sie müssen es aus ihm herausgeprügelt haben. Sie müssen gewußt haben, daß er dem Schmerz irgendwann nachgeben würde. Und als sie hatten, was sie wollten, müssen sie ihn erschossen haben.

»Siehst du, wie leicht es ist«, hatte Mark gesagt, als er die Diskette und die Papiere fallen ließ. Ich stelle meine Tasche ab. Im Papierkorb türmt sich ein Haufen frischer Müll. Ich wühle durch zerknüllte Papiere und zerknitterte Verpackungen. Asche und Zigarettenkippen, ein brauner Rest von einem Apfel, das ausgefranste Ende eines Joints. Und dann entdecke ich wie ein Wunder die glänzende, runde Diskette und die verschmutzten Papierknäuel der ausgedruckten Seiten.

Ich schnappe meine Tasche, stopfe die Papiere und die Diskette hinein und beeile mich, die Hütte zu verlassen, obwohl ich keine Ahnung habe, wohin ich gehen muß. Der hereingewehte Schnee türmt sich hinter der Schwelle. Die Spuren, die ich auf dem Teppich hinterlassen habe, sind schon fast wieder bedeckt.

Ich empfinde weder Schmerz, noch kann ich vernünftig denken, mein Verstand arbeitet jetzt nur noch für das Überleben. Ich zähle die Stunden, die ich hier gewesen bin, etwas mehr als vierundzwanzig. Sie sind verdammt schnell, denke ich, schnell genug, um mich zwischen einem Sonnenaufgang und dem nächsten aufzuspüren. Aber sie haben nicht mich, sondern Mark gefunden.

Ich drehe mich noch einmal zur Hütte um, verfluche mich und gehe im Kopf die kurze Liste der Menschen durch, die gewußt haben könnten, daß ich hier Station machen würde. Meine Gedanken fliegen zurück zu Joey. Ich reiße die rechte Hand hoch und schlage hart gegen die rauhen Bretter. Wieder und wieder hämmere ich mit meiner geballten Faust gegen die Wand. Joey hätte es leicht erraten können. Gestern nacht hatte er sofort vermutet, daß ich bei Mark bin. Erschöpft lasse ich von der Wand ab und schleppe mich die Stufen hinunter über die Lichtung zu meinem Mustang.

Als ich den Autoschlüssel aus meiner Tasche ziehe, fällt ein kleiner Gegenstand in den Schnee. Es ist Marks Ersatzschlüssel. Das ist Luxus, hatte ich immer gedacht, diese Möglichkeit, ein Leben auf der Flucht aufzugeben und Wurzeln zu schlagen. Jetzt weiß ich, daß es keinen Ausstieg mehr geben kann.

Mit dem Schlüssel in meiner Hand erhebe ich mich, zögere einen Moment und gehe dann zurück zur Hütte. Am Fuß der Treppe bücke ich mich, wische den Schnee vom Rand des Blumentopfes und kippe ihn ein wenig, so daß das trockene Holz darunter zum Vorschein kommt. Tief in meinem Innern möchte ich, daß dieser Schlüsssel für immer dort liegen wird, ein brennendes Verandalicht, ein Willkommensgruß für eine unmögliche Rückkehr. Ich lege den Schlüssel zurück an seinen Platz und wende mich zum Gehen.

Ich versuche, nicht an Mark zu denken. Ob er gemerkt hat, daß sie kommen, ob er das Geräusch ihres Wagens gehört hat? Oder hat er aus dem Fenster geblickt und die blassen Umrisse fremder Männer erkannt?

Ich fahre in den klaffenden Schlund des Hellgate Canyon und beschleunige den Wagen auf knapp über hundert Stundenkilometer.

»Warum bringst du die Scheißdiskette nicht nach Langley?« hatte Mark mich gestern abend gefragt. Warum hat er die Diskette nicht aufgegeben, um sein eigenes Leben zu retten, warum hat er diese qualvollen Torturen über sich ergehen lassen?

Ich habe immer geglaubt, jeder Mensch ist ein vollkommen unabhängiges Individuum. Aber tief in uns kämpfen wir immer darum, das Wesen derjenigen zu erfassen, die uns zur Welt gebracht haben, wir sehnen uns danach, die Sehnsüchte und Ängste unserer Mütter und Väter zu verstehen. Wir sehen die von Trauer erfüllten Gesichter unserer Eltern vor uns und staunen darüber, daß das Ende eines Krieges, der Fall einer Stadt am anderen Ende der Welt Tränen auslösen kann. Irgendwo auf dieser Diskette verbergen sich Spuren ungelebter Leben, die wir begraben, ohne sie je gekannt zu haben.

Als wir noch in Brooklyn lebten, habe ich im Winter auf dem Bürgersteig vor unserem Haus einmal ein leeres Vogelnest gefunden. Es bestand aus Zweigen, Gräsern und dünnen knotigen Haarsträhnen, dazwischen waren auch ein paar Fäden aus pinkfarbenem Strickgarn. Vielleicht hat irgendwo in Saigon ein Spatz seine Eier auf einer Locke oder den abgerissenen Jackenärmel meines Vaters gelegt. In ähnlicher Weise wird auch meine Liebe für Mark weiterleben.

»Ich hab's schon«, hatte Mark zu mir gesagt, als er Keith geschultert und auf sein gesundes Bein gestützt aus dem Oxford geschleppt hatte. Ich versuche, nicht an sein leichtes Hinken zu denken, an die feinen blauen Adern an seinen Händen und Armen.

- 8 -

»Herbstdämmerung« verkündet die Packung. Eine attraktive Frau ziert die Vorderseite der Schachtel. Ich setze mich auf den Toilettendeckel, betrachte die perfekten Zähne des Models, ihr übertriebenes Lächeln und die verführerisch aufblitzende Zungenspitze. Im Hintergrund des Bildes schimmert ein von frischem Tau benetztes Weizenfeld im zarten Morgenlicht.

Aus Erfahrung weiß ich, daß die übelriechenden Chemikalien, die ich gerade auf meinen feuchten Kopf geschmiert habe, mich keineswegs so adrett werden lassen, wie es die Packung anpreist. Wenn ich Glück habe, wird die Farbe eher Richtung »Freches Flittchen« tendieren. Blond paßt nicht zu mir. Als ich das hier zum ersten Mal tun mußte, überführte ich noch Mietwagen. Einer meiner Kontaktleute wurde hochgenommen, und die Drogenfahndung hat ihm einen solchen Schrecken eingejagt, daß er gesungen hat. Zwei Wochen lang sah ich so aus, als würde ich mir tagaus, tagein Seifenopern im Fernsehen ansehen.

Noch zwanzig Minuten. Ich klopfe eine Zigarette aus meiner Schachtel. Ich habe mich bis auf die Unterwäsche ausgezogen, und es wird langsam kühl in dem kleinen Bad. Überall auf dem Boden liegen meine abgeschnittenen Locken herum. Trotz der nassen Farbe und der Duschkappe fühlt sich mein Kopf jetzt viel leichter an. Auf einem Schild an der Tür steht: DIE HANDELSKAMMER VON BUTTE HEISST SIE WILLKOMMEN! Ich stelle mir Scharen von Touristen vor, die in die Stadt strömen, um die stillgelegte Kupfermine zu besichtigen, und muß mir das Lachen verkneifen. Ich male mir Familien aus, die in das häßliche Loch starren, das im Laufe der Jahre fast die gesamte Altstadt von Butte geschluckt hat.

Jetzt muß ich laut lachen. Der obere Teil meines Kopfes taucht wippend im Spiegel über dem Waschbecken auf. Unter der winzigen Duschkappe sieht mein Gesicht komisch aus. Wenn ich lache, ziehen sich die Augen über meinen Wangen zusammen. Ich mache ein ernstes Gesicht und beobachte mich im Spiegel, während meine Lippen die Worte »Jeanette Decker« formen. Ich betrachte noch einmal das Model auf der Schachtel und frage mich, ob die richtige Jeanette Decker ihr ähnlich sieht.

Joey hat mir die Papiere auf den Namen Jeanette Decker schon vor ein paar Jahren gegeben, zusammen mit denen für Rachel Clark, Karen Clemson und all die anderen. Rachel ist eine Rothaarige aus Michigan, aber ich habe ihren Namen eigentlich nur selten benutzt. Rothaarige erregen zuviel Aufmerksamkeit. Karen ist aus Kalifornien. Sie ist auch eine Blondine. Ich nehme den kleinen Plastikcontainer, den ich aus dem Wagen mit hereingebracht habe, und suche nach Jeanettes in Kansas ausgestelltem Führerschein. Ich lese die Informationen in den kleinen Kästchen. Gewicht: 61 Kilo, Größe: 1,70 Meter, Haarfarbe: blond, Augenfarbe: grün. Das Foto zeigt mich mit blonden Haaren und farbigen Kontaktlinsen.

Wahrscheinlich gibt es keine wirkliche Jeanette aus Wichita. Und falls sie gelebt hat, ist sie vielleicht schon lange tot. Ich weiß nicht, woher Joey diese Führerscheine bekommt, aber ich habe einen Freund, der in Miami an der Eight Street in Little Havanna eine Bodega betreibt. Er macht dich zu allem, was du sein willst, indem er die Todesanzeigen durchforstet und dann schriftlich die Geburtsbescheinigungen der Verstorbenen anfordert.

Die Frage nach der Identität habe ich am Frausein immer gemocht. Wir sind nicht, wie die meisten Männer, dazu verdammt, unser Leben lang dieselbe Person zu sein. Wir färben uns die

Haare, wechseln unsere Kleidung, und aus Eva Duarte wird Evita oder aus Norma Jean Marilyn Monroe. Zuerst waren die Menschen, die mir nahestanden, überrascht, als meine Persönlichkeitsveränderungen langsam alltäglich wurden. Ich kam mit einem kurzen roten Bop oder einem von hochtoupierten Locken umgebenen Gesicht nach Hause auf die Keys, und niemand erkannte mich. Mittlerweile sind diese Veränderungen ein Teil von mir, und jeder erwartet sie. Ich kann es den Menschen ansehen, wenn sie nach und nach meine unveränderlichen Merkmale wiedererkennen, sie erinnern sich an meine Lippen, mein Kinn oder an meinen Gang. Für die Menschen, die wirklich wissen, wer ich bin, ist mein wechselhaftes Aussehen nicht mehr wichtig.

Ich klappe den Klodeckel hoch und werfe den Zigarettenstummel in die Schüssel, wo er zischend verlöscht. Auf der Plastikablage steht neben der Clairol-Schachtel ein kleines Döschen mit Kontaktlinsen. Ich tunke meinen Zeigefinger in die Salzlösung und nehme eine der kleinen grünen Kontaktlinsen behutsam heraus.

Mit dem Blick zur Decke ziehe ich mit der linken Hand mein rechtes Augenlid nach unten und führe die Scheibe langsam an mein Auge. Sie drückt kühl dagegen. Ich schiebe die Linse über die Iris und trete blinzelnd vom Spiegel zurück. Meine Augen beginnen zu tränen, und ich wische die salzige Flüssigkeit von meinen Wangen, bevor ich die zweite Linse einsetze.

Ich blicke erneut auf die Uhr. Mein Haar müßte inzwischen so gut wie fertig sein. Ich gehe zurück ins vordere Zimmer, und mir fällt auf, daß ich bereits zum dritten Mal überprüfe, ob die Tür abgeschlossen ist. Durch die staubigen Gardinen blicke ich auf den Parkplatz. Das Sacajawea Motor Inn ist ein kleiner einstöckiger Gebäudekomplex. Es ist eines dieser kitschigen Motels in dem man sich wie zu Hause fühlen soll. Die Apartments sind in einer langen Reihe verbunden, und jede Tür hat ihr eigenes kleines Spitzdach. Eine heißblütige Indianerin mit langen Zöpfen und einem enganliegenden Wildlederkleid ziert das Schild über der Rezeption. Zimmer frei blinkt es in rosafarbenem Neon unter ihren nackten Füßen.

Ich habe mich für dieses Motel entschieden, weil auf dem Parkplatz keine Autos zu sehen waren und der Komplex in einer Senke liegt, die so weit vom Highway entfernt ist, daß niemand im Vorbeifahren den Mustang entdecken kann. Bald wird auch die Polizei nach mir suchen. In Missoula haben mich jede Menge Leute mit Mark gesehen. Wenn ich Glück habe, schläft Keith noch immer seinen Rausch aus, und ich bin schon über die Staatsgrenze, bevor er sich auf die Suche nach seinem GMC macht. Selbst wenn sie nicht davon ausgehen, daß ich Mark getötet habe, werden sie mich zumindest verhören wollen.

Vor der Rezeption hält ein grüner Chevy Malibu, und ein Mann in einem billigen Anzug steigt aus. Ich trete einen Schritt vom Fenster zurück und vergewissere mich, daß die Walther noch immer auf dem ordentlich gemachten Bett liegt.

Der Mann verschwindet in der Rezeption und kehrt kurz darauf zurück. Er steigt wieder in seinen Wagen, wendet und parkt vor einem Apartment ein paar Türen von meinem entfernt. Jetzt erkenne ich, daß auch eine Frau im Wagen sitzt. Der Mann schaltet den Motor ab, steigt aus und betritt das Zimmer, während die Frau noch eine Weile in dem Malibu sitzen bleibt. Sie trägt eine dieser 70er-Jahre Miß-America-Frisuren mit großen wallenden Locken, die bis auf ihre Schultern fallen.

Jetzt streckt sie langsam die Hand aus, um die Wagentür zu öffnen. Vorsichtig setzt sie ihre weißen Pumps in den wehenden Schnee. Sie trägt seidene Strumpfhosen, und ihre Unterschenkel sehen muskulös aus. Ich würde sie auf Ende Dreißig schätzen, wahrscheinlich entspricht sie für irgend jemand dem Ideal eines hübschen Mädchens. Sie schließt jetzt die Wagentür zu, und ich kann erkennen, wie sich die Träger ihres BHs unter ihrer dünnen Bluse in die Haut auf ihrem Rücken drücken.

Ich beobachte, wie sie die Tür des Apartments hinter sich schließt, und ziehe mich vom Fenster zurück. Der Peroxid-Geruch meiner Haare hat sich mit dem abgestandenen, verrauchten Mief des Zimmers vermischt. Ich ziehe meinen BH aus, werfe ihn aufs Bett und steige aus meinem Slip. Mit der Walther gehe ich zurück ins Bad.

Ich lege die Pistole auf den Kasten der Klospülung, ziehe die Duschkappe vom Kopf und stopfe sie zusammen mit der leeren Clairol-Schachtel in eine Plastiktüte. Ich drehe das Wasser so heiß wie möglich und steige unter die Dusche. Ich schrubbe mir zweimal den Kopf ab und sehe zu, wie die blasse Goldfarbe in den Abfluß fließt und mit jeder Spülung dünner wird.

Nachdem ich meine Haare gründlich ausgespült habe, steige ich aus der Dusche und rubbele mir mit einem Handtuch über den Kopf. Ich gehe zum Fenster und werfe noch einmal einen Blick auf den Parkplatz. Der Malibu ist nach wie vor der einzige Wagen außer meinem. Ich gehe zurück ins Bad, um mir anzusehen, was die neue Haarfarbe angerichtet hat.

Das Ergebnis ist nicht besonders, es sieht aus wie gewollt und nicht gekonnt. Meine Haare sind struppig und stehen kreuz und quer in alle Richtungen. Zusammen mit dem strahlenden Blond meiner Haare, das jetzt mein Gesicht umrahmt, sehen meine Augen unnatürlich grün aus. Perfekt. »Al, Liebes, du kennst doch Joey Perez, oder nicht?« Wenn mein Vater getrunken hatte, kniff er stets die Augen zusammen, bis seine Pupillen nur noch winzige Schlitze waren, damit er schärfer sehen konnte. Er hob den Kopf, blickte vage in meine Richtung und wies mit schlaffer Hand auf Joey.

»Ich glaube nicht«, sagte ich mit einem Blick über die Schulter. Ich knallte eine Schüssel mit gebratenem Hühnchen auf den Tisch und ging zurück in die Küche.

Wir waren oben am Big Pine Key, in einer Bar, die einem Freund von meinem Vater gehörte. Es war sein letzter Abend in dem Laden, und er hatte uns eingeladen, um die Reste des Alkoholvorrats aufzubrauchen. Es war vier Uhr morgens, und wir waren die letzten Gäste auf der Party, die um fünf Uhr nachmittags begonnen hatte. Das Hühnchen war ein sinnloser Versuch von mir, alle ein bißchen nüchterner zu machen.

»Wir haben uns letzten Winter in New York getroffen. Unten in der Bar am Tompkin's Square Park«, sagte Joey. »Du warst mit diesem Mädchen zusammen, Cathy oder Christa. Ich kann mich nicht an ihren Namen erinnern.«

»Christine«, sage ich gelangweilt.

Richard, der Besitzer der Bar, lag weit zurückgelehnt in seinem Stuhl. Sein Kopf wippte bedenklich, und er sah aus, als würde er jeden Moment vom Stuhl fallen. Ich blickte über das dunkle Restaurant hinweg zur Bar. Die Regale waren bis auf eine Flasche Sambucca und eine Flasche Zimtschnaps leer.

Joey beobachtete mich, als ich mich hinsetzte, um mir eine Zigarette anzuzünden. Er und sein Freund waren gerade erst gekommen. Joeys Feund sah aus wie ein kleiner Dealer, und ich vermutete, daß er bei den verbliebenen Betrunkenen noch ein kleines Geschäft rausspringen sah. Offensichtlich war er ebenfalls betrunken, aber Joey war stocknüchtern. Mein Vater war über dem Tisch zusammengesunken, sein Kinn lag auf einer fettigen Hühnchenkeule.

»Wach auf, Dad«, sagte ich laut und stubste ihn an. Er richtete sich verwundert auf und sah sich um. Öl von der Hühnchenkeule glänzte auf seiner Haut. »Du mußt etwas essen.« Ich legte meinen Arm um seine Schulter, nahm eine Serviette und wischte sein Kinn ab.

Joeys Freund hatte gerade einen Hühnchenflügel gegessen und warf den abgenagten Knochen auf den Boden.

»Blöder Idiot«, schimpfte Joey. Er hob den Knochen auf und

legte ihn auf einen Pappteller. »Wo, glaubst du eigentlich, bist du hier?«

»Tut mir leid.« Der Mann zuckte mit den Schultern.

Es war August, und obwohl die Türen der Bar offenstanden, um jede leichte Brise vom Wasser hereinzulassen, schwitzte ich in meinen abgeschnittenen Jeans und meinem Top. Joey trug eine dunkelblaue Hose aus Wildseide und ein weißes Leinenhemd. Seine Ärmel waren ordentlich über die Ellenbogen gekrempelt, und seine Kleidung saß perfekt. Er nahm eine Serviette und wischte sich sorgfältig jeden einzelnen Finger ab. Seine Hände waren wunderschön und leicht gebräunt. Um den Hals hatte er eine Kette gelegt, an der eine goldene Münze hing.

»Kümmerst du dich immer so um sie?« fragt Joey und blickte mich aufmerksam an.

»Er ist mein Vater«, sagte ich. Joey hatte nichts von dem Hühnchen gegessen. Er saß ein paar Schritte vom Tisch entfernt.

»Gibt es noch was zu trinken? Kann ich dir irgendwas holen?« fragt er mit Betonung auf dem »dir«.

»Ich glaube, im Kühlschrank hinter dem Tresen steht noch Champagner«, sagte ich. »Warum holst du uns nicht eine Flasche?«

Joey erhob sich aus seinem Stuhl und strich seine Hose glatt. Er ging auf mich zu und legte seine Hand ganz leicht auf mein Handgelenk. Seine Berührung strahlte Macht und Reichtum aus. Inmitten der Alkoholleichen, die mich umgaben, war er etwas Besonderes, seine Nüchternheit verführte mich.

Obwohl die Deckenventilatoren klickten und surrten, stand mir der Schweiß auf der Stirn. Die Bar führte auf einen Innenhof, hinter dem sich ein verwahrloster Garten mit einem uralten Feigenbaum befand. Eine leichte Brise war aufgekommen, und die wächsernen Blätter der Feige schimmerten, wenn ein Windhauch sie streifte.

Der Stamm des Baumes war riesig und hatte Äste ausgetrieben, die im Laufe der Jahre selbst zu kleineren Stämmen gewachsen waren. Es sah aus, als würde der Baum mit dem Boden verschmelzen. Vor ein paar Jahren hatte eine Avokado, die am Feigenbaum gelegen hatte, angefangen zu wachsen. Ich spähte in die Dunkelheit und versuchte, den Windungen der schorfigen Avokadoäste um das glatte Holz des Wirtes zu folgen, doch ich konnte nicht erkennen, wo der Stamm des einen Baumes endete und der andere begann.

Joey kam mit dem Champagner zurück an den Tisch. Er stellte zwei Plastikbecher vor uns auf und entkorkte die Flasche.

»Wäre es okay, wenn ich dich irgendwann mal anrufe?« fragte er. Der Champagner sprudelte in unseren Bechern.

»Klar«, sagte ich und beobachtete, wie sich die Muskeln um seinen Kiefer anspannten. Ich wünschte mir, daß er mich noch einmal berührte.

Joey zückte ein kleines Büchlein aus seiner Gesäßtasche.

»Wie lautet deine Telefonnummer?«

Ich gab ihm die Nummer meines Vaters. »Allie«, fügte ich hinzu, weil ich nicht wollte, daß er nach meinem Namen fragen mußte, falls er ihn vergessen haben sollte.

»Ich weiß«, sagte er und deutete auf die Seite, auf der er meine Nummer notiert hatte. »Siehst du, gleich hier unter A.«

Als wir den Champagner getrunken hatten, erhob sich Joey zum Gehen. Die dunkle Haut an seinen Unterarmen spannte sich, als er sich auf dem Tisch abstützte. Auf halbem Weg zur Tür blieb er noch einmal stehen und drehte sich zu mir um. »Und wie heiße ich?« fragte er.

In der Tür hinter ihm sah ich das erste Licht der Dämmerung. Ich zögerte einen Moment, bevor ich antwortete, so als ob ich erst Kraft sammeln müßte, um das Wort auszusprechen. »Joey«, erwiderte ich.

Vom Parkplatz höre ich das Geräusch eines anspringenden Motors. Als ich durch das Fenster schaue, steigt die Frau gerade wieder in den Malibu. Ich stelle mir vor, wie sie mit ihm schläft, in einer gemäßigten Stellung, so daß nichts unordentlich wird und niemand etwas merkt.

Ich wende mich vom Fenster ab und ziehe mich an. Ich nehme meinen Führerschein aus der Brieftasche und tausche ihn mit Jeanettes Papieren aus. Die Walther lasse ich wieder im Hosenbund verschwinden. Sorgfältig fege ich meine abgeschnittenen Locken im Bad zusammen und stopfe sie mit dem dreckigen Handtuch und der Duschhaube in eine Plastiktüte. Ich darf auf keinen Fall Spuren hinterlassen. Später werde ich an einem Rastplatz oder einer Tankstelle anhalten und alles wegwerfen.

Für das Hotelzimmer habe ich schon bei der Anmeldung gezahlt, als ich dem alten Mann an der Rezeption mit meinem schönsten Studentinnenlächeln einen falschen Namen angegeben habe. Ich lasse den Schlüssel auf dem Nachttisch liegen, schalte das Licht aus und schließe die Tür hinter mir.

Nachdem ich meine Tasche vorne im Mustang verstaut habe, öffne ich den Kofferraum und ziehe ein Stück der Innenverkleidung hoch. Vorsichtig schiebe ich einen Schraubenzieher, den ich aus meinem Werkzeugkasten nehme, in eine Naht auf dem Boden des Kofferraums. Es klickt kurz, das Fach öffnet sich, und ich greife nach dem Stapel verschiedener Nummernschilder, die ich darin aufbewahre. Die Schilder klappern, als ich nach dem passenden Nummernschild für Jeanette suche. Mein Blick schweift kurz über den Parkplatz, um mich zu vergewissern, daß ich allein bin. Dann tausche ich die Schilder aus Florida gegen die aus Kansas aus.

Ich verstaue den Stapel mit den Nummernschildern und ziehe die Verkleidung über dem Fach wieder gerade. Bevor ich mich hinters Steuer setze, stopfe ich die Tüte mit meinen Haaren und der Clairol-Schachtel unter meinen Sitz. Wenn sie kommen und nach mir suchen, werden sie nichts weiter finden als ein paar Falten in dem gelben Überbett, wo ich gesessen habe, um mir die Schuhe zuzubinden.

Ich lasse den Motor an und folge der blassen Spur auf dem Parkplatz, die der Malibu hinterlassen hat, hinaus auf die Straße. Mir wird bewußt, wie leicht es ist, das Leben eines anderen Menschen zu führen, in seiner Haut zu stecken.

Als ich das letzte Mal zu Hause war, bin ich mit Cyrus und meinem Vater in Richards alte Bar gegangen. Inzwischen war sie von einer Schauspielerin aus New York gekauft und in einen schicken Laden verwandelt worden. Wir haben im Hof gesessen, Krebse gegessen und übertreuertes Red Stripe getrunken. Der alte Feigenbaum stand noch immer im Garten, mittlerweile waren die gekrümmten Äste der Avokado direkt in das Herz des massigen Stammes hineingewachsen, so daß jetzt ein breiter klaffender Riß die graue Rinde teilte.

- 9 -

Der erste Rastplatz hinter Billings an der Interstate 90 ist menschenleer. Scheinbar hat sich die Schlechtwetterfront über Missoula und Butte in den Bergen ausgeschneit. Östlich von Bozeman weicht die weiße Schneedecke allmählich den trockenen Präriegräsern, über die ein unbarmherziger Wind weht.

Ich parke den Mustang vor den Toiletten und schalte den Motor ab. Es ist bereits dunkel, die monotone Stille der endlosen Fahrt durch das karge Land vibriert dumpf in meinen Ohren. Hinter mir liegt die riesige Kreuzung der Interstate 90 und der Interstate 94, die sich über die Prärie erhebt. Jedesmal, wenn ich aus nördlicher Richtung von der Interstate 25 komme, freue ich mich darauf, aus der flachen Wüste von Wyoming auf dieses verworrene Autobahnkreuz zu fahren. Die gigantischen Auffahrten und Betonsäulen erheben sich aus dem Gelände wie Pfeiler und Rundungen einer gotischen Kathedrale oder eines monumentalen fremdländischen Tempels. Nicht einmal fünfzig Meilen südöstlich von hier liegt Crow Agency und dahinter das Schlachtfeld vom Little Big Horn, wo die Sioux Custer besiegt haben.

Ich greife unter den Sitz des Mustang und ziehe die Plastiktüte hervor, die ich aus Butte mitgenommen habe. Auf dem Armaturenbrett liegt mein Handy. Ich greife danach, steige aus und werfe die Tüte in den nächsten Mülleimer. Dann nehme ich das Telefon und schlage es gegen die Betonverkleidung der Mülltonne. Die ausklappbare Sprechmuschel bricht ab und fällt auf den Boden. Ich nehme die Einzelteile des Telefons, gehe an der Reihe der Mülleimer entlang und werfe ein Teil in jeden Eimer. Damit dürfte ihnen die letzte Möglichkeit genommen sein, mich aufzuspüren.

Danach schlendere ich zum Hauptgebäude der Raststätte. Ein Schild auf dem Highway hatte kostenlosen Kaffee versprochen, doch es sieht nicht danach aus, daß ich hier irgendwo welchen bekommen könnte. Ich gehe zum Gebäude und krame nach Kleingeld. An der Mauer zwischen der Herren- und der Damentoilette hängen zwei Münztelefone.

Das Telefon am anderen Ende klingelt zweimal, bevor eine Frau abnimmt. »Blue Ibis«, sagt sie fröhlich.

»Geben Sie mir Cyrus«, sage ich.

»Darf ich fragen, wer da spricht, bitte.«

»Nein.« Sie seufzt ratlos und legt den Hörer zur Seite. Im Hintergrund dröhnt *Yellow Moon* von den Neville Brothers.

Ich ziehe eine Zigarette aus der Jackentasche und klemme den Hörer zwischen Kopf und Schulter. Am anderen Ende der Leitung hört man ein Kratzen und Rascheln, als jemand den Hörer aufnimmt. Ich zünde meine Zigarette an und nehme einen tiefen Zug.

»Hallo?« Cyrus' sonore Stimme dringt an mein Ohr.

»Hat irgend jemand nach mir gefragt?« will ich wissen. Ich habe nicht vor, länger als nötig in der Leitung zu bleiben. Mein Münzgeld ist knapp, und ich habe plötzlich die unbegründete Angst, daß uns jemand zuhören könnte.

»Allie!« Cyrus klingt erleichtert. »Ich habe deine Nachricht erhalten. Wo bist du?«

»In Montana. Hör zu. Ich muß wissen, ob du mit irgend jemand darüber gesprochen hast, daß ich bei Mark bin.«

»Nein, Al, habe ich nicht,« antwortet er schnell. »Was ist los?« Ich nehme einen weiteren Zug an der Zigarette und vertrete mir die Beine, um mich ein bißchen aufzuwärmen. Wir schweigen beide. Irgendwie hatte ich gehofft, Cyrus könnte mich bei Mark vermutet und mit jemandem darüber gequatscht haben. Jemand, mit dem er besser nicht hätte reden sollen. Der Gedanke, daß sie mich dort finden konnten, ohne es von ihm erfahren zu haben, ist plötzlich noch beängstigender.

»Bist du vorne an der Bar?« frage ich.

»Ja.«

»Kannst du das Gespräch nicht nach hinten ins Büro stellen? Ich warte, bis du dort abnimmst.«

Für ein paar Minuten ist die Leitung tot. Auf dem Highway kommt ein Wagen vorbei, die Lichtkegel seiner Scheinwerfer strahlen hell in die Steppe. Ich ziehe ein letztes Mal an meiner Zigarette und trete die Kippe aus. In der Leitung knistert es, und dann höre ich wieder Cyrus' Stimme.

»Alles in Ordnung mit dir, Al?«

»Irgend jemand hat Mark umgebracht.«

»Scheiße, Al. Das tut mir leid.«

»Hör zu«, sage ich und versuche, das Zittern in meiner Kehle zu unterdrücken, »ich habe nicht viel Zeit, aber ich muß dich ein paar Sachen fragen. Hast du die Sache mit David Callum in den

Nachrichten mitbekommen? Sie vermuten, daß er beim Rudern ertrunken ist.«

»Sie vermuten es nicht nur, Al, sie wissen es mit Sicherheit. Die Geschichte ist auf allen Kanälen. Ich habe heute nachmittag in den Halbsechsnachrichten aus Miami gehört, daß sie die Leiche gefunden haben.«

»Haben sie irgendwas davon gesagt, daß er ermordet wurde?« frage ich.

»Nein, nur irgendwas von Vollmond und einer starken Flut und daß sein Skullboot gekentert ist. Die Todesursache ist ziemlich eindeutig. Ich bin selbst ein paarmal in den Dingern gerudert, Al, sie sind verdammt instabil.«

Ich atme tief ein und blicke über den Parkplatz. Die Lichter der Raststätte lassen die Dunkelheit jenseit der kleinen Anlage noch deutlicher hervortreten.

»Cyrus, ich glaube, ich habe etwas, das Callum gehört hat.«

Cyrus schweigt am anderen Ende der Leitung, ich höre ihn nur leise atmen.

»Ich habe in einem kleinen Ort bei Seattle diese Diskette abgeholt, es war ein Job, den Joey organisiert hat. Er hat mich nach unserem Telefonat neulich angerufen und mir einen Haufen Geld angeboten. Er meinte, wenn ich sowieso zu den Keys fahre, könnte ich das Päckchen auf meinem Weg dorthin mitnehmen. Na ja, jedenfalls ist die Übergabe schiefgelaufen.«

»Aber mit dir ist alles in Ordnung, ja...?« Plötzlich wird Cyrus' Stimme leiser. Die mechanische Stimme der Vermittlung schaltet sich in die Leitung und verlangt mehr Geld. Ich werfe die übrigen Münzen in den Schlitz und warte darauf, wieder verbunden zu werden.

»Allie, bist du noch da?«

»Ja, ich bin hier.«

»Du meinst, die Leute, die Mark getötet haben, suchen nach dieser Diskette?«

»Genau. Und jetzt suchen sie nach mir. Cyrus, warum ist Darwin nach Colorado gegangen?«

»Was hat das mit deinem Problem zu tun?«

»Ich muß es wissen.«

»Ich habe keine Ahnung. Ich nehme an, sie hat nach dem Gefängnis einfach nach einem ruhigen Plätzchen gesucht.«

Der Wind ist stärker geworden, und ich versuche, mich hinter dem Münzfernsprecher so gut wie möglich gegen ihn zu schützen. »Was weißt du über Chau Doc?«

»Vietnam?«

»Ja, genau.«

»Kleine Grenzstadt. Der Bassac fließt direkt hindurch. Hör zu, Al, die Zeit geht uns aus, warum meldest du nicht ein R-Gespräch an?«

»Lieber nicht«, sage ich. Ich möchte mehr als alles andere mit Cyrus sprechen, seine vertraute Stimme hören, doch ich habe Angst, am Telefon zuviel zu sagen.

»Warst du je in Chau Doc?«

»Nein.«

»Was ist mit Darwin?«

»Darwin?«

Cyrus zögert. »Ja, Al«, sagt er schließlich. »Darwin war in Chau Doc.«

»Ich fahre zu ihr runter«, sage ich. »Morgen früh bin ich da.«

»Dieses Gespräch wird in dreißig Sekunden unterbrochen –«, unterbricht uns die mechanische Stimme, »für weitere Sprechzeit werfen Sie bitte einen Dollar ein.«

»Paß auf dich auf, Allie«, sagt Cyrus leise.

»Cyrus«, füge ich rasch noch hinzu, »wartest du auf mich? Ich möchte dabeisein, wenn seine Asche verstreut wird.«

»Natürlich, Al.« Nach einem kurzen Klicken ist die Leitung tot. Ich höre nur noch einen langen, flachen Ton.

Ich hänge den Hörer ein und blicke nach oben in den dunklen Himmel, der über dem grellen Licht der Laterne tief schwarz wirkt. Heftige Windböen fegen über die Straße und zerren an meinem Körper.

Ich weiß noch, wie Cyrus mich zum ersten Mal mit dem Boot zu einem nächtlichen Tauchgang mitgenommen hat. Ich war vierzehn, und es war Ende Juli. Wir tuckerten zum Riff hinaus und beobachteten, wie die Lichter der Insel allmählich verblaßten. Als wir den Anker warfen, war der Vollmond gerade über dem schwarzen Streifen des Meeres am östlichen Horizont aufgetaucht.

Ich bückte mich, um meine Sauerstoffflasche mit Atemgerät anzulegen. Aus den Augenwinkeln sah ich die elektrischen Lichter der Keys, sie faßten die Inseln wie mit einem orange schimmernden Band ein. An manchen Sommerabenden kam es vor, daß die Stromversorgung auf den Inseln vorübergehend ausfiel. Wenn zu viele Klimaanlagen und Fernsehgeräte gleichzeitig in Betrieb waren, setzte irgendwo bei Homestead eine Sicherung aus, und plötzlich waren die ganzen hundert Meilen unwegsamen Landes in stille Dunkelheit getaucht.

»Bist du soweit?« fragte Cyrus.

Er schwitzte, und das von der Wasseroberfläche reflektierende Licht hinterließ auf seinem gebräunten Gesicht einen bläulichen Schimmer. Ich stapfte mit meinen Flossen Richtung Heck und ließ den schmalen Lichtstrahl meiner Taschenlampe über das Wasser tanzen.

Im Schein des Lichtkegels konnte ich die flüchtigen Teile von Fischen erkennen, die sich dicht unter der Oberfläche bewegten und hier und da aus dem Wasser tauchten, die gestreifte Flosse eines Papageifisches, das Muster eines langen, kräftigen Barrakudas, ein einzelnes graues Auge. Cyrus machte einen großen Schritt vom Heck des Bootes und platschte ins Wasser, um zum Riff hinabzutauchen.

Ich tappte auf meinen Flossen die letzten paar Zentimeter bis zur Bootskante, während ich versuchte, das Schwanken des Rumpfes auszugleichen. Die Wucht der Wellen fuhr in meine Knie. Ich legte das Mundstück des Sauerstoffgeräts an und ließ mich nach vorn fallen. Mit geschlossenen Augen stieß ich unter der Maske einen langen Atemzug aus. Cyrus' Hände faßten meine Knöchel und zogen mich in die Tiefe. Als meine Fußsohlen auf den rauhen Korallenboden des Riffs stießen, öffnete ich die Augen.

Der Strahl der Taschenlampe bildete einen breiten, etwa fünf Meter langen Tunnel aus Wasser. An einem Riff wuchsen Anemonen in leuchtenden Farben. Ich sah das zuckende Ende eines Aals, der aus dem Lichtkegel huschte. Die hervorstehenden Augen eines Barschs tauchten auf und verschwanden wieder. Ich atmete mehrmals tief ein und aus, bis ich den Druck ausgeglichen hatte. Aus dem Augenwinkel sah ich Cyrus neben mir. Er streckte seine linke Hand aus, packte mein Handgelenk und tastete nach dem Griff der Taschenlampe. Er drehte sich zu mir um und formte mit den Fingern der rechten Hand das Kreiszeichen für »alles okay«.

Einen Moment lang war alles schwarz. Ich bemerkte, daß Cyrus mir die Taschenlampe abnahm und mir den Schlauch seiner Ersatzflasche an den Mund führte. Ich griff nach seiner Maske und krallte meine Finger um Rettungs- und Tarierweste. Das blasse Grün der Algen umgab uns. Durch das Wasser sah ich Cyrus' Augen aufleuchten. Er legte zwei Finger auf seine Maske und wies dann in die Dunkelheit. Seine Lippen formten um das Mundstück herum die Worte: »Sieh mal.«

Ich wandte mich wieder dem Riff zu. Im Licht des Vollmondes war der Ozean taghell erleuchtet. Der lange Körper eines Aals entwand sich unserem Blickfeld und flüchtete in die Nische einer Koralle. Knapp zehn Meter entfernt kreiste ein kleiner Hammerhai durch einen Schwarm winziger silberner Fische. Ich blickte nach oben zur Unterseite unseres Bootes. Der Schatten des geschwungenen Rumpfes veränderte sich durch die Bewegung auf der klaren Wasseroberfläche.

Ich steige wieder in den Mustang und schalte die Innenbeleuchtung ein. Im Handschuhfach taste ich mit dem Finger nach der unmerklichen Vertiefung und klappe die doppelte Rückwand hoch. Die Diskette und das Foto von meinem Vater liegen oben auf. In der hintersten Ecke des Handschuhfachs finde ich die zerknüllten Papiere, die Mark mir ausgedruckt hat.

Ich ziehe die Dokumente heraus und verteile sie auf dem Beifahrersitz. Meine Lippen formen Callums Worte nach: »mit aller erforderlichen Gewalt«. Mein Blick konzentriert sich auf die Unterschrift, und ich versuche die gekritzelten Buchstaben zu entwirren: J. R. Ich blätterte die Papiere durch, bis ich auf die Liste mit Namen stoße: Adam, Jacob, Darnell. Ich sehe Callums Gesicht vor mir, sein von Wasser aufgedunsenes Gesicht, die Haut glatt gespannt, die Farbe seiner Augen getrübt.

Ich falte die Papiere zusammen, stopfe sie wieder in das Geheimfach und lasse die doppelte Rückwand einrasten. Auf dem Highway rumpelt ein Sattelschlepper vorbei, sein Windstoß fegt über den Parkplatz und schlägt gegen meine Tür. Ich drehe den Schlüssel im Zündschloß und folge dem Laster durch die hügelige Prärie Richtung Wyoming. Die Lichter der Raststätte verblassen im Rückspiegel, und vor mir im Dunkeln liegt die weite Steppe. Erst jetzt werden am Himmel die Muster der Sterne sichtbar.

18. Dezember 1969, das war vier Monate vor meiner Geburt. Kurz vor jenem kühlen Aprilmorgen, an dem meine Mutter das warme Fruchtwasser zwischen ihren Beinen spürte und zusah, wie sich ein feuchter Fleck über ihr gemustertes Laken in der kleinen Wohnung in Brooklyn breitete. Sechs Monate vor meiner Geburt hatte sie sich in San Diego von meinem Vater ver-

abschiedet, hatte zugesehen, wie er durch die Luke einer C-118 geklettert war. Als ich geboren wurde, war mein Vater in Vietnam auf seinem zweiten Pflichteinsatz, seinem ersten mit den Sondereinheiten. Mein Vater hätte am 18. Dezember vor Chau Doc sein können, er hätte Darnell Walker oder einen der anderen treffen können. Vielleicht ist er auch meilenweit entfernt gewesen, ist über die Cam-Ranh-Bucht getuckert oder hat irgendwo im Dschungel bei Danang oder Hue unter wachsartigen Bananenblätter geschlafen.

Ich wünschte mir, es gäbe einen Weg, die Geschichte der Menschheit einmal in ihrer ganzen Breite erkennen zu können. Es müßte vollständige Antworten geben, nicht nur vage Einzelheiten, wahllose Erinnerungen.

Und was ist mit dem Hmong aus dem Oxford? Ich denke an den roten Chevy, der an den Gewächshäusern entlangholpert.

Jeder, der wie ich als Kurier arbeitet, jeder, der mit dieser Welt zu tun hat, in der ich lebe, hat Dinge gesehen, die er lieber vergessen würde. Eines Nachts wurde ich außerhalb von Baton Rouge einmal wegen zu hoher Geschwindigkeit angehalten. Es war, kurz nachdem ich angefangen hatte, für Joey zu arbeiten, und damals war ich noch dumm genug, mich wegen einer solchen Kleinigkeit erwischen zu lassen. Der State Trooper, der mich anhielt, machte den Kofferraum auf und fand eine Ladung Kokain in Kilotüten.

Als er mich in den Streifenwagen zerrte, dachte ich, das war's, das gibt locker zehn Jahre. Als ich auf der Wache der Highway Patrol saß, rief ich meinen Vater an, erzählte ihm, was passiert war, und er versprach mir, sich um einen Anwalt zu kümmern. Dann saß ich gute zwölf Stunden lang in einem Hinterzimmer, rauchte Zigaretten und trank Cola light. Ich sprach mit niemandem außer dem Beamten, der mich angehalten hatte, und ließ mir nicht einmal Fingerabdrücke abnehmen.

Am Morgen ging dann endlich die schwere Tür auf, und ein

Mann in einem dunkelgrauen Anzug kam herein. Er gab mir meine Wagenschlüssel und sagte, ich könnte gehen. Er begleitete mich sogar bis zur Eingangstür. Ich stieg wieder in den Mustang und fuhr direkt zum verabredeten Übergabepunkt, einem Lagerhaus am Stadtrand von St. Louis. Ich hielt gar nicht erst an, um im Kofferraum nachzusehen, sondern ging einfach davon aus, daß die Ware weg sein würde. Doch als sie den Kofferraum in St. Louis aufmachten, merkte ich, daß kein einziges Kilo fehlte. Da wurde mir klar, warum Joey mich angewiesen hatte, keine Fragen zu stellen.

Solche Zwischenfälle gibt es immer wieder, eine perfekt getimte Verhaftung oder überraschend verlorengegangene Beweismittel. Normalerweise werden im Vorfeld des Betrugs ein paar Dollar über den Tisch geschoben, eine kleine Spende für den Pensionsfonds der Polizei, ein glänzendes neues Patrouillenboot. Doch manchmal, wie in jener Nacht in Baton Rouge, scheint es, als wäre eine mächtigere Hand im Spiel.

Keiner von uns spricht über diese Dinge, doch wenn wir in den Abendnachrichten von verdeckten Kriegen und geheimen Waffendeals hören, wissen wir, daß wir auf irgendeine Weise Teil eines undurchsichtigen, gigantischen Netzwerks sind.

Vielleicht pflanzen die Hmong noch immer Opium? Vielleicht hat das FBI irgendein Interesse daran, die Ernte im Bitterroot Valley zu schützen? Doch nichts von all dem erklärt die Diskette, die drei ermordeten Männer, die zwei Dutzend weiteren, die im Dschungel verschollen sind, den offensichtlichen Wert der Informationen, die ich mit mir herumtrage.

In etwa einer Stunde werde ich in Sheridan eine Kaffeepause machen und dann über die Interstate 25 weiter durch Casper, Wheatland und Cheyenne zu Darwin fahren.

- 10 -

Als ich an Fort Collins, Colorado, vorbeifahre, ist es fast vier Uhr morgens. Zwanzig Minuten später hebt sich der Crossroad Truck Stop gegen die Dunkelheit ab. Ich wechsle in die rechte Spur und lenke den Mustang in die steile Kurve der Ausfahrt. Die Ebene im Osten ist mit vereinzelten Lichtern von Farmhäusern und neueren Pendlerdomizilen gesprenkelt. Ich unterquere die Interstate und fahre weiter auf eine zweispurige Straße, die von den Bergen wegführt. Ein grünweißes Highwayschild taucht im Licht der Scheinwerfer auf: PLATTEVILLE 9.

Die schmale Straße windet sich sanft über kleine Hügel, durch Täler und über Flußbetten und Bewässerungsgräben. Ein leichter Nebel wirft das Licht der Scheinwerfer zurück. Manchmal gehen kleine Schotterwege von der Hauptstraße ab, die zu vereinzelten Häusern führen. Ich habe Darwin einmal nach ihren Bewohnern gefragt, und sie hat mir erklärt, daß alle diese Menschen aus dem Krieg übriggeblieben sind: Amerikaner japanischer Herkunft aus den nahegelegenen Internierungslagern, die beschlossen haben, hierzubleiben und Bauern zu werden. Oder deutsche Kriegsgefangene, die hier eine Frau gefunden haben und Molkereien gründeten, statt heimzukehren.

»So ähnlich wie ich«, sagte Darwin, »Überlebende des Krieges.« Ich erinnere mich, wie ihre vollen Lippen sich zu einem breiten Grinsen verzogen und ihre sauberen weißen Zähne sich von ihrem dunkelroten Lippenstift abhoben.

Die Straße führt an einem Feld mit Milchkühen vorbei. Die Tiere wenden den Kopf in Richtung des Motorengeräuschs, und ihre feuchten Augen schimmern im feinen Dunst. Auf der anderen Seite der Weide beleuchtet ein gelbliches Licht die verwitterte Wand einer Scheune, und im Hintergrund sieht man das stumpfe Dach eines Getreidesilos.

Im Sommer sieht man hier dauernd Blitze. Mit Darwin habe ich schon oft auf der Rückseite ihres Wohnwagens gesessen und zugesehen, wie Blitze, Tornados oder Hagelstürme über die Prärie jagten. Auf dieser Seite der Berge kann man das Wetter Hunderte von Meilen weit sehen.

»Das arme Fort Morgan«, sagte sie dann immer und wies auf das Land östlich des Platte River. »Fort Morgan kriegt immer Prügel. Es ist ein Wunder, daß es dort noch bewohnbare Häuser gibt.«

Ich öffne das Fenster des Mustang einen Spalt. Der Geruch von Dünger und frischer Erde strömt in den Wagen. Ein paar Meilen weiter nördlich erkennt man schon die Reaktoren des stillgelegten Atomkraftwerks St. Vrain. Das Pfeifen eines entfernten Zuges verhallt leise in der Nacht. Die Straße macht eine sanfte Kurve, bevor ich eine Gruppe von Pappeln erreiche. Vom Fluß dringt der Geruch von Fisch, verfaulten Stämmen und feuchtem Gras zu mir herüber. Als das Pappelwäldchen sich lichtet, verengt sich die Straße und führt über eine Brücke. Unter mir erstreckt sich der Platte River mit seinen weißen Sandbänken und engen Windungen.

»Willkommen in Platteville« steht auf einem Schild. Ich passiere die Brücke, biege ab und fahre an der kleinen Schule mit dem Footballfeld und den Klettergerüsten vorbei. Bis auf ein paar Neonschilder, die am Eingang einer einsamen Bar blinken, ist die Gegend vollkommen dunkel.

Nach Norden gibt es nur noch vereinzelte Häuser, und die Straße schlängelt sich durch brachliegende Felder, bis der Asphalt in öligen Schlamm übergeht. Als ich einen engen Abzweig nehme, wirbeln die Reifen Schotter auf. Die Fenster von Darwins Wohnwagen sind hell erleuchtet. Eine Gestalt wirft einen langen Schatten über die Vorhänge. Ich kurbele mein Fenster so weit wie möglich herunter. Der rhythmische Beat von Diskomusik dröhnt aus dem Trailer.

Ich fahre langsam über die Schotterstraße und bleibe vor dem Wohnwagen stehen. Darwins Pick-up parkt auf der gefrorenen Wiese vor dem Wohnwagen. Dahinter steht ein roter Subaru, den ich nicht kenne. Ich ziehe die Walther unter dem Sitz hervor und nehme die Diskette und die Papiere aus dem Handschuhfach. Ich stecke die Pistole und die Diskette in die Innentasche meiner Jacke und steige die baufälligen Stufen zur Tür hinauf. Mein Nacken und meine Beine sind ganz steif, und ich bin erschöpft von der langen Fahrt.

Die Tür des Wohnwagens steht einen Spalt offen, ich kann Darwins langen Rücken und ihre Hüften sehen, die sich im Rhythmus der Musik wiegen. Sie trägt einen engen lila Minirock und glänzende violette Stilettos an ihren nackten Füßen. Bei jeder Bewegung, die sie macht, treten ihre kräftigen Unter- und Oberschenkelmuskeln deutlich hervor. Ihre Haare sind hoch toupiert.

Ich packe den Türknauf, klopfe laut und rufe über den Lärm der Musik hinweg: »Darwin, Miß Darwin!«

Ich stecke den Kopf durch die Tür, und ein Lächeln breitet sich über Darwins Gesicht. Sie trägt einen roten BH mit feiner Spitze, und als sie auf mich zukommt, um mich zu begrüßen, sehe ich die schwarzen Stoppeln auf ihrer rasierten Brust. Sie hat breite, kantige männliche Schultern.

»Al!« sagt sie und zieht mich hinein in die Wärme des Wohnwagens. Sie umarmt mich und tritt dann einen Schritt zurück, um mein Gesicht im Licht der Lampe zu begutachten.

»Kleines, du siehst beschissen aus.« Sie spricht in der schrägen Tonlage einer falschen Frauenstimme. »Aber dein Haar gefällt mir.«

Sie geht zur Anlage und dreht die Musik leiser. Ich lasse meinen Blick durch den Wohnwagen streifen, die abgewetzten, aber ordentlichen Möbel, eine durchgesessene Couch mit riesigen lila Blumen, zwei weiche Sessel mit einem Überwurf aus Spitze, um die abgeschabten Polster zu verdecken, eine Fernsehtruhe aus den späten Siebzigern, eine Eßecke mit einem Tisch aus Rauchglas. Vom Wohnbereich geht eine Kochnische ab.

Ich zünde mir eine Zigarette an und lasse mich auf die Couch fallen. Bei einem Blick auf die Uhr über dem Eßtisch wird mir klar, wie lange ich schon nicht mehr geschlafen habe.

»Wo ist Miß Kiki?« frage ich.

Darwin navigiert auf ihren Stilettos über den marmorierten Flokatiteppich und weist mit dem Kopf auf das hintere Schlafzimmer. Hinter der geschlossenen Tür hört man leises Geraschel und Stöhnen.

»Sie hat einen Gast«, erklärt Darwin, setzt sich neben mich auf die Couch und schlägt elegant ein Bein über das andere.

Ich streife meine Schuhe ab. Darwin beugt sich über den gemaserten Kieferntisch und klappt eine kleine Mahagonikiste auf. »Und was machst du hier draußen?« fragt sie.

In der Kiste befinden sich ein kleiner Spiegel und mehrere kleine, weiße gefaltete Briefchen. Darwin legt den Spiegel auf den Couchtisch und öffnet einen der kleinen Umschläge. Sie klopft mit einem Fingernagel gegen das Tütchen, bis ein Häufchen weißes Pulver herausrieselt. Sie nimmt ein kurzes Glasröhrchen aus der Schachtel und hält es mir hin, während sie mit der anderen Hand auf den Spiegel weist. Ich schüttle den Kopf.

»So wie dein Gesicht aussieht, würde ich sagen, du steckst in Schwierigkeiten, aber das wäre ja nichts Neues.«

Ich schließe die Augen und lausche den vertrauten Geräuschen, wenn das Röhrchen über den Spiegel kratzt, dann zweimal kurz hintereinander ein lautes Schniefen. Darwin läßt sich neben mir tief in die Kissen sinken, und ich öffne die Augen. Sie streckt die Hand aus, wischt die restlichen Kokainkrümel von dem Spiegel und reibt mit dem Finger über ihr Zahnfleisch. Ihre Unterarme sind mit Einstichnarben übersät.

»Wie geht es Cyrus?« Darwin starrt zur Decke des Wohnwagens und grinst. »Ist er immer noch mit dieser Jamaikanerin zusammen? Wie hieß sie noch?«

»Nicolette? Nein, er ist nicht mehr mit ihr zusammen. Sie ist nach Tampa oder so gezogen und hat ein Reisebüro aufgemacht.«

Die Antwort scheint Darwin zu befriedigen. Sie macht es sich bequem und stützt ihre spitzen Absätze auf den Rand des Couchtischs.

»Was ist mit deinem Daddy?«

»Er ist vor ein paar Tagen gestorben, Darwin. Ich war in Seattle, Cyrus hat mich angerufen.«

»Scheiße«, sagt Darwin leise und fällt in ihre natürliche Tonlage. »Das tut mir leid, Kleines.«

Ich kenne Miss Darwin, seit ich ein kleines Mädchen war. Das mit der Miß kam erst später, nach dem Krieg, als sie in die Bronx zurückkehrte. Sie fing an, in Transvestitenshows in Greenwich Village aufzutreten. Um ihre Heroin- und Opiumsucht zu finanzieren, ist sie auf den Strich gegangen. Sie war in Südostasien süchtig geworden.

Ich habe meinen Vater einmal gefragt, warum sie Darwin genannt wurde. Er sagte, weil sie es in der härtesten Woche der Grundausbildung, in der die Männer durch die Hölle gehen, länger als alle anderen im eisigen Wasser des Pazifiks ausgehalten hatte. Es war, als hätte sie sich zu einem fossilen Fisch zurückentwickeln können. Als ich klein war, konnte ich mir Darwin nicht als Fisch vorstellen, also habe ich sie mir immer als Meerjungfrau vorgestellt. Ich malte mir aus, wie sie mit einem grünschillernden, geschwungenen Schwanz und von Muscheln und Algen verziertem Haar in den Wellen saß.

Als ich in der achten Klasse war, wurde Darwin wegen eines kleinen Heroindeals verhaftet und verbrachte ein paar Jahre im Gefängnis des Staates New York. Als ihre Bewährungsfrist endete, stopften sie und Miß Kiki noch am selben Tag ihre überdimensionierten Plateauschuhe in den Kofferraum von Kikis verrostetem Pinto und machten sich auf den Weg ins Landesinnere.

Jetzt beliefern die beiden die Gegend von Denver, Boulder und Fort Collins. Sie verkaufen genug, um damit ihren eigenen Bedarf zu decken und die Miete und das Essen zu bezahlen. Als ich neu im Kuriergeschäft war, fuhr ich jedesmal bei den beiden vorbei, wenn ich so weit im Westen zu tun hatte. Wir entwickelten ein nettes kleines Tauschgeschäft. Auch wenn Darwin grundsätzlich alles verfügbare schluckt, gilt ihre Vorliebe den harten Narkotika, Drogen, die dich einlullen und besänftigen, die dein Gehirn betäuben. Unsere Bedürfnisse ergänzten sich perfekt, Darwin war immer geneigt, Kokain gegen ein Päckchen Heroin oder Opium einzutauschen, das ich abgezweigt hatte.

Aus dem Hinterzimmer sind keine Geräusche mehr zu hören. Der Türknauf klappert, und die Tür geht langsam auf. Ein Mann in einem zerknitterten Anzug kommt aus dem dunklen Raum.

»Hi, Frank«, flötet Darwin.«

Frank grinst idiotisch und stolpert zur Eingangstür des Wohnwagens.

»Und daß du mir schön vorsichtig fährst«, ruft Darwin. Frank öffnet die Tür und tritt ins Freie. »Und grüß deine Frau von mir.«

Die Tür fällt zu, und man hört Franks Schritte auf den Holzstufen. Der Motor des Subaru leiert kurz, bevor er anspringt.

»Gott sei Dank, daß er weg ist«, seufzt Darwin. Sie greift hinter sich und hakt ihren BH auf. »Ich wollte schon den ganzen Abend aus diesem Ding raus. Frank kommt ungefähr einmal die Woche aus Denver rüber. Er hat es gern, wenn Kiki und ich die zwei glücklichen Hausfrauen spielen.«

Sie nimmt ihre falschen Schaumstoffbrüste aus den Schalen und legt den BH über die Lehne der Couch.

»Kiki, alles okay mit dir da drinnen?« ruft sie. Sie steht auf und geht in die Küche. Unterwegs streift sie ihre riesige Perücke ab und hängt sie über die Lehne eines der Eßzimmerstühle.

Aus Kikis Schlafzimmer tönt ein gedämpftes Stöhnen. Ich stehe auf und öffne behutsam die Tür.

»Miß Kiki, ich bin's, Allie«, sage ich und blinzele in das dunkle Schlafzimmer.

Im hereinfallenden Licht aus dem Wohnzimmer mache ich Kikis Umrisse aus. Sie kauert mit dem Rücken gegen die Wand auf dem Boden neben dem Bett, die Knie an die Brust gezogen, die blonde Perücke verrutscht. Ihre dünnen Arme hängen schlaff an ihrem Körper herunter, um ihren linken Oberarm hat sie ein dickes Gummiband geknotet. Auf dem Teppich neben ihrer rechten Hand liegt eine Spritze. Miß Kiki hebt langsam die Hand und winkt mir zu.

»Miß Alison«, sagt sie und lächelt abwesend. »Hilf mir hoch, Baby.«

Ich taste mich weiter ins dunkle Schlafzimmer vor. Kiki trägt noch immer einen schwarzen Stöckelschuh. Ich bücke mich und streife ihn ihr vom Fuß, ich entknote den Gummischlauch und lege die Spritze auf den Nachttisch. Dann greife ich mit beiden Armen unter Kikis Achseln und versuche sie hochzuziehen. Ihre Perücke verströmt den säuerlichen Geruch von Sex. Es riecht nur ganz schwach und erinnert mich an den Geruch von Schweiß und Bleichmittel. Kikis Kinn ist mit Lippenstift verschmiert.

»Du hast eine hübsche Frisur«, flüstert sie mir ins Ohr. Sie hebt die Hand und streicht mit den Fingern über meinen Kopf. »Schöne blonde Haare.«

Ich verlagere Kikis Gewicht auf meine Schultern, bevor ich sie behutsam auf das Bett sinken lasse.

Darwin kommt mit einem Teller voll gegrillter Käsesandwiches aus der Küche, den sie auf den Couchtisch stellt.

»Erst siehst du zu, daß du was zwischen die Rippen kriegst, und dann will ich, daß du mir von den Schwierigkeiten erzählst, in denen du steckst«, befiehlt sie.

Ich greife nach einem Sandwich und beiße hinein. »Ich muß

wissen, was in Chau Doc los war. Cyrus hat gesagt, daß du während des Krieges dort warst.«

Darwin zündet sich eine Zigarette an und setzt sich in einen der Sessel.

»Vietnam?«

»Ja.«

»Da gehe ich nie wieder hin, Süße. Ich will mich nicht mal an das Drecksloch erinnern. Du mußt nicht wissen, was in Chau Doc los war.«

»Weißt du, wer David Callum ist?«

»Klar, der Typ, der Phoenix geleitet hat. Ich habe gehört, er ist tot. Ist in der Nähe von Seattle beim Rudern ertrunken. Es ist überall in den Nachrichten und Zeitungen.«

»Vor drei Tagen bekam ich einen Anruf von Joey. Am selben Abend hat auch Cyrus wegen meinem Vater angerufen. Joey hat gesagt, er hätte ein Paket für mich, das ich auf meinem Weg zu den Keys nur abgeben müßte. Er meinte, es wäre leicht verdientes Geld und so weiter, hat mir eine nette Summe für die Tour angeboten. Um es kurz zu machen, die Übergabe ist schiefgelaufen. Der Typ, der mir diese Diskette gegeben hat, ist tot, und wer immer ihn umgebracht hat, sucht mich und will das Paket von mir haben. Auf der Diskette kam überall Callums Name vor – und von Chau Doc war auch die Rede.«

Darwin schnippt einen langen Streifen Asche von ihrer Zigarette und läßt sich in die Polster zurücksinken. »Hast du die Typen gesehen, die hinter der Scheibe her sind?«

»Ja. Die waren aalglatt, Darwin. Profis. Ich weiß nicht, was ich tun soll.«

»Jetzt ißt du erst mal deine Sandwiches.« Darwin zieht eine Braue hoch und wirft mir einen mütterlichen Blick zu. Ich nehme ein weiteres Stück von dem Teller.

»Wie lange warst du in Chau Doc?« frage ich und nehme einen Bissen von dem Sandwich.

»Sechs Monate. Ich habe eine Aufklärungseinheit geleitet, eine sogenannte PRU: Sechs Monate waren die Höchstgrenze, die man als Berater für einen Spezialeinsatz bleiben durfte.«

»Warum gab es diese zeitliche Begrenzung?«

Darwin spreizt die Finger und begutachtet ihre Fingernägel. »Vermutlich, um Korruption vorzubeugen. So haben sie es jedenfalls dort genannt. Wenn jemand über eine eigene kleine Armee verfügt, kann er unter den Einheimischen ziemliche Verwüstung anrichten. Aber das war sowieso alles ein schlechter Witz. Die ganz Operation Phoenix war total korrupt.«

»Waren es Amerikaner?«

»Wer?«

»Die Leute von der PRU. Waren das alles amerikanische Soldaten?«

»Um Gottes willen, nein. Es gab zwei Dinge, mit denen wir es immer und immer wieder in Phoenix zu tun hatten: das waren Befriedigung und Vietnamisierung. Der Krieg sollte auf die südvietnamesische Armee abgewälzt werden. Wir waren nur die Berater in der ganzen Geschichte. Die Leute von der PRU waren ausnahmslos vietnamesische Soldaten.«

Darwin drückt ihre Zigarette aus und greift nach einer Nagelfeile auf dem Couchtisch.

»Kannst du dir eine beschissenere Aufgabe vorstellen?« fragt sie und feilt sich dabei die Nägel. »Wir sollten den Leuten im Dschungel beibringen, wie man zu kämpfen hat, obwohl sie damit aufgewachsen sind.«

»Und was war mit der Befriedigung?«

»Das war ohnehin alles nur Propaganda. Zunächst haben sie über mobile Krankenstationen Impfstoffe und andere Medizin an die Einheimischen verteilt. Und irgendein weißer Spion hat diese Krankenstationen dann ausgenutzt, um die Menschen auszuspionieren und gegeneinander aufzuhetzen.«

»Und die Südvietnamesen ließen das mit sich machen?«

»Klar doch. Es war so ähnlich wie mit der Volkszählung später. Wenn das Schwein deines Nachbarn in deinen Garten gekackt hat, mußtest du nur andeuten, daß er mit den Kommies sympathisierte, und er war so gut wie tot. Vietnam war kein gewöhnlicher Krieg, Al. Es reichte nicht, einfach zwischen Norden und Süden zu unterscheiden, um sicher zu sein, wer auf deiner Seite kämpfte. Im Süden wimmelte es von Vietkong. Wir mußten irgendwie an die Dörfer herankommen, und das Phoenixprogramm war unser Weg dorthin.«

»Und Callum hat das Ganze veranlaßt, richtig?«

»Ich glaube, ja. Es waren all diese Typen von der höheren Schule in Saigon. Sie nutzten das Symbol des Vogels, um die Einheimischen mit iher eigenen Mythologie zu terrorisieren. Die CIA wußte alles über ihre Bräuche und über ihre Religion. Aber Terror bleibt Terror. Wenn wir einen Schlag gegen jemanden ausführen oder einfach nur besonders viel Druck ausüben sollten, dann gingen wir am Tag zuvor ins Dorf und malten ein großes Auge auf die Hütte des Betroffenen. Wenn der Typ dann plötzlich verschwunden war, hatte das etwas Magisches, so als ob es Gottes Wille gewesen sei.« Darwin legt die Nagelfeile zur Seite. »Was bringt einen Menschen dazu, seinen besten Freund zu verraten?«

Ich zucke mit den Schultern.

»Denk nach, Al. Was bringt dich zum Reden?«

Ich nehme mir eine weitere Zigarette. »Ich weiß nicht. Angst vielleicht.«

»Genau das.« Darwin hält einen Augenblick inne. »Soll ich dir eine Geschichte erzählen?«

»Klar.«

»Als ich etwa zwei Monate im Einsatz war, haben wir ein Flugzeug entladen, das gerade eine Lieferung aus Saigon gebracht hatte. Eine ganze Palette mit Kisten war mit dem Aufdruck ›Kondome‹ versehen. Einer der Typen von der Nachschubversorgung fragte uns grinsend, ob wir sehen wollten, was in den Kisten war. Sie waren tatsächlich voller Gummis, aber – in Elefantengröße!«

Darwin lacht laut auf, so als hätte sie gerade die Pointe eines Witzes zum besten gegeben.

»Verstehst du nicht?«

Ich schüttle den Kopf.

»Die Dinger sollten irgendwo über dem Feindesland fallen gelassen werden. Einschüchterungstaktik. Die Kommies sollten durch den Dschungel rennen und denken, wir hätten Schwänze wie Pferde.«

Ich nehme einen tiefen Zug von meiner Zigarette und schaue zum Schlafzimmer. Von Kiki kommt keine Regung.

Dann schaue ich Darwin durchdringend an. »Wann hast du mit den Drogen angefangen?«

»Bei meinem ersten Einsatz haben wir fast nur Dope genommen, um irgendwie über die Runden zu kommen. Aber in Chau Doc war Heroin und Opium leichter zu kriegen als Wasser.« Darwin deutet in Richtung Schlafzimmer. »Bei ihr lief es anders. Verdammt, sie hat noch Windeln getragen, als ich in Chau Doc war.«

Meine Jacke liegt neben der Couch auf dem Boden, und ich ziehe Marks Computerausdrucke aus der Innentasche und zeige Darwin das Foto des Nachschublagers.

»Ich glaube, dieses Lager ist in der Nähe von Chau Doc. Kennst du es?«

Darwin beugt sich vor und betrachtet den Ausdruck.

»Nein.«

Ich zeige mit dem Finger auf den Rumpf des Flugzeuges.

»Air America«, sagt Darwin, ohne zu zögern.

»Mit anderen Worten, die CIA?«

Darwin nickt.

»Was könnten sie dort getrieben haben?« frage ich.

»Sie könnten dort praktisch alles getrieben haben. Sie könnten Einsatzkräfte ein- und ausgeflogen haben. Oder sie haben Schmuggelware transportiert, Drogen oder gestohlene Waffen.«

»Rauschgift.«

»Könnte auch sein. Al, du kennst doch die Geschichte mit den Leichensäcken voller Drogen. Ein Krieg kostet Geld. Und die CIA ist eine kostspielige Organisation. Der Drogenschmuggel aus Südostasien war für die CIA eine gute Gelegenheit, ein bißchen was nebenbei zu verdienen.«

Darwin blickt neugierig auf die anderen Papiere. »Was hast du denn da noch so?«

Ich schiebe ihr die Ausdrucke über den Tisch. Darwin geht sie sorgfältig durch. Als sie Callums Brief überfliegt, wird ihre Miene ernst.

»Al, hast du weiterhin einen Übergabetermin verabredet?« fragt sie und runzelt die Augenbrauen. Eine tiefe Falte legt sich über ihre Stirn.

»Ich habe Joey aus Montana angerufen. Er hat gesagt, die Übergabe würde trotzdem wie geplant laufen. Ich soll nach Houston fahren, wo ich telefonisch weitere Anweisungen erhalte.«

»Hast du tatsächlich vor, das zu tun?«

Ich antworte nicht. Ich weiß nicht, was ich vorhabe.

»Vertraust du Joey?« fragt Darwin.

»Bisher hat er mich noch nie gelinkt. Ich frage nicht viel, aber wenn Joey sagt, er bezahlt mich, ist das Geld immer da. Und diese Tour bringt viel Geld.«

»Das habe ich dich nicht gefragt. Ich habe dich gefragt, ob du ihm vertraust.«

Ich beiße erneut in mein Sandwich und schweige. Darwin sieht mich scharf an.

»Ich weiß es nicht. Irgend jemand hat gewußt, daß ich in Montana war«, sage ich. »Ich habe dort einen alten Freund, der auch einmal Kurier war. Er kennt sich aus im Computerbusiness und ich dachte, er könnte mir sagen, was auf der Diskette drauf ist.«

»Und?«

»Und nun ist er tot, Darwin. Wer auch immer ihn getötet hat, in Wahrheit hatte er es auf mich abgesehen, da gibt es keinen Zweifel.«

Darwin lehnt sich zurück und stößt einen tiefen Seufzer hervor. »Kleines, du weißt, daß es dumm wäre, nach Houston zu fahren. Dein Leben ist mehr wert als das Geld. Wer hat gewußt, daß du in Montana bist?«

»Genau das ist es, Darwin. Joey ist der einzige, der es gewußt haben könnte. Aber das macht keinen Sinn. Er wußte, daß ich liefern würde. Warum sollte er also nach mir suchen?«

»Sie zahlen dir eine Menge Geld dafür, was?«

»Zumindest hätten sie das tun sollen.«

»Was meinst du damit?« fragt Darwin.

»Ich sollte das Geld bei der ersten Übergabe kriegen, aber das war nicht der Fall.«

»Ich sag dir was. Mit diesem Brief hat es etwas sehr Ernstes auf sich. Dieses Lager«, sagt Darwin und zeigt auf den Ausdruck der Fotografie, »gehörte zum amerikanischen Militär. Ich verstehe einfach nicht, warum Callum die Hmong hier draußen entsendet haben soll.«

»Vielleicht war das Lager ja nur ein Umschlagplatz? Für Drogen zum Beispiel.«

»Schon möglich.« Darwin reckt ihr Kinn und denkt nach. »Aber irgend jemand will dich töten, richtig?«

Ich nicke.

»Es ist allgemein bekannt, daß da irgendein dreckiges Geschäft mit Rauschgift lief. Außerdem ist das dreißig Jahre her, Al. Ein Geheimnis, für das man auch dreißig Jahre danach noch tötet, muß verdammt wichtig sein. Ich dagegen versuche um jeden Preis zu vergessen, daß ich einmal bei den Kampfschwimmern war.«

»Darwin?« frage ich.

»Ja.«

»Warum hast du dich für die Kampfschwimmer gemeldet?«

»Aus demselben Grund wie Cyrus und dein Vater, nehme ich an. Wir waren alle arme Jungs und hatten nichts, worauf wir stolz sein konnten. Es dreht sich alles um Macht, Al. Macht und den Kick, sich als jemand Besonderes zu fühlen. Erinnerst du dich noch, wie du dich gefühlt hast, als du deine erste Waffe bekommen hast? Auf einmal wird dir klar, daß Gott nicht der einzige ist, der die Macht hat, Leben zu geben und wieder zu nehmen. Wenn wir damals drüben irgendein hohes Tier umgelegt haben, hinterließen wir sogar unsere persönlichen Visitenkarten. Wir nagelten dem Typ ein Pik-As an den Schädel. Einige Einheiten hatten ihr eigenes kleines Zeichen, das sie auf die Karte gemalt haben. Es war, als würde man sagen: Sieh, was ich dir antun kann! Die meisten von uns waren achtzehn oder neunzehn, als wir in diesen Krieg geschickt wurden. Sie haben uns eingetrichtert, daß das, was wir taten, richtig war, und wir haben nicht viele Fragen gestellt.«

»War mein Vater je in Chau Doc?«

»Nicht, als ich dort war. Ich weiß, daß er eine Weile in der Nähe von Nha Trang war. Er wurde erst zu einem sechsmonatigen Sondereinsatz abkommandiert, als ich schon weg war.«

Im Sommer nach meinem Abschluß an der High-School machten Cyrus, mein Vater und ich eine Tour nach Kuba, um Ware an Bord zu nehmen. Ein tropischer Sturm war gerade über die Florida-Straße hinweggefegt, und das Wasser war noch immer aufgewühlt. Wir erreichten die Insel ohne Probleme und steuerten eine kleine Bucht an der Nordwestküste an. Nach etwa einer Stunde hatten wir das Boot in der Dunkelheit beladen. Wenn ich heute darüber nachdenke, waren unsere Fahrten nach Kuba idiotisch. Wir wurden gut dafür bezahlt, aber nicht gut genug, um dafür erschossen zu werden oder in einem kubanischen Gefängnis zu verrotten.

Wir hatten das Boot schwer beladen. Mit der kompletten Lieferung an Bord lag der Rumpf tief im Wasser. Als wir die internationalen Gewässer erreichten, schalteten wir die Scheinwerfer wieder ein und verfolgten auf unserem Funkgerät die Nachrichten der Küstenwache. Für die Straße von Florida war eine Warnung für kleinere Boote ausgegeben worden. Die Wellen schäumten hoch, aber keiner von uns machte sich besonders große Sorgen. Wir hatten schon bei schlechterem Wetter Ware transportiert. Mein Vater verschwand für einen Moment unter Deck und kam mit einer Flasche Johnnie Walker Black Label zurück. Wir reichten die Flasche herum und waren alle glücklich, die kubanischen Gewässer sicher verlassen zu haben.

Keiner von uns sah das Floß, bevor wir es beinahe rammten. Cyrus muß es als erster entdeckt haben, denn er war derjenige, der den Gashebel packte und unversehens den Rückwärtsgang einlegte. Der plötzliche Ruck ließ mich rückwärts aufs Deck schlagen. Die Maschine ächzte, als sich die Schraube unvermittelt in die andere Richtung drehte. Ein paar Meter vor uns blähte sich so etwas wie ein Segel in der steifen Brise.

Vor dem Boot trieb ein ramponiertes Floß aus Sperrholz und Schläuchen. Das Segel, das ich gesehen hatte, war ein Arbeitshemd aus Baumwolle, das an einen provisorischen Mast geknotet war. Jährlich wagen Tausende von Kubanern die Fahrt über die Florida-Straße, doch ich sah in jener Nacht zum ersten Mal mit eigenen Augen Bootsflüchtlinge. Mein Vater packte die Heckleine und warf sie einem der Männer zu. Ich kletterte zurück in die Kajüte und suchte eine Taschenlampe.

»Wie viele sind es?« fragte Cyrus. Er stand am Gashebel und bemühte sich, das Boot ruhig zu halten.«

»Acht, glaube ich.«

Ich rutschte zurück zum Heck und leuchtete mit der Taschenlampe auf die verängstigten, stummen Gesichter hinunter. Mein Vater lotste das Floß am Heck vorbei zur Deckleiter. Er drehte sich zu mir um, der Strahl meiner Taschenlampe fiel ihm dabei direkt ins Gesicht.

»Al, ich möchte, daß du die Luke öffnest und anfängst, Ladung abzuwerfen«, sagte er ruhig. Er kniff die Augen zum Schutz gegen das grelle Licht zusammen. »Wir können sie nicht aufnehmen, wenn wir nicht leichter werden.«

Ich kletterte um die Kajüte zum Vorderdeck, klappte die Luke auf und packte einen der schweren Säcke mit weißem Pulver. Das Paket schlug mit einem lauten Platschen auf dem Wasser auf. Ich bückte mich erneut und blickte zu Cyrus auf. Er nahm die Hand vom Gashebel, verließ die Kajüte und half mir, die halbe Ladung ins Meer zu kippen.

In dem Feld vor dem Wohnwagen öffnet eine der Krähen den Schnabel und stößt ein schrilles Krächzen aus. Mit ausgebreiteten Flügeln steigen die Vögel in den Himmel auf. Sie wirbeln kleine Erdklumpen auf, als ihre leichten Körper von dem zerfurchten Acker abheben. Ich erinnere mich gut an das Gesicht meines Vaters, seine im grellen Licht blinzelnden Augen und an seine ruhige Stimme. Ich stelle ihn mir in Vietnam vor, wie er sich über einen toten Vietkong beugt, eine Spielkarte über seine aufgerissenen Augen legt und einen Nagel in den Knochen schlägt. Ich versuche, diese Vorstellung mit dem Erlebnis vor Kuba in Einklang zu bringen. Ich versuche mir auszumalen, wie Darwin den Lauf einer Maschinenpistole an die Schläfe eines anderen Mannes hält, eine Granate in eine dunkle Hütte schleudert und dabei zusieht, wie die brüchige Konstruktion aus Bambus und Palmwedel explodiert. Oder Cyrus, der die Segel einer Familiendschunke in Band setzt und dann in die Nacht davontuckert, während das Feuer über der Cung-Hau-Bucht flackert.

Eine dicke Front dunkler Wolken zieht am östlichen Horizont auf. Die Krähen schwärmen aus, finden sich hoch am Himmel wieder zu ihrer Formation zusammen und ziehen ihre Kreise.

»Ich bin müde«, sage ich und wende mich vom Fenster ab. Darwin sitzt über den Couchtisch gebeugt und zieht mit der Nase eine gerade Linie über den Spiegel. Es gibt noch vieles, was ich sie fragen will. Ich weiß, daß sie die Antworten kennt, doch sie werden bis zum Morgen warten müssen.

»Versprichst du mir, mich spätestens um zehn zu wecken, wenn ich in deinem Bett schlafe? Ich kann nicht allzulange bleiben?«

»Klar doch, Kleines. Schlaf dich erst mal aus.« Bevor ich in Darwins Zimmer verschwinde, drehe ich mich noch einmal zu ihr um.

»Wo kriegst du zur Zeit deinen Stoff her?« frage ich sie.

»Von da und dort, du kennst das ja.«

Darwins Zimmer ist klein und ordentlich. An der Tür des Kleiderschranks hängt ein lebensgroßes Bild von Marilyn Monroe. Auf dem Nachttisch liegen eine kleine Pfeife und eine lange Nadel, die von einer dicken Schicht Opium und schwarzem Teer verklebt ist. Ich habe Darwin schon mehrmals rauchen sehen. Sie geht nach einem Ritual vor, das sie in irgendeinem dunklen Salon von Saigon gelernt hat. Die meisten Süchtigen sind gierig nach dem Stoff; je schneller sie ihn in die Blutbahn kriegen, desto besser. Darwin dagegen raucht stilvoll und gelassen.

Ich habe voher nie darüber nachgedacht, was Darwin eigentlich hierher geführt hat. Ich habe immer geglaubt, daß es die Sehnsucht nach Ruhe war, daß sie sich nach einem Leben im Krieg und Gefängnis einfach nach ein bißchen Ordnung und Anständigkeit gesehnt hat. Ich hatte bereits angefangen, diese Panik des Süchtigen, dieses verzweifelte Bedürfnis, die Droge stets in der Nähe zu haben, zu vergessen. Als ich damals am totalen Tiefpunkt angelangt war, habe ich in der ständigen Angst gelebt, daß meine Bezugsquelle mir versiegt. »Von da und dort« hätte mir nicht gereicht.

Allmählich gewöhnen sich meine Augen an das blasse Licht, und ich lasse meinen Blick durch das Schlafzimmer schweifen. An der gegenüberliegenden Wand steht eine Kommode, die mit Puderquasten, falschen Wimpern und Perücken in den unheimlichsten Formen übersät ist. Die farblosen Züge der Styroporköpfe sehen matt und leblos aus. Über der Kleiderschranktür hängen mehrere BHs mit falschen Brüsten. Hier sind alle Tricks für die perfekte Selbsttäuschung versammelt.

»Es war, als ob du jemand anders gewesen wärst«, hat mein Vater einmal zu mir gesagt, nachdem ich clean geworden bin. Ich weiß bis heute nicht, ob er über die Drogen oder über Joey geredet hat. Wir haben nie wieder davon gesprochen.

Die Hektik der letzten Tage hat mich seltsam rastlos gemacht. Ich liege auf dem Rücken in Darwins Bett und versuche, das undurchsichtige Netz aus Lügen zu entwirren. Jemand anders. Es ist leicht, an ein zweites Ich zu glauben, um sich der Verantwortung zu entziehen. Aber was ist mir der Realität, in der wir leben? Wir haben uns entschieden, und jede Handlung entspringt in uns selbst, auch wenn sie nur einen Teil von uns ausmacht.

- 11 -

»O Scheiße, Darwin. Scheiße. Scheiße. Scheiße.«

Kikis gedämpfte Stimme dringt durch die geschlossene Schlafzimmertür. Ich drehe mich um und blicke auf den Wecker. Halb zehn. Ich habe nicht mehr als zweieinhalb Stunden geschlafen.

»Nicht so laut«, sagt Darwin, »sie hat seit Tagen nicht geschlafen.«

Ich werfe die Decke zurück und steige aus dem Bett. Ich ziehe die Jeans über mein T-Shirt und greife instinktiv nach der

Walther in der Innentasche meiner Jacke. Verschlafen reibe ich mir die Augen, während ich ins Wohnzimmer trete.

Darwin steht an dem kleinen Herd in der Küche. Sie trägt eine grüne Trainingshose und einen schwarzen Pullover. Ihr ungeschminktes Gesicht wirkt männlich, ihre langen lavendelfarbenen Fingernägel passen plötzlich nicht mehr zu ihrem übrigen Körper. Sie mustert mich, als ich durch die Tür komme, und gibt eine dicke Scheibe Butter in die Bratpfanne, die vor ihr auf dem Herd steht.

»Siehst du, was du getan hast.« Darwin wirft Kiki einen wütenden Blick zu.

»Was ist los?« frage ich.

Darwin nimmt einen Karton Eier aus dem Kühlschrank.

»Scheiße, Allie«, sagt Kiki. Sie sitzt mit einer Zeitung vor sich am Eßtisch. »Hast du das getan?« fragt sie und schaut mich an.

»Natürlich hat sie das nicht getan«, faucht Darwin.

Ich lege die Walther auf den Glastisch neben die Zeitung. Kiki trägt einen pinkfarbenen Morgenmantel aus Plüsch und passende Slipper. Während ich geschlafen habe, ist sie ein wenig ausgenüchtert, doch unter ihren Augen liegen dicke schwarze Ringe, die sich in ihre von Natur aus glatte Haut gegraben haben. Rechts von ihr steht ein überquellender Aschenbecher. Sie blättert zurück zur Titelseite und zeigt auf eine Überschrift in der rechten unteren Ecke.

»Mordserie bedroht unsere Region«, lautet die Schlagzeile.

Darwin stellt einen Becher Kaffee auf den Tisch.

»Trink das«, befiehlt sie.

Kiki schnappt sich die Zeitung und fängt an zu lesen. »›Eine mörderische Blutspur zieht sich vom Westen Washingtons durch Montana und, wie lokale Behörden berichten, möglicherweise in unsere Gegend. Die mutmaßliche Täterin Alison Kerry wird von der Polizei wegen Mordes an zwei noch nicht identifizierten Opfern gesucht.‹ Scheiße, Al, eine Mordserie?«

»Was schreiben sie sonst noch?«

»Bloß den üblichen Mist. Verbrechen im Zusammenhang mit Drogen. Du bist bewaffnet und gefährlich. Die Polizei vermutet, daß du dich auf den Norden von Colorado zubewegst. Eine kurze Beschreibung von dir und deinem Auto. Du bist bei der Polizei als Konsumentin harter Drogen bekannt. Bla, bla, bla.«

Ich trinke einen großen Schluck Kaffee und greife über den Tisch, um mir eine Zigarette aus Kikis Schachtel zu nehmen.

»Verdammt, Al«, sagt sie, »irgend jemand hat dich wirklich sauber gelinkt.«

Darwin stellt mir einen Teller mit zwei gebratenen Eiern, Speck und Toast hin.

»Warum hältst du nicht einfach deinen Mund«, faucht sie.

Ich zünde die Zigarette an und reiße Kiki die Zeitung aus den Händen. Unter der Schlagzeile findet sich ein schlecht gezeichnetes Phantombild von mir.

»Wie hieß der Typ noch?« fragt Kiki Darwin abwesend. Ich höre ihr mit halbem Ohr zu, während ich den Artikel überfliege.

»Was für ein Typ?«

»Ist schon ein paar Jahre her. Der Journalist unten in Boulder, weißt du. Der alte Hippie. Verrückter Kerl.«

»Kleines, ich habe keine Ahnung, wovon du redest.« Darwin steht etwas abseits vom Tisch und stützt ihre Hände in die Hüften.

»Wie war doch gleich sein Name? Wydel? Wykel? Ja genau, Wykel.«

Kiki greift nach meinem Arm. »Dem haben sie übel mitgespielt.« »Das hat überhaupt nichts mit Allies Problem zu tun.« Darwin wirft Kiki einen durchdringenden Blick zu. »Halt einfach deinen Mund, okay?« »Verdammter Mist.« Kiki pfeift durch die Zähne und kümmert sich nicht um Darwin. »Er hatte so eine Art geheime Marihuanaplantage.« Ich lege die Zeitung beiseite. Sie haben mir auch noch den Mord an dem Fischer angehängt.

Mitterweile sucht jeder Bulle und jeder verdammte FBI-Agent nach mir.

»Was ist mit ihm?« frage ich.

»Er hat ein paar Jahre gesessen, glaube ich. Hat alles verloren.« Kiki streckt ihre Arme aus und gähnt.

»Warum haben sie ihn auffliegen lassen?«

»Ich weiß es nicht mehr«, sagt Darwin und geht zum Herd zurück. »Was soll das denn heißen«, schnauzt Kiki. »Du wirst wohl langsam senil, was?« Sie wendet sich mir wieder zu und erzählt weiter. »Er hat all diese Artikel über die Regierung in der Zeitung von Boulder veröffentlicht. Er hat darüber geschrieben, daß die Regierung immer noch Geld scheffelt in Südostasien. Er behauptete, daß die Hmong der CIA dabei helfen, hier vor Ort in Colorado Heroin und andere Dinge zu vertreiben. Natürlich haben alle geglaubt, er sei verrückt.«

Ich mache meine Zigarette aus und stochere mit meiner Gabel in den Eiern herum. Mir ist der Appetit vergangen.

»Von wo hast du die ganze Zeit deinen Stoff bezogen? Und erzähl mir nicht wieder von da und dort.« Ich schaue Darwin direkt in die Augen.

»Verdammt, jedenfalls nicht von der CIA.«

Ich greife nach der Zeitung, zerknülle sie in meiner Faust und halte sie direkt vor Darwins Gesicht. »Verstehst du, worum es hier geht?« frage ich sie. »Sie werden mich töten. Wie lange haben die Hmong hier draußen schon ihr Geschäft«

Kiki und Darwin starren mich an und sind beide sprachlos.

»Wie lange schon, Darwin?« wiederhole ich. »Ich weiß genau, daß du niemals hier draußen wohnen würdest, wenn du dir nicht sicher wärst, daß du ausreichend versorgt bist. Und ich weiß, daß draußen in Morgan County Hmong leben. Ich kenne die Sucht, Darwin. Ich habe sie selbst erlebt, erinnerst du dich?«

Darwin steht auf und nimmt meinen Teller. Sie wendet sich von mir ab und geht zur Kochnische.

»Erzähl mir nicht, daß du rein zufällig hier wohnst.« Mein Blick verfolgt Darwin.

»Ich habe während des Krieges mit ein paar Hmong zusammengearbeitet. Einige von ihnen waren in Chau Doc stationiert, und sie halfen uns manchmal mit den PRUs. Sie gingen uns ein bißchen zur Hand.«

»Du hast doch gesagt, die PRUs waren ausschließlich Südvietnamesen.«

»Das waren sie auch. Die Hmong wurden zusätzlich für spezielle Aufgaben eingesetzt. Sie waren geldgierig.«

»Ihr habt sie dafür bezahlt?«

»Natürlich. Wir haben sie von Laos eingeflogen. Sie waren gute Kämpfer, und keiner wollte sich mit ihnen anlegen.«

»Ich dachte, die Hmong sind Farmer.«

»Das auch.«

»Wer hat sie nach dem Krieg hierher gebracht?«

»Ich weiß nicht. Die meisten von ihnen haben wir ja einfach zurückgelassen. Aber in den späten Siebzigern und den frühen Achtzigern kamen eine Menge Flüchtlinge von Asien herüber.« Darwin nimmt die Bratpfanne vom Herd und stellt sie in die Spüle. Sie dreht den Hahn auf und läßt die Pfanne einweichen.

»Woher wußtest du, daß sie hier in der Gegend sind?« Ich hebe meine Stimme an, um das laufende Wasser zu übertönen.

»Kurz bevor ich das letzte Mal verhaftet wurde, erhielt ich einen Brief von einem der Flüchtlinge. Er schrieb, er würde jetzt hier draußen leben. Angeblich hatte ein Spion, der mit ihm zusammengearbeitet hatte, die Übersiedlung einer ganzen Gruppe von ihnen finanziert. Als ich aus dem Gefängnis kam, war es für mich unmöglich, wieder in die Stadt zurückzukehren. Also bin ich hierher gekommen.«

»Das heißt, alles, was dieser Wykel geschrieben hat, stimmt?« frage ich.

Darwin dreht sich um und sieht mich an. »Nach dem Krieg

war ich müde, Al. Ich bin nicht dort gewesen und hab rumgefragt. Was immer da vor sich geht, ich will es nicht wissen. Mein Freund kommt hin und wieder mit einem Paket für mich vorbei. Es ist gerade genug, um mich am Leben zu erhalten. Weißt du, wie das ist, so müde zu sein? Du willst einfach vergessen, was du getan hast, vergessen, was für einen Menschen sie aus dir gemacht haben. Wir haben kleine Mädchen und alte Frauen getötet. Ich will es nicht mehr wissen.«

Ich stehe auf und nehme die Walther.

»Ich muß los, Darwin. Du mußt mir den Weg beschreiben.«

Ich ziehe Jacke und Schuhe an und nehme die Papiere und die Diskette vom Couchtisch.

»Wenn jemand fragt, ihr habt nichts davon gesehen. Ich hätte nie herkommen dürfen.«

Darwin steht auf und folgt mir zur Tür. Ich lege meine Hand auf den Knauf.

»Weißt du, wo dieser Wykel jetzt steckt?« Ich öffne die Tür und trete auf die kleine Veranda. Darwin schüttelt den Kopf. »Er arbeitet jedenfalls ganz bestimmt nicht mehr für die Zeitung.«

Kiki steht hinter Darwin in der Tür. »Wo fährst du hin, Miß Alison?« fragt sie.

»Ich weiß nicht.«

Ich gehe die Stufen hinunter zum Wagen. Darwin folgt mir. Ich öffne die Tür und setze mich hinters Steuer. Meine Hand tastet unter dem Sitz nach dem kalten Metall der Browning und der Fünfundvierziger. Ich muß mich vergewissern, daß sie noch da sind.

»Allie«, sagt Darwin, »diese im Einsatz verschollenen Soldaten auf der Liste...«

»Ja.« Ich beuge mich über den Beifahrersitz und stopfe die Diskette und die Papiere wieder ins Handschuhfach.

»So wie ich das sehe, heißt ›im Einsatz verschollen‹ normalerweise nicht unbedingt verschollen. Nach meiner Erfahrung bedeutet es ›tot‹.«

Ich steige aus dem Mustang und umarme Darwin. Ihr Rücken ist verspannt, und mir fällt auf, wie zerbrechlich ihr schlanker Körper ist.

»Sein Name ist Willie Phao«, erklärt mir Darwin und tritt einen Schritt zurück. »Es ist leicht zu finden. Fahr runter zu Fort Lupton und dann Richtung Osten. Nach etwa fünfzig Meilen kommt eine Ausfahrt nach Hoyt. Wenn du an Hoyt vorbei bist, mußt du zwei bis drei Meilen einer Schotterstraße folgen. Da ist ein riesiges Tor am Eingang, du kannst es nicht verfehlen.«

»Ich möchte, daß ihr beide, du und Kiki, ein paar Sachen packt und für eine Weile die Stadt verlaßt. Fahrt in die Berge. Fahrt nach Vegas. Versprich mir nur, daß ihr hier verschwindet, sobald ich weg bin.«

»Klar, Kleines.«

»Ich möchte, daß du es mir versprichst.«

»Okay, ich schwöre.«

Die Straße nach Hoyt ist flach und schier endlos. Hinter Prospect Valley endet jede Art von Landwirtschaft, allein die wechselnden schwarzen Umrisse der Ölpumpen unterbrechen hier und da die Monotonie der trockenen Steppe. Die Metallgerüste sehen von weitem aus wie seltsame Wasservögel, so groß und schlaksig. Mit ihren entlang den Bohrlöchern auf und ab schnellenden Schnäbeln wirken sie irgendwie bedrohlich.

Als ich die kleine Bundesstraße verlasse und Richtung Hoyt nach Süden abbiege, überhole ich den Laster einer Ölgesellschaft. Auf der Pritsche klammern sich ein halbes Dutzend Männer an die Ladeklappen. Der LKW ist der einzige Wagen, den ich seit mindestens zwanzig Meilen gesehen habe.

Die Stadt Hoyt besteht aus ein paar Wohnwagen, einem winzigen Postamt und mehreren flachen Farmhäusern, die sich über

Gestrüpp und trockenen Grannenhafer verteilen. Hinter Hoyt endet die Asphaltierung der Straße.

Nach etwa fünf Meilen sehe ich das Eingangstor. Es hat die gleiche Inschrift wie das Tor in Montana. Ich fahre an den Straßenrand und suche in meiner Kiste nach der richtigen Landkarte. Ich muß mir überlegen, wie ich am besten vorgehen werde. In etwa dreißig Meilen wird diese Schotterstraße hier die Interstate 70 kreuzen; danach kommen bis zur Grenze noch Oklahoma nur noch kleinere Landstraßen. Wenn ich hier fertig bin, kann ich Richtung Süden nach Texas fahren, ohne der Zivilisation zu nahe zu kommen.

Ich lasse den Motor aufheulen und lenke den Mustang entschlossen durch das hölzerne Tor und entlang dem Schotterweg bis zu Willie Phaos Haus. Der Wind fegt unbarmherzig über das Flachland, ein paar Laken und Handtücher, die in der Nähe des Farmhauses an einer Leine hängen, werden durch den Sturm fast weggeweht. Ein alter Ford Pick-up und eine heruntergekommene Honda parken auf dem Vorplatz. Hinter dem Farmhaus befindet sich ein langes, niedriges Gebäude, ich nehme an, es ist eine Scheune.

Die meisten Felder scheinen schon für die Aussaat bestellt zu sein, aber die lehmige Erde ist trocken und klumpig. Unkraut und Gestrüpp wuchern aus dem verkrusteten Ackerboden. Entlang dem Zaun ist ein verrostetes Bewässerungssystem installiert, dessen große Räder gebrochen sind und Schlagseite haben. Es scheint eine Weile her zu sein, daß hier Landwirtschaft betrieben wurde.

Ich stelle den Mustang ab, steige aus und erreiche über die hölzernen Treppenstufen die Veranda. Irgendwo im Haus dudelt ein Radio, gedämpfte Countrymusik dringt durch die Mauern. Zögernd stehe ich einen Moment lang vor der verwitterten Eingangstür. Alles, was ich habe, ist ein Städtchen namens Chau Doc, das am Bassac gelegen ist; einen dreißig Jahre zurückliegenden Brief, auf dem mit schwarzer Tinte das Wort HMONG geschrieben wurde; einen Lastwagen mit einem Nummernschild aus Colorado, einen alten Junkie und Ex-Kampfschwimmer in einem verbeulten Wohnwagen; eine Farm ohne Getreide. Ich kann nur vermuten, daß zwischen all dem eine Verbindung besteht, mir bleibt nichts anderes übrig. Ich klopfe an die Tür und warte.

Seitdem ich kein Kokain mehr schnüffle, fasziniert mich die Aura, die diese Droge umgibt. Ich schätze, das ist ganz normal. Ich will meinen Feind kennenlernen, ganz besonders, nachdem ich ihn besiegt habe. Ich kann mich dieser beinahe göttlichen Macht nur stellen, wenn ich mir meine fehlende Kontrolle bewußt mache.

Ich habe einmal einen Artikel über Ratten gelesen, denen man Kokain in unbegrenzten Mengen verabreicht hatte. Die Ratten hatten zwei Vorrichtungen in ihren Käfigen: eine gab ihnen Futter, die andere führte ihrem Körper die Droge zu. Die Ratten verlangten ausnahmslos das Kokain, und zwar so lange, bis sie tot waren. Essen spielte für sie keine Rolle mehr. Die Tiere hielten ihre kleinen, feuchten Schnauzen einfach so lange an die Maschinerie, bis sie zusammenbrachen.

Aber es war nicht ihr Tod, der mich interessierte. Ich war selbst schon einmal an diesem Punkt angelangt und brauchte bestimmt keine Nachhilfestunde über die tödliche Abhängigkeit, die das Kokain in dir auslöst. Mich fesselte, daß die Wissenschaftler die Kopfhaut entfernt hatten, um zu untersuchen, was die Droge im Gehirn der Tiere angerichtet hatte. Und sie fanden heraus, daß das Kokain auf die primäre Gehirnfunktion einwirkt, auf den Bereich, der den Sexualtrieb steuert.

Ich hatte zwei Beziehungen in meinem Leben, die mein Leben beinahe zerstört hätten. Die erste war die zum Kokain, meine Liebe zu ihm war größer als jedes sexuelle Verlangen. Als ich das erste Mal die Droge zu mir nahm, kreiste sie in meinem Körper wie ein Schwarm Elektroden, und dieser Zustand setzte sich in meiner Erinnerung unwiderruflich fest. Ich wußte, daß es schlecht für mich war, aber ich wollte mehr. Auch jetzt, nachdem ich schon seit längerer Zeit clean bin, kann ich immer noch jede Einzelheit dieses Glücksgefühls spüren.

Die zweite Beziehung war die zu Joey. Rückblickend weiß ich, daß ich ihn nicht geliebt habe. Ich liebte seine vollkommene Stärke, die Kraft seines Körpers, die Intensität, mit der jede Zelle seines Körpers mich körperlich ergriff. Ich mochte die Kluft zwischen seinen Schultern, wo die Muskeln sich trafen, den anmutigen Knochen an seinem Handgelenk. Aber was mich am meisten anzog, war nicht seine physische Stärke, sondern irgend etwas in seinem Innern. Es war seine tiefe Traurigkeit, von der ich ihn befreien wollte.

Man behauptet, daß der erste Trip der beste ist und daß die Süchtigen erfolglos versuchen, dieses Hochgefühl noch ein zweites Mal zu erreichen. Genauso ging es mir mit Joey, meine Liebe zu ihm war ein wiederkehrendes und sinnloses Verlangen nach etwas, das ich nie haben konnte.

Niemand antwortet, also klopfe ich noch einmal, diesmal ein bißchen lauter. Die Musik bricht ab, und ich höre Schritte. »Ja, ich komme schon«, ruft jemand.

Die Tür fliegt auf, und ein Mann steht vor mir. Er schaut mich nur kurz an. »Mein Sohn ist nicht zu Hause.«

Er ist klein und drahtig, er hat ungefähr die gleiche Größe und die gleiche Statur wie der Hmong, den ich in Montana gesehen habe. Sein Gesicht ist ebenmäßig, graue Strähnen durchziehen sein ansonsten schwarzes Haar. Er trägt ein Flanellhemd, Jeans und schwere Arbeitsstiefel. »Er hat heute ein Spiel im Brighton.« Der Hmong spricht fast ohne Akzent, er artikuliert die Worte klar und deutlich.

Als er die Tür wieder schließen will, mache ich einen Schritt nach vorne und setze einen Fuß auf die Schwelle. »Ich bin nicht gekommen, um Willie Junior zu sehen«, erkläre ich ihm.

Er sieht mich durchdringend an und umklammert den Türknauf.

»Sind Sie der Vater, Willie Senior?«

Er antwortet nicht.

»Ich bin eine Freundin von Darwin. Sie hat mir erzählt, daß hier die Phaos wohnen.« Ich versuche, das so beiläufig wie möglich zu sagen, um mir meine Verzweiflung nicht anmerken zu lassen. Es ist, als ob ich gegen eine Wand rede.

»Woher kennst du Darwin?« fragt mich der Mann schließlich, seine Augen blicken mich neugierig und mißtrauisch zugleich an. Ich fühle den Widerstand der Tür an meinem Fuß.

»Mein Vater kennt sie seit langer Zeit. Sie haben sich während des Krieges kennengelernt.«

Der Mann schaut an mir vorbei und mustert meinen Wagen. »Ich bin Willie Phao«, sagt er und drückt noch immer gegen die Tür. Ich rieche Essensgeruch.

»Mr. Phao, Darwin hat mir erzählt, daß Sie während des Krieges in Chau Doc waren. Ich brauche Ihre Hilfe, und ich muß mit John Wykel Kontakt aufnehmen. Es ist sehr wichtig.«

Willie richtet seinen Blick wieder auf mich und blinzelt. »Ich weiß nichts über Chau Doc«, sagt er langsam. Dann schmeißt er die Tür mit einer solchen Wucht zu, daß mein Fuß vor Schreck zurückzuckt. Das Schloß ist bereits eingerastet.

Ich höre, wie seine Schritte sich entfernen, und erhebe meine Stimme, um durch das massive Holz zu dringen. »Es sieht nicht gerade danach aus, daß Ihre Farm besonders gut läuft«, schreie ich und versuche verzweifelt, seine Aufmerksamkeit zu erregen.

Ich höre seine Schritte nicht mehr, aber auch keine Antwort. Ich versuche es noch einmal.

»Mein Name ist Allie Kerry. Vielleicht haben Sie schon von

mir gehört. Mir ist es egal, was Sie hier für ein Geschäft betreiben, ich muß nur über Chau Doc Bescheid wissen. Ich lasse Sie nicht auffliegen, Willie.«

Er hat das Radio wieder eingeschaltet, ich erkenne einen alten Johnny-Cash-Song, ich kann mich aber nur noch an die Melodie erinnern. Ich schlage mir mit der Handfläche gegen die Stirn. Es war dumm von mir, direkt hierher zu kommen, reine Zeitverschwendung. Ich wende mich von der Tür ab.

»Alison Kerry.« Überrascht vom Klang der Stimme drehe ich mich wieder um. Die Tür ist einen Spaltbreit geöffnet, und der Hmong streckt seinen Kopf heraus. »Nimm das.« Mit seiner rechten Hand hält er mir ein gefaltetes Blatt Papier entgegen. »Nimm es.«

Ich greife nach dem Papier und berühre dabei seine Hand. Im nächsten Moment schließt er die Tür, und bevor ich etwas sagen kann, bin ich schon wieder allein.

Wenn ich eines gelernt habe in meinem Job, dann ist es, daß die meisten Leute nur ungern Geheimnisse preisgeben. Wenn sie klug sind, behalten sie es so lange für sich, bis sie das Beste aus ihrem Wissen rausgeholt haben. Als ich zu dem Hmong gefahren bin, war mir das klar, ich wußte, daß mein Besuch umsonst sein könnte. Ich bin trotzdem gefahren, weil ich verzweifelt war.

Als ich wieder hinter dem Steuer sitze und das Papier entfalte, bin ich vollkommen verblüfft. Nicht wegen des hingekritzelten Namens und der Telefonnummer, sondern wegen der Tatsache, daß er mir diese Information überhaupt gegeben hat. Manchmal überraschen mich die Leute, aber sie haben auch immer einen Grund dafür. Ich schaue mir den Zettel noch einmal an, bevor ich ihn in meiner Hosentasche verschwinden lasse: John Wykel.

Irgendwo am Stadtrand von Denver fahre ich auf den Parkplatz eines Circle-K-Ladens. Ich steige aus und gehe hinein, um mir einen Becher Kaffee und eine Schachtel Zigaretten zu kaufen. Neben dem Tresen liegen in ordentlichen Stapeln die Zeitungen mit der Fahndungsskizze von mir. Das Mädchen an der Kasse ist jung und leicht pummelig. Um ihren Hals hängt ein goldenes Kruzifix an einer dünnen Kette.

»Könnte ich das Wechselgeld in Fünfundzwanzigcentstücken haben?« frage ich.

Das Mädchen legt die Zeitschrift, die sie gerade gelesen hat, beiseite und sieht mich durch den ausgefransten Pony ihrer herausgewachsenen Dauerwelle ärgerlich an.

»Ich darf nicht mehr als fünf Dollar in Kleingeld herausgeben. So lautet die Bestimmung.«

Sie kassiert, knallt die Münzen und das restliche Wechselgeld auf den Tresen und wendet sich wieder ihrer Zeitschrift zu.

Ich verlasse den Laden und gehe zu der Telefonzelle auf dem Parkplatz. Aus der Ferne behalte ich das Mädchen hinter der Kasse im Auge. Gerade hat sie ihre Zeitschrift weggelegt, und jetzt starrt sie mich an. Ihr Blick wandert von meinem Gesicht zu dem Mustang und zurück zu meinem Gesicht. Ich lächle freundlich, werfe ein paar Münzen in den Fernsprecher und wähle John Wykels Nummer.

Nach dem fünften oder sechsten Klingeln meldet sich eine Männerstimme.

»Hallo.«

»John Wykel?«

»Ja.«

»Mr. Wykel, haben Sie früher für den *Boulder Examiner* geschrieben?« frage ich und versuche so beiläufig wie möglich zu klingen.

Am anderen Ende entsteht ein längeres Schweigen.

»Woher haben Sie meine Nummer?« Wykel ist mißtrauisch. Seine Stimme klingt angespannt.

»Heute morgen habe ich Willie Phao besucht und –«

»Ich habe euch doch schon längst alle Informationen gegeben, die ich habe«, unterbricht mich Wykel und schreit so laut, daß ich den Hörer von meinem Ohr weghalten muß.

»Zu wem gehören Sie, zur DEA oder zur Central Intelligence? Wann lassen Sie mich endlich in Ruhe?«

»Ich arbeite nicht für die Regierung, John. Beruhigen Sie sich. Ich bin Alison Kerry. Ich bin –«

»Oh, mein Gott, Alison. Ich hätte es wissen müssen. Er sagte mir, daß du kommen würdest. Ich hätte es wissen müssen.«

»Wovon reden Sie?« frage ich.

Wykels Anspannung hat sich gelöst und ist einer aufgeregten Hektik gewichen. »Wir müssen uns unbedingt treffen«, sagt er und ignoriert meine Frage.

Sein plötzlicher Ansturm überrascht mich. Ich halte den Hörer an mein Ohr und weiß nicht, was ich sagen soll.

»Bist du noch dran?« fragt Wykel und klingt verzweifelt.

»Ja«, sage ich und konzentriere meinen Blick auf die Ladenfenster des Cirkle-K. Das Mädchen hinter der Kasse lächelt angespannt und preßt einen schwarzen Telefonhörer an ihr Ohr. Irgend etwas ist schiefgelaufen. Sie starrt mich an. Neben ihr liegt eine Tageszeitung auf dem Tresen. Sie spricht in den Hörer, aber ihr Blick bleibt lächelnd an mir haften. Ich habe nicht mehr viel Zeit.

»Sie werden allein kommen, in Ordnung?« sage ich ihm.

»Wo bist du?« fragt Wykel.

»Östlich von Denver.«

»Gut. Du hältst dich wahrscheinlich auf den Nebenstraßen?«

»Ja.«

Im Laden legt das Mädchen den Hörer auf, kommt hinter ihrem Tresen hervor und schließt die Eingangstür ab. Vermutlich sind die Bullen schon unterwegs.

»In der Nähe von La Junta gibt es ein kleines Örtchen. Wenn du dich beeilst, kannst du es in ungefähr vier Stunden schaffen.

Etwa zehn Meilen nördlich von La Junta kommst du durch ein kleines Städtchen namens Cheraw. Fahr durch Cheraw durch und folge der ersten Schotterstraße in östlicher Richtung. Nach etwa drei Meilen siehst du das Schild der alten indianischen Koshare Kiva. Über die Interstate ist es für mich ein Katzensprung bis dorthin. Ich warte an der Kiva auf dich.«

»Kommen Sie allein.«

Ich knalle den Hörer auf die Gabel und gehe so gelassen wie möglich zum Mustang zurück. In der Ferne höre ich Sirenengeheul. Ich verlasse den Parkplatz und fahre in östlicher Richtung hinein in die Ödnis der Steppe. Ich fürchte, die Nummernschilder aus Kansas und Jeanette Deckers Führerschein werden mir jetzt auch nicht mehr viel nützen.

- 12 -

Die Fahrt nach Cheraw dauert extrem lange. Ich habe die Karte auf den Beifahrersitz gelegt und nehme kleinere Straßen, die keine Namen oder Nummern haben. Nur wenn ich keine andere Wahl habe, benutze ich die markierten Highways. Ich kreuze durch Kiowa und Elbert und halte immer wieder am Straßenrand. Bei Rush nehme ich den State Highway 94 in östlicher Richtung und mache in Punkin Center kurz zum Tanken Station. Ich werde die Kiva vor Einbruch der Dämmerung erreichen.

Zwei Tage nachdem ich Joey an dem letzten Abend in Richards Bar getroffen hatte, rief er bei uns zu Hause an und fragte nach mir. Ich hatte nicht erwartet, daß er anrufen würde.

Noch am selben Abend gingen wir aus. Er lud mich in ein Restaurant im obersten Stockwerk des alten La Concha Hotels auf der Duval Street ein. Nach dem Essen gingen wir auf die Dachterrasse und blickten über die Insel.

»Kennst du die Geschichte von Dr. Heinrich?« fragte er.

Die Geschichte war eine meiner Lieblingsgeschichten von Key West. Jeder kannte sie hier. Ich beugte mich über die Brüstung der Terrasse und blickte auf die Autos und Touristen, die unten vorbeikamen.

Dr. Heinrich war ein deutscher Arzt, der in den dreißiger Jahren nach Key West gekommen war, um in dem alten Marinekrankenhaus zu arbeiten. Er verliebte sich in eine seiner Patientinnen, eine junge, notleidende Bolivianerin namens Laura, die unheilbar an Tuberkulose erkrankt war.

Nachdem Laura gestorben war, entdeckte man eines Tages, daß Heinrich ihr Grab auf dem alten Friedhof von Key West ausgeraubt und ihre Leiche im Rumpf eines ausrangierten Flugzeugs auf dem Krankenhausgelände aufgebahrt hatte.

Die Polizei stürmte Heinrichs Flugzeug und fand den einbalsamierten Körper der jungen Frau nackt auf dessen Bett. Dort, wo das Fleisch zu faulen begonnen hatte, war es sorgfältig durch Wachs ersetzt worden. Die Leiche war mit einer klebrigen Masse besudelt und verströmte einen üblen Gestank.

Die empörten Bürger der Stadt beschlossen, den Arzt von der Insel zu verbannen, und legten Lauras Körper in ihr Grab zurück. Für den Arzt buchte man einen Flug nach Miami. Doch in demselben Moment, in dem der Flieger von der erhitzten Startbahn abhob, explodierte Lauras Grab mit einem grellen Blitz.

»Klar, kenne ich die.« Wir hatten beim Essen eine Flasche Wein geleert, und der Blick auf die weit unten liegende Straße löste bei mir leichte Schwindelgefühle aus. Ich lehnte meine Wange an die Brüstung und lächelte Joey an. »Was meinst du?« fragte ich. »War sie da drinnen?«

»Sie war auf jeden Fall da drin.« Joey grinste zurück.

Es war wirklich eine dumme Geschichte, man erzählte sie sich gerne auf irgendwelchen Parties. Aber sie hat mich schon immer fasziniert. Die Tatsache, daß Joey über dieselbe Sache nachgedacht hatte, beruhigte mich seltsamerweise, sie machte uns zu Vertrauten. Unser Leben war von derselben Umgebung und denselben Mythen geprägt worden. »Er hat sie rausgeholt, bevor er das Grab gesprengt hat.«

Joeys Kiefermuskeln spannten sich, und er kam mit dem Gesicht ganz nah an meines.

»Du siehst bestimmt deiner Mutter ähnlich«, sagte er. »Sie war bestimmt wunderschön.«

»Ich weiß nicht. Sie ist schon sehr früh gestorben.«

Joey sagte nichts, seine Hände auf meiner Haut fühlten sich warm und geschmeidig an.

»Sie hatte Krebs«, fügte ich hinzu.

»Meine Mutter ist im Gefängnis gestorben«, sagte Joey. »Ich war damals neun Jahre alt.«

»Tut mir leid für dich.«

»Mir tut es nicht leid.« Eine plötzliche Härte lag in seiner Stimme. Er schaute mich an. Seine Lippen waren direkt an meinen, und ich spürte seinen warmen Atem in meinem Mund.

Direkt hinter Cheraw entdecke ich das handgemalte Holzschild, das den Abzweig zur Kiva markiert. Es ist später Nachmittag, in der tiefstehenden Sonne werfen die Zaunpfähle und Büsche lange Schatten. Von Osten zieht eine dichte Wolkenfront heran. Ich folge der schmalen Schotterstraße und halte nach Anzeichen von Wykel und der Kiva Ausschau.

Nach etwa einer halben Meile endet die Schotterstraße im Nichts. Ich halte den Mustang an und steige aus. Der trockene Boden ist von tiefen, sich kreuzenden Reifenspuren überzogen, wo Touristen gewendet und zurück nach La Junta oder Sugar City gefahren sind. Von Wykel fehlt jede Spur.

Der Wind ist aufgefrischt, und die herannahende Wolkenfront hat sich vor die Sonne geschoben. Mich fröstelt, und ich schlage den Kragen meiner Jacke hoch. Ich folge dem Pfad über den Hügel in eine Senke. In ihrer Mitte befindet sich eine kleine Öffnung in der Erde, der Eingang der Kiva. Ich blicke auf meine Uhr und lasse meinen Blick über die Prärie streifen. Ein lautes Donnerkrachen hallt über die Steppe.

Ich steige auf den Hügel. Ein roter Landrover rast von Westen über die Steppe und wirbelt eine dicke Staubwolke auf. Ich bleibe stehen und greife nach der Walther in meinem Rücken. Ich entsichere die Waffe und beobachte, wie das Fahrzeug näher kommt. Als der Landrover stehenbleibt und ein Mann mittleren Alters aussteigt, halte ich die Walther ausgestreckt vor mir und richte ihren Lauf auf die Brust des Mannes.

Der Mann formt mit den Händen einen Trichter vor seinem Mund und ruft in den Wind: »Ich bin's, Wykel.« Er kommt mir über den Trampelpfad entgegen. »Mein Gott«, ruft er, »steck die Waffe weg, Alison.«

»Wo zum Teufel sind Sie gewesen?« will ich wissen. Meine Hände zittern.

»Ich wollte dich nicht erschrecken. Ich habe beobachtet, wie du gekommen bist. Ich mußte mich vergewissern, daß du allein bist. Komm. Laß uns zurück zu den Autos gehen. Das Gewitter wird jeden Moment hier sein.«

Wir sitzen in meinem Mustang, und die Scheiben beschlagen durch unseren Atem. Wykel greift in seine Jackentasche und zieht einen Tabakbeutel heraus. Er nimmt ein Blättchen zwischen Daumen und Zeigefinger und verteilt den Tabak in der Falte. Hagel prasselt auf die Windschutzscheibe des Wagens, und ich drehe die Heizung ein wenig höher.

»Ich wußte, daß du mich finden würdest.« Wykel sagt das sehr nüchtern, so als hätte er nur darauf gewartet, daß ich ihn aufsuchen würde. Er hat sich gerade eine Zigarette gedreht und versucht nun, mit seinem Jackenärmel das Kondenswasser von der Windschutzscheibe zu wischen. »Hier draußen wird uns niemand überraschen.« Er lächelt selig und verträumt vor sich hin, so daß er mir fast ein bißchen zurückgeblieben vorkommt. »Man kann hier jeden Ankömmling meilenweit erkennen. Man darf niemandem vertrauen, verstehst du?«

Wykels Augen sind weit aufgerissen. Er steckt sich eine Zigarette an und lehnt sich zurück. »Also, was hast du für mich?« Er ist jetzt wieder so nervös wie am Telefon und spricht in unzusammenhängenden, abgehackten Sätzen.

»Irgend jemand hat Ihnen gesagt, daß ich zu Ihnen kommen würde«, sage ich und ignoriere seine Frage. »Wer war das, John?«

Wykels Finger trommeln nervös auf seinem Bein. Mit seiner Zigarette deutet er auf die Steppe vor uns. »Na ja, er eben, der große Honcho.« Er fährt mit seinen Fingern über seine Lippen. »Sie wollen einfach nicht, daß wir uns treffen.«

Ich versuche mir vorzustellen, was er da draußen wohl sieht. Kleine grüne Männchen vielleicht oder irgendwelche Berufskiller der Regierung, die ihn einkreisen. Wenn ich gewußt hätte, daß er so tief drinsteckt, wäre ich nicht hier raus gefahren.

»Wen meinen Sie, John? Die CIA? Ich habe gehört, daß sie nicht gerade glücklich waren über die Artikel, die Sie vor einigen Jahren geschrieben haben.«

»Der CIA ist das doch total egal«, sagt er und kurbelt das Fenster ein wenig herunter, um den Qualm rauszulassen.

»Es hat Sie jemand reingelegt.«

»Ja, aber nicht die CIA.«

»Ich verstehe Sie nicht.«

Wykel wischt noch einmal an der Windschutzscheibe und schaut auf den Schneeregen. »Hast du meine Artikel nicht gelesen?«

Ich schüttle den Kopf.

»Genau wie in Vietnam«, sagt Wykel. Plötzlich außer sich vor Wut, schlägt er mit der Faust gegen das Armaturenbrett. »Die Typen von der Spezialeinheit haben die Nase voll, verschwinden ohne Erlaubnis, verstecken sich in Saigon und verkaufen ihre

Dienste dem Höchstbietenden. Sie drehen einfach ihr eigenes Ding.«

»Sie waren in Vietnam?«

»Sechs Jahre lang. Ich habe dort Kriegsberichterstattung gemacht.«

»Trotzdem verstehe ich noch nicht alles. Wenn die CIA nicht mit den Hmong zusammenarbeitet, wer sonst?«

Wykel zieht mehrmals kurz an seiner Zigarette. »Sie eben«, sagt er ungeduldig.

»Wer sind ›sie‹, John?«

»Vor ein paar Jahren habe ich einen Tip bekomen, von denen, die für Denver Vice arbeiten«, erklärt Wykel und rauft sich stöhnend die Haare. »Da ist überall Heroin. Das Zeug strömt auf den Markt, und keiner weiß, wo es herkommt, und niemand redet darüber. Wirklich niemand. Also habe ich zunächst an die Hmong draußen in Morgan County gedacht. Die verkaufen nicht nur Getreide und Wassermelonen. Und es hat sie auch nicht von alleine hierher verschlagen. Wenn du als Flüchtling in dieses Land kommst, dann brauchst du jemand, der dich unterstützt.«

»Also haben Sie zu Willie Phao Kontakt aufgenommen?« unterbreche ich ihn.

»Ich habe ihnen sechs Jahre lang bei diesen dreckigen Geschäften in Vietnam zugesehen. Ich habe amerikanische Geschäftsleute kommen und gehen sehen. Geld, Geld, Geld. Es war so verlockend. Diese Soldaten, die abgehauen waren, sind nicht die einzigen gewesen, die davon profitiert haben.«

Wykel pickt einen Tabakkrümel von seiner Unterlippe und sieht mich durchdringend an, so als habe er eben gerade erst meine Frage wahrgenommen. »Woher kennst du denn Willie?« fragt er.

Ich zucke mit den Schultern.

»Ich bin nicht dumm. Und verrückt bin ich auch nicht. Sie

glauben es zwar, aber ich bin es nicht. Willie ist ein guter Junge, er hat eine nette Frau und ein Kind, das in der Footballmannschaft von Fort Morgan High ist.«

»Ein netter Junge? So wie ich es verstanden habe, waren die Hmong geldgierige Gauner.«

»Ja, sicher. Aber sie kann man nicht dafür verantwortlich machen. Geld schafft eine verkehrte Welt, weißt du.«

Wykel löscht seine Zigarettenkippe. Er blinzelt und schaut mich an. »Also, was hast du für mich?«

»Warum glauben Sie, daß ich etwas für Sie habe?« Ich verstehe nicht, warum er mir das alles erzählt hat. Dafür, daß er niemandem vertraut, ist er ziemlich gesprächig.

»Du hast mich doch angerufen.« Er lächelt wieder so seltsam und dreht sich eine weitere Zigarette.

»Und was hat Willie Ihnen erzählt?« frage ich.

»Nichts, was ich nicht schon gewußt hätte. Er sagte, daß eine Gruppe von amerikanischen Geschäftsleuten immer zur Farm seines Vaters nach Laos gekommen sei. Er erzählte mir, daß sie Passagierflugzeuge an der kambodschanischen Grenze zu Vietnam stationiert haben. Dort haben sie den Stoff dann geladen.«

»Die CIA?«

»Ja, sicher. Das ist aber nichts Neues.«

»Hat er Ihnen erzählt, wer ihr Auftraggeber war?«

Wykel preßt die Lippen aufeinander und nickt.

»Wer war es, John?« Es kommt mir vor, als würde ich mit einem Kind sprechen.

»Kann ich dir nicht sagen. Ist nicht meine Aufgabe.« Er fährt sich wieder mit seiner Hand über den Mund.

»Wo waren Sie während des Krieges?« frage ich und versuche, unser Gespräch in eine andere Richtung zu lenken. Denn über die Hmong wird er mir sowieso keine Auskunft geben.

»Überall.«

»Und wo waren Sie zum Beispiel Ende neunundsechzig?«

Wykel starrt mich ungläubig an. »Verdammte Scheiße«, sagt er und schlägt wieder gegen das Armaturenbrett. »Darum geht es also.«

»Was meinen Sie?«

»Chau Doc.«

Wykel dreht sich abrupt um und verdreht mir den Arm, sein loser Tabak verteilt sich auf dem Boden des Wagens. Ich fühle seinen starken Griff durch den festen Stoff meines Mantels hindurch, und meine Muskeln spannen sich instinktiv an.

»Ich wußte, daß du mich finden würdest. Was ist es? Was hast du mir mitgebracht? Callum hat mir erzählt, daß du kommen würdest.«

Der Name trifft mich wie ein Faustschlag. »Nehmen Sie Ihre Hände von mir. Ich weiß nicht, wovon Sie reden.«

Wykel läßt von mir ab und starrt auf seine Hände.

»Diese Männer, diese Amerikaner. Einfach verschwunden. Paff! Weg. Davon rede ich.« Er redet schnell, und durch die Aufregung hat sich in seinen Mundwinkeln Speichel gebildet.

»In Chau Doc?«

»Die An Giang PIC, etwas außerhalb von Chau Doc.« Wykel rauft sich die Haare und preßt seine Handfläche gegen seine Schläfen. »Du weißt schon.«

Ich schüttle den Kopf. »PIC?«

»Provincial Interrogation Center. Für die Einsatzbesprechung.«

»Was ist passiert?«

»Verschwunden. Paff! Ich habe dir schon gesagt, sie wollten keine Fragen.«

»Wer wollte keine Fragen? Callum?«

Wykel schüttelt den Kopf. »Sie«, flüstert er und beginnt, sich eine Zigarette zu drehen. »Aber er weiß über alles Bescheid. Deshalb hat er dich geschickt. Sie glauben, daß ich verrückt bin. Ich habe keine Frau und keinen Job mehr. Ich bin Hausmeister. Aber er weiß alles.«

Der Sturm ist mittlerweile über uns hinweggezogen, und der Schneeregen ist in einen leichten Nieselregen übergegangen. Ich habe genug gehört. Wykel ist verrückt, und ich kann meine Zeit nicht weiter mit ihm verschwenden. »Steigen Sie aus«, sage ich und lasse die Scheibenwischer zweimal über die Windschutzscheibe laufen. Durch den Regen ist die Landschaft um uns herum braun und fleckig geworden.

»Das ist eine Nummer zu groß für dich«, sagt Wykel.

»Und Ihnen soll ich vertrauen?«

Wykel bewegt sich nicht. Man hört nur den Regen gegen die Wagenfenster rieseln. »Sie werden dich töten, und selbst wenn sie es nicht tun, werden sie alles mögliche gegen dich unternehmen«, sagt er. »Ich habe die Zeitung gelesen. Du wirst wegen Mordes gesucht.«

»Danke für den Hinweis. Und jetzt steigen Sie endlich aus.«

Wykel öffnet die Wagentür und stellt einen Fuß auf den Boden. Dann hält er einen Moment inne. »Wer, glaubst du, hat dich engagiert?«

Ich zucke mit den Schultern. »Ich hatte nie die Chance zu fragen.«

»Vielleicht solltest du es jetzt tun.«

Wykel steigt aus dem Wagen und geht zu seinem Pick-up. Meine Hände zittern, und ich atme mit geschlossenen Augen mehrmals tief durch. Ich höre, wie Wykel den Motor startet. Nach ein paar Sekunden höre ich direkt an meinem Ohr ein lautes Klopfen. Als ich die Augen öffne, sehe ich Wykels Gesicht durch die beschlagene Fensterscheibe. Er bedeutet mir, das Fenster herunterzukurbeln.

Wykel beugt sich zu mir herunter, so daß er mit mir auf einer Höhe ist. »Vor zehn Jahren, Alison«, sagt er. »Sieh doch mal. Der CIA-Boss geht in Rente. Er schreibt seine Memoiren – aber die Originalausgabe wird nie erscheinen. Reagan ist Präsident, und die gesamte gesellschaftliche Elite ist in Aufruhr. Sie schreien nach nationaler Sicherheit und all diesen Sachen. Es finden Verhandlungen im Kongreß statt, und für die Medien ist das ein gefundenes Fressen. Und was weißt du schon? Paff! Verschwunden. Genau wie diese Männer.«

»Du hast doch gesagt, der CIA ist das egal?«

»Ja, klar. Es ist ihnen egal, was heute passiert.« Wykel wirft seinen Kopf zurück und lacht, so daß seine Halsmuskeln deutlich hervortreten. Seine Hände, die den Fensterrahmen umfassen, sind kräftig, und sein dunkler Bart ist mit feinen Regentropfen benetzt. Ein feines Rinnsal Angstschweiß läuft meinen Rücken entlang.

»Falls du deine Meinung ändern solltest«, sagt er und wird wieder ernst, »dann ruf mich an. Natürlich nur, wenn sie dich nicht vorher verschwinden lassen.« Er richtet sich auf und wendet sich seinem Pick-up zu. Er steigt ein, startet den Motor und verschwindet im Regen.

Es ist längst dunkel, als ich die Grenze von Colorado nach Oklahoma überquere. Ich weiß nicht, warum, aber ich muß immer wieder an die Geschichte von Dr. Heinrich und Laura und an meine erste Nacht mit Joey denken.

Als ich fünfzehn war, versteckte ein Mann, der ein paar Häuser weiter wohnte, die Leiche seines älteren Mitbewohners fast drei Monate lang in der Küche. Erst als die Nachbarn sich über den unerträglichen Gestank beschwerten, der aus dem Haus drang, wurde die Leiche gefunden. Der Mann erzählte der Lokalzeitung, daß er seinen Mitbewohner mit Schweinefleisch aus der Dose, Bohnen und Bier gefüttert hätte. »Ich dachte, er würde noch leben«, zitierte die Zeitung ihn. »Er hat mehrmals seine Position verändert.« Der Gerichtsmediziner fügte hinzu, daß sich eine verwesende Leiche im Laufe des Fäulnisprozesses natürlich in gewisser Weise bewegt.

Als ich klein war, ging das Gerücht um, der Erbauer des Casa

Marina Hotels habe seine Geliebte getötet und ihre Knochen unter den Zement für den Swimmingpool gemischt. Wir haben immer die Luft angehalten und mit den Händen über den Boden gestrichen, weil wir hofften oder vielleicht auch fürchteten, einen Finger oder ein Knie zu ertasten.

Was machte Heinrichs Geschichte so besonders? Als Kind hat mich weniger die romantische Beziehung der beiden als vielmehr die grausige Vorstellung fasziniert. Ich beobachte, wie die Straße unter den Reifen des Mustang verschwindet, und male mir den Doktor im Cockpit seines beengten, feuchten Flugzeugs aus. Diese unerschütterliche Leugnung von Tod und Vergänglichkeit hat etwas Machtvolles. Ich kann förmlich sehen, wie seine Finger behutsam jede Linie ihres Körpers aus Wachs nachmodellierten, wie er sie mit dem Duft von Jasminblüten beträufelte, um den Gestank zu überdecken, wie sein Körper den ihren streifte, wenn er sie zur Seite rollte, um das Laken zu wechseln. Es sind seine täglichen Handgriffe, die bis heute meine Phantasie beschäftigen. Irgendwo im Labyrinth von Heinrichs Psyche gab es einen Winkel, der ihn das Ungeziefer und den offenkundigen Verfall vergessen ließ.

Ich schalte den Mustang in den fünften Gang hoch und halte mich südwestlich in Richtung Abilene. Irgendwo in Houston sitzen die Typen, die mich engagiert haben, und zwar dieselben, die auch den Fischer losgeschickt haben. Sie werden wissen, was es mit der Diskette auf sich hat. Wegen der hereinbrechenden Dunkelheit riskiere ich es, auch kleinere State Highways zu benutzen. Vor morgen früh muß ich einen Platz finden, wo ich ein oder zwei Stunden schlafen kann. Mittlerweile beginnen die Umrisse der Straße bereits vor meinen Augen zu verschwimmen. Ich blinzle ein paarmal und zünde mir eine Zigarette an, um meine Erschöpfung zu übergehen. Ich versuche, meine Gedanken zu ordnen und alle Details zu einem Puzzle zusammenzufügen. Es gibt so viele Unstimmigkeiten, aber eines ist gewiß:

Irgend jemand will mich umbringen. Sie wußten über Mark Bescheid. Und sie hatten geahnt, daß ich von ihm aus weiter nach Colorado fahren würde. Das hatte zumindest irgendwer den Zeitungen und der Polizei erzählt. Und dann war da noch Wykel. Er wußte, daß ich irgend etwas besitze, das mit Callum zu tun hat. Ich habe guten Grund, mich auch vor ihm in acht zu nehmen, vielleicht wird auch er mich bald verfolgen.

- 13 -

Houston gehörte nie zu meinen Lieblingsstädten. Es liegt dort, wo Texas auf den Süden trifft, dort herrscht eine eigenartige Mischung aus überdimensionalen Baptistenkirchen, All-you-can-eat-Steakhäusern, Privatclubs und dubiosen Striplokalen. Houston kriegt das ganze miese Wetter aus Südflorida ab, die Wirbelstürme und die feuchtheißen Sommer, aber es hat nichts Reizvolles. Wenn ich mir meinen Ort für die Übergabe hätte aussuchen dürfen, würde sie überall, nur nicht in Houston stattfinden. Vielleicht tue ich der Stadt unrecht, wahrscheinlich gibt es zahllose glückliche Bewohner von Houston, die mich eines Besseren belehren würden.

Etwa eine Stunde vor Houston halte ich auf dem Parkplatz einer Texaco-Tankstelle, um auf die Toilette zu gehen und den Wagen zu tanken. Ich kaufe mir eine Dose Cola und bezahle bei dem alten Mann hinter der Kasse. Von einer Telefonzelle vor der Tankstelle rufe ich Joey an.

»Schau an«, begrüßt mich Joey spöttisch. »Du bist jetzt prominent, Al, wußtest du das? Ich lese in allen Zeitungen über dich. Das mit Mark tut mir übrigens leid.«

»Bestimmt«, sage ich. »Warum hast du das getan?«

»Was denn?«

»Glaubst du, ich bin bescheuert? Du bist der einzige, der gewußt haben könnte, daß ich bei Mark war. Wie lange hast du gebraucht, um darauf zu kommen? Du hast mich verraten, Joey.«

»Wovon redest du eigentlich? Nenne mir einen guten Grund, warum ich dich auffliegen lassen sollte?«

»Du bist ein geldgieriger Mistkerl.«

»Jetzt hör mir mal zu, Al, und denk eine Sekunde nach. Du wirst überall von der Polizei gesucht, weil du ein paar Leute erschossen haben sollst. Außerdem weiß ich, daß du lieferst. Warum also sollte ich hinter dir her sein?«

»Es geht um viel Geld, Joey. Vielleicht hast du gedacht, du könntest ein bißchen mehr für dich einbehalten.«

»Du irrst dich«, sagt Joey. »Wer auch immer dir da draußen an den Fersen klebt, ich bin es nicht.«

»Keine Angst, Joey. Ich werde die Übergabe machen. Ich will das Geld.«

»Bist du in Houston?«

»Jedenfalls nahe dran.«

»Okay, du kennst die Stelle schon. Erinnerst du dich noch an die Übergabe unter der Ship Channel Bridge im letzten Frühjahr? Da fährst du wieder hin. Wie schnell kannst du dort sein?«

»Ich werde nicht zu deinem Übergabepunkt kommen, Joey. Ich werde das Paket übergeben, aber ich bestimme, wann und wo.«

»Hör zu, du kleines Miststück. Du bist diejenige, die für mich arbeitet. Hast du das vergessen?«

»Willst du das Paket oder nicht?« Meine Hände zittern. Ich kralle meine Finger um die Metallschnur des Telefons und spüre, wie sie sich in meine Handfläche gräbt.

»Hör auf zu bluffen. Schließlich hast du dein Geld noch nicht. Die Brücke am Ship Channel um halb zwei.«

»Ich werde nicht da sein. Aber in Jacinto City gibt es ein Casino namens Jonah's. Schade, daß du in Miami bist. Der Laden würde dir wahrscheinlich gefallen. Ich werde um zwei Uhr dort sein. Und ich will das Doppelte der ursprünglich verabredeten

Summe. Bei der Scheiße, in die ich geraten bin, muß ich für eine Weile verschwinden.«

»Darauf lassen die sich nie ein, Al. Soviel Geld können die gar nicht auf die Schnelle beschaffen.«

»Selbst du hast doch soviel Geld in deinem Safe liegen. Kein Geld, keine Diskette. Und sag ihnen, sie sollen nicht in Mannschaftsstärke auftreten. Wenn ich mehr als zwei Mann sehe, bin ich weg.« Ich lege den Hörer auf die Gabel und lasse die Schnur los.

Als ich von Norden nach Osten am Stadtrand von Houston entlangfahre, drücke ich auf den Sendersuchlauf des Radios, um irgendwo die Nachrichten zu erwischen. Der Prediger eines christlichen Senders verliest mit leidenschaftlicher Stimme Bibelverse, die belegen sollen, daß der Mann der Herr im Haus ist. In einer Sportsendung diskutieren zwei Männer über eine Notverordnung der Gesetzgebung zur Novellierung des Grundrechts auf Informationsfreiheit. Texas A & M hat sich offenbar auf dieses Grundrecht berufen, als sie darauf bestanden haben, das Buch mit Spielzügen der University of Texas einzusehen.

Nach erneutem Rauschen höre ich schließlich die monotone Stimme eines Nachrichtensprechers. Es wird über den neuesten Parteispendenskandal aus dem Weißen Haus, den wiederholt gebrochenen Waffenstillstand im Nahen Osten und über die noch immer in Tschechien stationierten russischen Soldaten berichtet.

»Ins Inland«, sagt der Sprecher. »Die Polizei fahndet weiterhin nach Alison Kerry, einer Frau aus Florida, die wegen zweifachen Mordes gesucht wird. Die Namen der beiden Opfer sind der Polizei noch immer nicht bekannt. Kerry ist bewaffnet und gilt als gefährlich. Jeder, der Informationen über ihren momentanen Aufenthaltsort hat, wird nachdrücklich aufgefordert, sich an eine örtliche Polizeidienststelle zu wenden. Die Behörden vermuten, daß Kerry sich auf dem Weg nach Texas befindet. Die Siebenundzwanzigjährige wurde zuletzt in einem hellblauen Ford Mustang gesehen. Sie hat braune Haare und braune Augen, ist etwa ein Meter siebzig groß und wiegt etwa sechzig Kilo...«

Meine Uhr zeigt 13.17 an, als ich den Mustang ein paar Blocks von Jonah's entfernt in eine kleine Gasse lenke. Selbst für Houstoner Verhältnisse ist es ein ziemlich heißer Tag, und ich ziehe meine Jacke aus. Hinten im Kofferraum blättere ich den Stapel Nummernschilder durch. Höchstwahrscheinlich hat das Mädchen in dem Circle-K die Nummer aus Kansas notiert. Ich ziehe einen Satz kalifornischer Nummernschilder heraus und befestige sie. Vielleicht verschaffen sie mir zumindest einen kleinen Vorsprung.

Unter dem Fahrersitz ziehe ich mehrere Schachteln mit Munition und die anderen Waffen hervor. Ich schlage den Saum meiner Jeans hoch und schnalle ein kleines Halfter um meinen Knöchel, in das ich die Beretta stecke. In der Gasse stehen mehrere Müllcontainer, die in der Hitze einen widerlichen Gestank verbreiten. Ich streiche mir die Haare aus dem Gesicht und rolle meinen Hosensaum wieder herunter.

Danach ziehe ich mein T-Shirt aus und schlinge den Riemen meines Schulterhalfters über meinen Rücken. Ich lockere ihn so weit, daß der Halfter direkt unterhalb meiner linken Brust hängt, und stecke Max' Heckler & Koch hinein. Dann ziehe ich mein durchnäßtes T-Shirt wieder an.

Ich prüfe mein Gesicht im Rückspiegel. Die Schnittwunde ist schon ein wenig verheilt, doch die Blutergüsse haben einen unschönen gelblichen Farbton angenommen. Ich will nicht weiter hinschauen und krame nach meinen Ersatzmagazinen.

Ich stopfe mir die Jackentaschen mit Munition voll, nehme die Diskette aus dem Handschuhfach und schiebe sie in die Gesäßtasche meiner Jeans. Die Browning stecke ich in meinen Hosenbund.

Die werden dich in Houston umbringen, hallt Wykels Stimme in meinem Kopf wider. Ich werde kein Risiko eingehen. Ich nehme eine Rolle Klebeband vom Rücksitz und befestige die Walther unter dem Steuer.

Als ich eine weitere Nebenstraße ansteuere, ist es 13.40 Uhr. Ich suche einen Parkplatz und stelle den Motor ab. Ich lege die Hände aufs Steuer und atme tief durch. Den Wagen muß ich wohl hier stehenlassen. Der Parkplatz des Jonah's liegt direkt an einer Hauptstraße, und ich kann nicht riskieren, daß irgend jemand den Mustang erkennt. Ich steige aus, ziehe meine Jacke über und laufe die drei Blocks bis zu dem Club. Neben dem fensterlosen Betonkasten parken ein paar Autos, schimmernde Hitzewellen steigen vom Asphalt des Parkplatzes auf. ALL LIVE REVUE – HOUSTON'S HOTTEST LADIES steht auf einer Lichtreklame über dem Eingang. Vor meiner Zeit bei Joey habe ich einen meiner regelmäßigen Kunden immer hier getroffen. Er war Mitbesitzer des Ladens, und von ihm weiß ich, daß das Geld, das hereinfließt, nicht von den Tänzerinnen kommt, jedenfalls nicht von irgendwelchen legalen Aktivitäten, die sie vorführen. Das Jonah's ist unter anderem ein Umschlagplatz für Falschgeld und dank einer gehörigen Summe Bestechungsgelder garantiert bullenfrei. Deshalb weiß ich sicher, daß mich hier niemand an die Polizei verraten würde.

Während ich den Parkplatz überquere, versuche ich noch einmal, mein Gespräch mit Joey im Kopf abzuspulen und mich zu erinnern, was er genau gesagt hat. Ich versuche mir einzureden, daß es mir nur um das Geld geht.

Ich mustere mich kurz in dem matten Spiegel in der Eingangstür und betrete dann den düsteren, klimatisierten Vorraum. Ein vergitterter Tresen läuft an der Wand des schmalen Flurs entlang. Schwere rote Samtvorhänge verdecken die Wände. Ein fetter Mann starrt mich durch ein vergittertes Fenster an. Fleischpolster quellen aus dem Ausschnitt seines riesigen T-Shirts.

»Bist du zum Vortanzen hier, Süße?« fragt er. Seine Augen liegen tief in seinem aufgedunsenen Gesicht.

»Nein.«

Der Mann zeigt mit einem Wurstfinger auf ein Schild über dem Kassenfenster, auf dem FREIER EINTRITT BIS 17.00 UHR steht, und winkt mich durch.

Ich schiebe den Vorhang am Ende des Eingangsbereichs zur Seite und betrete den Hauptraum. Nach der schwülen Hitze draußen ist es im Club überraschend kühl. Die Schweißränder unter meinen Achseln kühlen sofort, und mir läuft unwillkürlich ein Schauder über den Rücken. Eine lange, von Hockern gesäumte Bühne und eine schmale Holzbar ragen in den Raum. Auf der Bühne sind in Abständen drei Stangen montiert, an deren mittlerer sich eine gelangweilt aussehende Blondine in einem weißen Tanga und schwarzen Stöckelschuhen rekelt. Sie wölbt den Rücken und streckt sich von dem Pfahl weg. Ihre faltigen Oberschenkel glänzen im grellroten Licht des Bühnenspots.

Ich gehe vor der Bühne vorbei an die Bar. Fetzen von *Desperado* plärren aus den Lautsprechern. Ein paar Kunden sitzen auf Hockern vor der Bühne: ein kleiner Latino mit einem schmutzigen Cowboyhut und Jeans, ein weißer Geschäftsmann und drei Jungen mit militärischer Kurzhaarfrisur. Ein schwergewichtiger Rausschmeißer lehnt an den Vorhängen auf der Rückseite des Raumes.

Die Tänzerin stolziert auf die drei Jungen zu und schält sich die spitzenbesetzten Körbchen von ihren kleinen Brüsten. Dann streckt sie ihren Hintern heraus, fährt mit dem Finger an dem schmalen weißen Bändchen ihres Tangaslips entlang und zieht es ein wenig zur Seite. Einer der Jungen schiebt einen Fünfdollarschein in ihren Slip, und seine Freunde pfeifen ein paarmal durch die Zähne.

Ich wende mich von der Bühne ab und lehne mich an die Theke. Die Barfrau, eine kleine, leicht untersetzte Brünette in einem abgeschnittenen T-Shirt, ist gerade damit beschäftigt, ihre Fingernägel zu feilen, und blickt auf.

»Einen einfachen Wild Turkey«, sage ich.

Die Frau rutscht von ihrem Hocker und greift nach dem Whiskey. Im Spiegel hinter der Bar kann ich die Tänzerin beobachten. Sie hat sich aus ihrem Tanga geschält und steht jetzt mit nach vorne gepreßten Brüsten über dem Geschäftsmann und beugt sich vor.

An dem Abend, als Joey und ich zum ersten Mal aus waren, führte er mich nach dem Essen in eines der Zimmer des La Concha. Das Zimmer hatte einen kleinen Balkon mit Blick auf die Duval Street und die alte spanische Kirche. Ich hatte ein hochgeschlitztes schwarzes Seidenkleid mit einem schmalen gelben Kragen getragen. Es war unerträglich heiß, aber anstatt die Klimaanlage einzuschalten, ließen wir die Balkontür weit offenstehen. Ich schwitzte, und der glatte Stoff meines Kleides klebte an meinem Bauch. In der Hotellounge im Erdgeschoß spielte eine Salsaband, und wir konnten die Bläser und das Schlagzeug hören.

Joey setzte sich an den kleinen Schreibtisch des Zimmers und legte behutsam vier zarte Linien Kokain aus. Er zog einen Zwanzigdollarschein aus einem Geldbündel und rollte ihn zu einem dünnen Röhrchen zusammen. Genüßlich zog er zwei der Linien in seine Nase und drückte mir den zusammengerollten Zwanziger zwischen die Finger.

Als ich mich über den Tisch beugte, schob er seine linke Hand in den Schlitz meines Kleides und ließ sie an meinem nackten Bein bis zur Innenseite meines Oberschenkels hinaufwandern. Ich hielt den Zwanziger an meine Nase und zog eine der Linien ein. Ich spürte, wie die Finger von Joeys rechter Hand an dem Verschluß meines Kragens herumfummelten und dann behutsam den Reißverschluß nach unten zogen, Wirbel für Wirbel bis hinunter ins Kreuz. Ich zog mir die zweite Linie in die Nase und richtete mich auf. Das Kleid rutschte von meinen nackten Schultern. Joey nahm seine Hand zwischen meinen Beinen weg und zog das Kleid bis auf den Boden herunter.

Die Barfrau stellt den Wild Turkey vor mir auf den Tresen, und ich kippe ihn in einem Schluck runter. Der Geschäftsmann schiebt mehrere Geldscheine in das Dekolleté der Tänzerin. Die Frau klettert auf den Bühnenrand, geht über dem Gesicht des Mannes in die Hocke, legt eine Hand in ihren Schoß und reibt sich über ihr schmal rasiertes Schamhaar.

»Ich nehme noch einen«, sage ich.

Ich sehe zu, wie die Barfrau mir den zweiten Drink einschenkt, und spüre das warme Brennen des Whiskeys in meinem Bauch. In dem Zimmer im La Concha gab es ein breites Doppelbett und einen Deckenventilator mit geflochtenen Rotorblättern. Joey zog mich zu sich hoch, umfaßte mit einer Hand meine Handgelenke und hielt sie hinter meinen Rücken. Mit der anderen strich er über meinen feuchten Bauch und über meine Brüste.

Im Begehren liegt eine gewisse Demütigung, in unserer Sehnsucht eine Art Schwäche. Ich erinnere mich, wie Joey mich aufs Bett gelegt hat. Seine Brust war mit unzähligen Narben bedeckt, die schon lange verheilt waren. Ich strich mit meinen Händen über sie und fühlte mich plötzlich, als ob ich selbst verwundet worden wäre.

»Meine Mutter«, sagte Joey und führte meine Hand an seinen Mund.

Mit dem Wild Turkey in der Hand setze ich mich ein paar Meter von der Bühne entfernt an einen Tisch. Ich blicke auf meine Uhr: 14.10. Die Vorhänge vor dem Eingang bewegen sich, ein großer Mann in einem langen Ledermantel betritt den Club. Inzwischen hat die Musik aufgehört, und die Frau ist von der

Bühne geklettert. Jetzt schlendert sie von Gast zu Gast, um ihnen eine Privatvorstellung zu verkaufen.

Der große Mann kommt quer durch den Raum auf mich zu. Sein Gang kommt mir seltsam vertraut vor. Seine Schritte sind ungleichmäßig, er hinkt unmerklich. Ich kippe den zweiten Wild Turkey herunter und lehne mich in meinen Stuhl zurück. Dann lege ich die rechte Hand um meine Hüfte, ziehe die Browning heraus und lasse sie unauffällig in meinen Schoß gleiten.

Die Musik fängt wieder an, diesmal ist es ein schwerer Disco-Beat, und eine Frau in einem mit Pailletten besetzten goldenen Body wirbelt auf die Bühne. Der große Mann kommt jetzt an der Bühne vorbei, das rote Licht fällt auf sein Gesicht. Die blonde Tänzerin stöckelt verführerisch auf den großen Mann zu, wirft ihren Kopf in den Nacken, streicht mit der Hand über seine Wange und flüstert ihm etwas zu. Der Mann schüttelt den Kopf und sagt so etwas wie »Tut mir leid«, während er weiter auf mich zukommt.

»Wo ist das Geld?« frage ich ihn. Der Mann bleibt in einiger Entfernung von mir stehen. Er ist nicht viel älter als ich.

»Wo ist das verdammte Geld?« frage ich noch einmal.

Er schaut mich an und zuckt mit den Schultern. »Draußen«, behauptet er und deutet mit einer Hand zur Tür.

Ich reiße den Fuß hoch und trete den Tisch um. Aus der Manteltasche des Mannes lugt graues Metall heraus, und ich zücke den Browning. Der Türsteher des Clubs wird aufmerksam und kommt auf mich zu.

»Er ist ein Bulle«, brülle ich ihm über die Musik hinweg zu. Das wirkt. Aus dem Augenwinkel sehe ich die schwarze Tänzerin Richtung Bühnenausgang stürzen. Der Rausschmeißer bleibt stehen.

»Nimm deine Hand von der Waffe, Bulle«, sage ich und betone dabei das Wort »Bulle«. »Und heb die Hände über den Kopf. Kein Geld, keine Übergabe, das ist das Geschäft.«

Ich steige über den umgestürzten Tisch und packe die blonde Tänzerin am Arm. »Wo ist der Hinterausgang von diesem Laden?« frage ich.

Die Frau weist mit dem Kopf auf die Bühne. »Durch die Garderobe. Ich zeige es dir.«

Ich folge der Frau durch den Raum, die rechte Hand an ihrem Ellenbogen und den Browning weiter auf den großen Mann gerichtet. Wir sind auf halbem Weg zur Bühne, als der Vorhang am Eingang sich wieder bewegt und zwei weitere Männer in den Club stürzen. Trotz des schwachen Lichts erkenne ich Max' gedrungene Gestalt sofort. Ich lasse die Tänzerin los.

»Schnell nach hinten«, rufe ich der Frau zu. »Los!«

Das Mündungsfeuer einer Waffe blitzt vor den dunkelroten Wänden des Clubs auf. Ich richte den Browning auf die beiden Gestalten und schieße, während ich gleichzeitig über die Bühne hetze. Die Spiegel hinter der Bar klirren. Meine Schulter prallt hart gegen eine der Stangen. Ich versuche den Überblick zu behalten, aber das grelle Licht der Scheinwerfer blendet mich, und ich gehe zur Deckung in die Hocke. Der Bühnenausgang ist gut drei Meter entfernt.

Ich schiebe mein T-Shirt hoch und ziehe die Heckler & Koch aus dem Halfter. Knapp neben mir schlägt eine Kugel ein. Ich lege den Finger um den Abzug und stemme mich mit dem Rücken gegen die Stange. Ich schließe die Augen und feuere die Fünfundvierziger zweimal ab. Zumindest wird der Blitz des Mündungsfeuers die anderen im Raum blenden.

In Sekundenschnelle richte ich mich auf und arbeite mich rückwärts die letzten paar Meter durch den mit einem Vorhang verhängten Bühnenausgang vor, bis ich in die Garderobe gelange. Die Blondine kramt gerade hektisch in einer Schublade herum. Der Raum ist karg möbliert. Auf Stühlen stapeln sich haufenweise zerknitterte Klamotten. In einem offenen Kleiderschrank hängen mehrere Kostüme: ein paillettenbesetztes, rückenfreies Oberteil, ein unechtes Wildlederkleid, eine ordentlich gebügelte Schulmädchenuniform. Durch eine offene Tür auf einer Seite des Raumes hört man die Spülung einer Toilette. Die schwarze Tänzerin in dem goldenen Body kommt heraus.

»Hast du noch was gefunden?« fragt sie die andere.

Die Blondine zieht einen Beutel Kokain aus einer der Kommodenschubladen. »Ich glaube, das ist alles.« Sie wirft der schwarzen Frau den Beutel zu.

»Was macht ihr da?« frage ich.

Die Schwarze sieht mich ungläubig an. »Hey, Süße. Du hast gesagt, das sind Bullen«, meint sie. »Hier drin lag genug Stoff, um jedem von uns zehn Jahre einzubringen.« Sie wendet sich wieder der Toilette zu und kratzt mit ihren langen Fingernägeln die Plastiktüte auf.

Ich schiebe ein neues Dreizehnschußmagazin in den Browning. Durch meinen Sturz hat meine Nase angefangen zu bluten, und mein Kopf pulsiert. Ich stütze mich mit einer Hand auf die Kommode, beuge mich vor und versuche, mich zu konzentrieren. Im Club ist es im Moment still, aber ich höre laute Schritte auf der Bühne.

Kiki hatte recht: Irgend jemand hat mich sauber gelinkt. Jemand, der genau wußte, wo er mich in Montana aufspüren konnte und welchen Freunden ich vertrauen würde, jemand, der sicher war, daß ich keine Fragen stellen würde. Jemand, der den Bullen gesagt hatte, daß ich von Colorado nach Texas unterwegs war. Joey.

Die Blondine schlägt die Tür zur Bühne zu und schiebt mit der geballten Faust einen Metallriegel vor.

»Kommst du, Tasha?« ruft sie über ihre Schulter, schnappt sich einen Bademantel von der Stuhllehne und schlüpft hinein. Die schwarze Tänzerin kommt wieder aus dem Bad und zerrt sich Shorts über die Schenkel.

»Du liebe Güte«, Tasha zieht ihren Reißverschluß hoch und blickt zu mir herüber, »und was machst du jetzt?«

Ich richte mich auf und wische mir mit der Hand über meine von Speichel verklebten Lippen.

»Wie kommst du hier weg?« geht die Blondine dazwischen, ohne meine Antwort abzuwarten. »Hast du einen Wagen?«

Der Knauf der Bühnentür dreht sich hin und her, und das Holz vibriert gefährlich.

Ich nicke. »Ich parke ein paar Blocks entfernt in einer Seitenstraße.«

Tasha fegt an mir vorbei und öffnet eine Tür auf der Rückseite der Garderobe. Ich sehe einen Flur und ein leuchtendrotes Schild: Exit. »Okay«, sagt sie, »laß uns zusehen, daß wir hier wegkommen.«

Ich stoße mich vom Tisch ab und will in den Flur gehen.

»Nicht da entlang.« Die Blondine hält mich zurück. Sie öffnet die Lippen zu einem leisen Lachen und nickt Tasha zu, als ob das eine Art Spaß zwischen ihnen wäre.

Tasha legt ihre Hand auf meinen Arm. Sie hat ihre braunen Augen aufgerissen und sieht mich an. »Wir tun nur so, als wären wir da entlanggegangen, Süße. Sieht jedenfalls ganz bestimmt so aus«, grinst sie. Beide Frauen wirken so entspannt, als hätten sie solche Vorfälle schon öfter erlebt.

Die Tür zur Bühne vibriert erneut, die Männer stemmen sich offensichtlich mit aller Wucht dagegen. »Hier lang«, sagt die Blondine. Sie klettert in den offenen Kleiderschrank und verschwindet hinter der Reihe ordentlich aufgehängter Kostüme.

»Himmel noch mal, laß uns abhauen.« Ich spüre Tashas Hand in meinem Rücken, die mich auf den Kleiderschrank zuschiebt. Ich strecke die Hand aus und ducke mich unter der Kleiderstange. Die Kostüme sind muffig von altem Schweißgeruch. Meine Finger tasten über Spitze, Draht, Leder und die genoppte Wolle des Rocks einer Schuluniform.

»Los, komm«, höre ich die Stimme der Blondine vor mir. Ein Vorhang an der Rückwand des Kleiderschranks öffnet sich. Tasha gibt mir einen letzten Schubs, und gemeinsam landen wir in einem kleinen, staubigen Raum.

»Mir nach«, sagt die Blondine. »Du kriegst die VIP-Tour.« Sie dreht sich um und geht einen schmalen Flur hinunter, der rote Saum ihres Bademantels schlägt gegen ihre nackten Beine.

Meine Nase blutet, und ich muß mich kurz an den kalten Betonblöcken der Wand abstützen, bevor ich weitergehen kann. Der Geruch meines eigenen Blutes breitet sich in dem schmalen Gang aus.

»Wir sind fast da, Süße«, höre ich Tashas Stimme hinter mir. »Halt durch.«

Der Flur führt um eine Ecke. Tasha greift mir unter den Arm und stützt mich die letzten paar Meter. Die Blondine ist an einer Tür stehengeblieben, durch die ein Streifen hellen Tageslichts in den Gang fällt. »Seiteneingang für Tänzerinnen«, flüstert sie, »für alle Fälle.« Sie fährt sich mit den Fingern durchs Haar und streicht einige Locken aus ihrem Gesicht. »Diese Tür kann man von außen nicht sehen. Wir haben einen Müllcontainer direkt davorgestellt. Mein Wagen steht gleich draußen.«

Ich lasse das Magazin des Browning einrasten und hebe ihn vor die Brust. »Für alle Fälle«, sage ich mit einem matten Lächeln.

Die Blondine grinst. »Auf geht's.« Sie reißt die Tür auf, und Hitze und blendendes Sonnenlicht schlagen uns entgegen. Ich ducke mich hinter dem Müllcontainer und spähe über den Parkplatz.

»Alles frei«, sage ich. Ein paar Meter entfernt sehe ich einen gelben Camaro, er muß der Blondine gehören.

»Lauf«, flüstert Tasha hinter mir. Sie und die Blondine schlüpfen durch die Tür und rennen über den heißen Asphalt. Tasha reißt die Beifahrertür auf, und ich rutsche auf den Rücksitz. »Runter«, befiehlt sie. Ich drücke meinen Kopf gegen das warme

Plastik und höre, wie die Türen zuschlagen und der Motor anspringt. Die Blondine setzt ruckartig zurück und wendet dann scharf.

»Wo steht dein Wagen?« fragt sie. Ich blicke in die Richtung, aus der ihre Stimme kommt. Sie hat den Rückspiegel so eingestellt, daß sie mein Gesicht sehen kann. Sie blickt abwechselnd auf die Straße und in den Rückspiegel. Sie tritt das Gaspedal durch, und der Camaro rast vom Parkplatz auf die Straße.

»Nicht weit von hier«, erkläre ich ihr. »Ich zeige es dir.« Ich sehe den schmalen Ausschnitt ihres Gesichtes im Rückspiegel. Ihr Lidschatten ist verwischt. Im Tageslicht sehe ich, daß sie älter ist, als ich dachte, und reifer. Sie sieht Tasha an und lächelt würdevoll, als würde sie sich an eine vergangene Zeit erinnern.

Ich richte mich auf, um mich zu orientieren. »Hier links«, sage ich, »und dann wieder links.« Beim Abbiegen betrachte ich ihre Hände am Steuer, die von den Ärmeln ihres roten Bademantels umspielt werden.

»Es ist der blaue Mustang dort«, sage ich, als ich den Wagen entdecke. »Du kannst mich hier rauslassen.«

»Okay.« Tasha klappt den Beifahrersitz nach vorne, und ich klettere aus dem Wagen.

»Süße, was hast du denn jetzt vor?«

Ich schließe die Wagentür auf und schaue sie ratlos an. Was sollte ich ihr sagen?

»Vielleicht solltest du besser nicht fahren«, sagt sie schließlich.

»Es ist alles in Ordnung«, versichere ich ihr und setze mich in den Mustang.

Als ich klein war, nannte mein Vater Hurrikans immer die »Handschrift Gottes«. Im Frühherbst, wenn es die meisten Stürme gibt, hockten wir zusammen vor dem Fernseher und verfolgten in den Spätnachrichten aus Miami die allabendlichen

Berichte aus dem National Hurricane Center. Manchmal brauten sich über dem Atlantik oder dem Golf von Mexiko fünf oder sechs Wirbelstürme gleichzeitig zusammen. Die bunten Computeranimationen flimmerten über den Bildschirm wie leuchtende, zerstörerische Blüten. Ich stellte mir die verschiedenen Stadien des Sturmes vor: die äußeren grünen Ringe für den Regen, die inneren orangefarbenen und gelben Ringe für den rasenden Wind und das schwarze Oval für das statische Zentrum des Wirbels. Dieses innere Auge faszinierte mich am meisten, es strahlte eine würdevolle Ruhe inmitten von rasendem Chaos aus.

Als Kind hatte ich immer die heimliche Sehnsucht, daß ein Hurrikan über die Keys hinwegfegen sollte. Ich lag in meiner Hängematte auf dem Balkon im ersten Stock, blickte über die dunkle Insel und malte mir aus, daß starker Regen auf unser Land niederprasseln und orkanartiger Wind die Königspalmen in unserem Vorgarten flach auf den Boden drücken würde. Wir müßten die alten Fensterläden verriegeln und im Schutz des Hauses warten, bis die Äste der Feige und des Flammenbaums aufhören würden gegen das Dach zu peitschen. Überall um uns herum würden ungezähmte Kräfte toben.

Natürlich hätten wir Angst, aber keine Panik. Wir würden den Namen des Sturmes kennen, bevor er uns erreichte, wir wären genau über seine Kraft und Geschwindigkeit informiert. Dann würde der Wind plötzlich nachlassen. Ich würde in den sauberen Garten treten und durch den nassen Wald aus Ficus und Bougainvillea ins Zentrum des Hurrikans blicken.

Als vor einigen Jahren der Hurrikan Andrew über Südflorida tobte, war ich in Homestead. Mein Kindheitstraum wurde erfüllt, und als der Sturm nachließ und das Auge des Orkans über das Meer landeinwärts zog, verließ ich das Haus und ging durch den prasselnden Regen. Doch als ich mich umblickte und das Ausmaß der Zerstörung sah, empfand ich nicht die langersehnte Ruhe.

Ich blickte zu den Wolken auf, die am Himmel dahinflogen. Die Verwüstung hatte uns gepackt wie eine wütende Faust. Es ist besser, das Wesen einer solchen Naturgewalt nicht zu kennen, dachte ich, besser, nicht die Zerstörungswut zu sehen, mit der sie zurückkommen wird.

»Bullen sind wie Hunde«, sagte mein Vater immer. »Wenn man nicht wegläuft, verfolgen sie einen auch nicht.«

Als ich durch die Nebenstraßen von Houston in östlicher Richtung auf die Grenze von Louisiana zufahre, hoffe ich inständig, daß er recht hatte. Mit einem Auge habe ich ständig das Tachometer im Auge und achte darauf, die Höchstgeschwindigkeit nicht zu überschreiten. Mein Gesicht ist zerschunden, mein T-Shirt und meine Hände sind von meiner Nase ganz blutig. Wenn ich über die Staatsgrenze und in Louisiana bin, werde ich anhalten und meine Wunden versorgen.

Ich versuche, nicht an meine Schmerzen zu denken, sondern an die vielen Lügen, die ich entwirren muß. Alles geht irgendwie auf Chau Doc zurück. Was auch immer in dem kleinen Dorf am Bassac geschehen ist, es sind dort vierundzwanzig Männer unter mysteriösen Umständen im Einsatz verschollen. Aber das ist dreißig Jahre her, und seither ist viel Zeit vergangen. Schließlich hatte sich mein Vater längst zur Ruhe gesetzt und Cyrus auch. Willie Phao war damals in Chau Doc, und nun schmuggelt er Heroin über das ganze Land. Ich muß ans Nightshift denken, an den nervösen Fischer. Ich dachte, er wäre ein Bulle, DEA oder FBI, aber wahrscheinlich war er jemand, dem Callum vertraute, irgend jemand von der CIA. In diesem Geschäft weißt du nie, wem du vertrauen kannst.

Ich habe so etwas schon öfter erlebt. Einmal habe ich mit angesehen, wie ein Mann auf einer dreckigen Landebahn bei den Everglades seinen Partner erschossen hat, weil von der Ladung, auf die wir gewartet hatten, ein Zehntel gefehlt hat. Geld hat noch mehr Macht über die Menschen als Angst. Wenn du mit großen Summen handelst, dann mußt du dich besonders in acht nehmen.

Mir war immer klar, daß Joey gute Beziehungen nach oben hat. Vielleicht hat Callum mich engagiert, und irgend jemand bei der CIA hat Wind davon bekommen. Mal abgesehen von Callum oder dem Fischer, haben vielleicht die Leute von der CIA Joey angerufen und diese Übergabe organisiert, um Kontakt zu mir aufzunehmen. Joey hätte mich wegen des Geldes nicht verraten, so etwas tut man nicht in unserem Geschäft. Wenn du anfängst, die Leute reinzulegen, dann macht so etwas schnell die Runde, und keiner will mehr mit dir Geschäfte machen. Andererseits hat er mich vielleicht verraten, ohne es zu wissen.

Wykel hat recht. Sie hätten mich in Houston ermordet, genau wie Callum, den Fischer und auch Mark. Und wahrscheinlich genau wie die Männer auf der Liste, die seit dreißig Jahren irgendwo im Dschungel begraben sind.

Bei Port Arthur fahre ich in Richtung Süden, überquere die Gewässer am Sabinepass und erreiche den Süden von Louisiana. Bald werde ich bei Chloe sein, der einzigen, bei der mich Joey nicht vermuten wird.

- 14 -

Kurz vor Anbruch der Dämmerung reißt mich eine plötzliche Stille, eine geradezu gewaltsame Erstarrung aus einem unruhigen Schlaf. Ich richte mich im Bett auf. Einzelne schwarze Wolken bedecken den tiefblauen Himmel, der jetzt am Horizont aufgezogen ist. Es regnet nicht mehr. Im Garten miaut eine Katze klagend und leise. Ich setze meine Füße auf den kühlen Kiefernboden und tapse in den Flur. Jemand hat das Licht in der Küche angelassen, so daß die untersten Treppenstufen sichtbar sind.

Ich taste mich am Geländer entlang auf das Licht zu, es blendet mich, und ich muß blinzeln. »Cyrus?« rufe ich und versuche, meine Benommenheit abzuschütteln, aber ich erhalte keine Antwort.

Ich stütze mich an der Wand ab und taste mich auf nackten Füßen weiter vor. Meine Finger fühlen etwas Weiches, so als ob sie über schweren Samt gleiten würden. Als ich den Kopf wende, sehe ich die Umrisse einer Motte, ihre ausgestreckten Flügel schimmern im einfallenden Licht, ihre Augen glänzen wie polierte Münzen, die seidenen Fühler zittern an meinem Handrücken. Ihr Körper zieht sich bei meiner Berührung verschreckt zusammen. Ihre pelzigen Beinchen zittern, bevor sie mit flatternden Flügeln von der Wand abhebt. Mein Blick folgt ihr ins grelle Licht der Küche. Dann höre ich das panische Flügelschlagen und das dumpfe Geräusch, wenn sie gegen das Fensterglas prallt.

Auf der Schwelle zur Küche bleibe ich blinzelnd stehen. Auf dem alten, zerkratzten Küchentisch steht eine halbvolle Flasche Johnnie Walker. Neben der Flasche liegt ein Stapel Spielkarten. Die Motte irrt im Raum umher, trudelt an meinem Gesicht vorbei, und ich spüre den Luftzug ihrer Flügel auf meinen Wangen.

Ich streife den Tisch und gehe durch die Küche zur Tür in den Garten. Im verstaubten Fenster sehe ich mein verzerrtes Spiegelbild. Ich öffne die Tür, um die Motte in die Dunkelheit entkommen zu lassen.

Ich blicke in den Garten, atme die salzige Luft und den lehmigen Modergeruch ein. Der Regen hat einen feuchten Dunst hinterlassen. Plötzlich rührt sich in der friedlichen Stille des Gartens etwas, und ich trete hinaus auf den modrigen Teppich aus Blättern und Blüten. Meine Kleider kleben an meiner Haut, Zweige des Flammenbaums streifen meine nackten Arme und meinen Hals. Vereinzelte Regentropfen benetzen mein Gesicht. In den knorrigen Ficusbüschen entlang dem Zaun raschelt etwas.

»Wer ist da?« rufe ich, nicht aus Angst, sondern weil ich neugierig bin.

Niemand antwortet, und ich gehe auf die Hecke zu. »Wer ist da?« rufe ich erneut und greife mit den Händen blind zwischen die verworrenen Äste. Ich drücke meinen Körper gegen die dichten Blätter, spüre die Feuchtigkeit, grabe tiefer in dem dichten Buschwerk.

»Ich bin's, Alison«, flüstere ich. Langsam steigt Panik in mir auf, ich fühle das Blut, das mir vor Schrecken in den Schläfen pocht. Im Ficus bewegt sich etwas, irgend etwas an meinen Händen vibriert. Zuerst ertaste ich seinen Kopf, die schweißverklebten Locken auf der Stirn, die beiden Augenhöhlen, seine flatternden Lider. Ich gleite mit der Hand über seinen Mund, das geschwungene Kinn, den fleischigen Hals. Meine Fingerspitzen berühren die Schultern, die Mulde über dem Schlüsselbein. Ich streiche über seine Arme und lasse meine Fäuste in seinen schwieligen Handflächen ruhen.

Mein Gesicht ist feucht und salzig von Schweiß. Hier ist mein Vater, denke ich, als ich mit dem Daumen über die feinen Härchen an seinen Fingerknöcheln streiche und unsere Handflächen sich berühren. Hier ist sein Körper, und ich werde ihn befreien. Ich werde ihn von diesem Gestrüpp erlösen, das ihn vor mir verborgen hält. Ich werde ihn in den dunstigen Garten tragen und ihn dem wunderschönen, azurblauen Beginn eines neues Tages übergeben.

Ich packe ihn an den Handgelenken und ziehe mit aller Kraft, doch sein Körper zerfällt unter meinen Fingern, und ich kann ihn nicht festhalten. Plötzlich schlägt mir eine riesige Hand ins Gesicht und schleudert mich aus den Tiefen des Schlafes in den Schatten von Chloes Zimmer.

Und nun liege ich in ihrem weichen Bett und lausche dem gleichmäßigen Brummen des Schiffsmotors und den scharrenden Geräuschen der Geckos auf dem Dach. Auf der Fensterbank brennt eine Kerze und verströmt den intensiven Geruch von Zitronenöl. Ich schlage das schweißnasse Laken zur Seite und lasse die feuchte Bajouluft über meinen Körper streichen.

Die Wirkung der Pillen, die Chloe mir gegeben hat, läßt nach, und mein Gesicht pulsiert. Ich unternehme einen vergeblichen Versuch, mich im Bett aufzurichten. Ich höre, wie die Fähre andockt. Der Rumpf poltert gegen die Pfähle, schwere Ketten rasseln, eine Leine landet dumpf auf Holzplanken. Einige Autos fahren von der Fähre. Ich höre Schritte auf der Veranda und dann das Quietschen der Fliegengittertür. Sophies Pfoten tapsen über den Holzboden. Der Hund steckt seinen schwarzen, seidig glänzenden Kopf durch meine Zimmertür.

»Sophie!« dringt Chloes leiser Befehl aus dem Flur. »Komm weg da.«

Sophie ignoriert ihre Herrin, kommt zum Bett und legt ihre feuchte Schnauze auf das Kissen neben meinem Kopf. Ich kraule das samtene Fell hinter ihren Ohren.

»Ist schon gut, Chloe«, rufe ich. »Ich bin wach.«

»Das solltest du aber nicht sein.« Chloe kommt herein und setzt sich auf die Bettkante.

»Wie spät ist es?«

Ich denke zurück ans Jonah's und die Fahrt von Port Arthur Richtung Süden. Ich denke an die Pelikanschwärme entlang der Golfküste, als ich das sumpfige Bajou durchquert habe. Am Stadtrand von Esther habe ich auf Chloes Fähre gewartet.

»Circa 20.00 Uhr«, erwidert Chloe.

»Ich muß nach Miami.«

»Vielleicht morgen früh.« Chloe steht auf und verläßt das Zimmer. Sophie folgt ihr durch die Tür.

Ich reibe mir die Augen und versuche, meine Benommenheit abzuschütteln. Chloe hatte uns verlassen, lange bevor ich Joey kennengelernt habe. Ihr Haus war der einzige Ort, an dem er mich nicht vermuten würde. Ich höre, wie Chloe in der Küche

Wasser laufen läßt und mit Töpfen und Pfannen klappert, ihre barfüßigen Schritte auf den Holzdielen.

Sie kommt mit einem Tablett in mein Zimmer zurück, das sie auf dem Nachttisch abstellt. »Trink das«, sagt sie, »und nimm die. Das sind Antibiotika.« Sie gibt mir zwei Pillen und führt eine Schale heißer Brühe an meine Lippen.

Chloe drückt mir die Schale in die Hände, steht auf und tritt ans Fenster. In den Jahren, seit sie uns verlassen hat, hat sich ihr geschmeidiger Gang nicht verändert. Sie ist wie ein elfenhaftes Geschöpf, das über den Boden schwebt. Sie schiebt die Ärmel ihres Baumwollhemdes über die Ellenbogen und stützt sich mit dem Rücken zu mir auf die Fensterbank.

»Du steckst in ziemlich dicken Schwierigkeiten, was, Al?«

»In ziemlich dicken«, sage ich.

Die Flamme der Duftkerze flackert im Luftzug des Deckenventilators, und ihr Schein fällt auf Chloes Gesicht. Mein Vater hatte Chloe kennengelernt, als ich zehn war. Sie besaß ein Wasserflugzeug, mit dem sie illegale Waren von den Keys nach Louisiana und Mississippi flog. Wenn sie nicht arbeitete, vertäute sie ihr Flugzeug am Dock hinter der Kneipe und wohnte bei uns im Haus. Sie war wunderschön und hatte seidige dunkle Haut. Sie rauchte Lucky Strikes und roch immer leicht nach Schmieröl und Benzin. Wir wußten nie, wann sie kam. Manchmal war sie wochenlang weg und tauchte dann aus heiterem Himmel in der Bar oder bei uns zu Hause auf. Manchmal verschwand sie ohne ein Wort, und wir sahen nur, daß ihre kleine Tasche weg war, und ihr einziges Überbleibsel waren die kalten Kippen im Aschenbecher.

In einem Sommer kam Chloe dann plötzlich gar nicht mehr. Monate verstrichen, ohne daß wir sie sahen. Ich fragte meinen Vater, wohin sie gegangen war. Er antwortete mir, daß sie nach Louisiana gegangen sei, weil ihr Vater krank war und sie für ihn seine Fähre betreiben mußte. Bis ich von zu Hause wegging, schickte mir Chloe zu jedem Geburtstag eine Karte und ein Geschenk, doch sie kehrte nie auf die Keys zurück. Als ich gestern blutend und erschöpft am Ufer des Mud Lake saß, dachte ich an diese Briefe aus Vermilion County und an die Fähre, von der Chloe immer geschrieben hatte.

Chloe kommt an mein Bett und schiebt mir eine Zigarette zwischen die Finger. »Möchtest du noch eine Schmerztablette?« fragt sie.

Ich schüttle den Kopf.

»Ich muß die Wunde auswaschen. Das wird weh tun.«

»Schon okay«, sage ich.

Chloe taucht ihre Hände in eine Schüssel auf dem Nachttisch und nimmt ein feuchtes Tuch zur Hand. Die feinen Härchen auf ihrem Unterarm sind mit winzigen Seifenblasen bedeckt. Ich betrachte ihre Hände, die kräftigen Adern unter der gebräunten Haut, ihre geschmeidigen Finger. Die durchsichtigen Bläschen lösen sich nach und nach auf, als sie sich an die Arbeit macht.

»Ich habe die Nachricht über deinen Vater gehört.« Chloe schaut mich mit ihren dunklen Augen an. »Mein Gott, Al. Es tut mir so leid.«

»Ich weiß.«

Sie läßt das Tuch sinken. Ich gebe ihr die Zigarette zurück, und sie nimmt noch einen letzten Zug, bevor sie die Kippe ausdrückt. Als sie sich wieder umdreht, hat sie Tränen in den Augen.

»Ich habe ihn geliebt, Al. Aber ich konnte ihn nicht retten. Es war einfach zuviel für eine Frau.«

»Chloe?«

»Ja.«

»Wie ist es passiert?«

»Was meinst du, Kleines?« fragt sie.

»Wie ist er zu Tode gekommen?«

»Hat es dir Cyrus nicht erzählt?«

Ich schüttle den Kopf. »Ich nehme an, er war betrunken. Ich hatte längst aufgehört, mir darüber Gedanken zu machen.«

»Mein Gott, Al. Warum hat Cyrus bloß nichts erzählt? Er hat sich erschossen. Cyrus hat ihn im Blue Ibis auf dem Fußboden im Büro gefunden. Er hat sich erschossen, Alison.«

Ich setze mich abrupt auf und steige aus dem Bett. »Das ist nicht wahr«, sage ich. »So etwas hätte er niemals getan.« Mir war plötzlich übel, und ich spürte einen Kloß in meiner Kehle. Ich ging zum geöffneten Fenster, um frische Luft zu atmen. »Mein Vater hätte niemals Selbstmord begangen.« Meine Stimme zittert.

»Du hättest ihn nicht aufhalten können.«

Chloes Hand berührt meine Schulter. Ich presse die Hände vor mein Gesicht und versuche verzweifelt, meine Tränen zurückzuhalten.

In der letzten Nacht, bevor uns Chloe verlassen hat, weckte mich prasselnder Regen auf dem Blechdach unseres Hauses. Als ich vom Flur in die Küche gehen wollte, hörte ich leise Stimmen. Ich blieb stehen und spähte in die Dunkelheit.

Die Tür zur Veranda stand offen, und die Küche wurde vom Schein einer Laterne beleuchtet. Ich sah Chloes Rücken, die angespannten Muskeln zwischen ihren Schulterblättern, ihre dichten schwarzen Haare. Ein Regentropfen auf dem Küchenfenster warf einen Schatten auf ihre schimmernde Haut. Sie hockte auf dem Boden und hatte die Arme um meinen Vater geschlungen wie um ein Kind. Seine Schultern bebten an ihrer Brust.

Ich stand lange da und sah ihnen zu. Ich beobachtete, wie Chloes Finger durch sein Haar strichen, wie sie ihr Gewicht verlagerte, um ihn fester an sich zu ziehen. Ich hörte das tiefe Schluchzen meines Vaters. Er legte seinen Kopf in ihren Schoß und schlang seine Arme fest um ihre Hüfte.

Am Tag, nachdem ich sie in der Küche gesehen hatte, flog

Chloe davon. Ich stand am Pier und sah ihrem Flugzeug nach, bis es am endlosen blauen Himmel verschwand. Für mich war es immer selbstverständlich gewesen, daß Chloe ständig in Bewegung war. Es fällt mir schwer, sie mir hier vorzustellen, fest eingebunden in einen geregelten Tagesablauf, inmitten von Spanischem Moos und Zypressen.

Lange nachdem Chloe schlafen gegangen ist, liege ich noch wach und versuche, mir die Einzelheiten seines Todes vorzustellen. Wahrscheinlich hat er getrunken. Johnnie Walker, weil er den zu besonderen Anlässen bevorzugte. Er hatte seinen alten Colt-Revolver immer in der obersten Schublade seines Schreibtischs aufbewahrt. Er wird die Waffe herausgenommen und nachgesehen haben, ob sie geladen war. Ich nehme an, es war um fünf Uhr morgens, nachdem er die Bar geschlossen, die Tageseinnahmen gezählt und im Safe deponiert hatte.

Vom Büro aus wird er das leise Plätschern des Wassers vom Dock gehört haben, vielleicht das Brummen eines Außenbordmotors von irgendeinem Boot, das den Kanal überquerte. Es ist bestimmt verdammt schwer, sich umzubringen. Vielleicht hat er sich im Büro umgesehen und das Bild von den haitianischen Zuckerrohrbauern betrachtet, und dann die Johnnie-Walker-Flasche. Er wird den salzigen Geruch des Meerwassers gerochen haben und den schwach süßlichen Duft von Hibiskus und Jasmin.

Vielleicht war er müde, oder betrunken. Ich nehme an, er hat in aller Ruhe sein Glas geleert und es vorsichtig auf den Tisch gestellt. Dann hat er die Augen geschlossen, die Pistole zur Hand genommen, den kalten Metallauf an seine Schläfe gelegt und abgedrückt.

Ich kann mir einige Möglichkeiten vorstellen, einen Unfall, einen betrunkenen Sturz in der Dusche, einen Ausrutscher am Ende des Piers oder ein Feuer. Aber ich kann einfach nicht glauben, daß er so feige und selbstzerstörerisch war. Ich schlüpfe in

Chloes Morgenmantel und tapse durch das dunkle Haus auf die Veranda. Unterwegs nehme ich Chloes Lucky Strikes aus dem Wohnzimmer mit.

Ich setze mich auf ihr weißes Korbsofa und blicke über die glatte Oberfläche des Vermilion River. Es ist ruhig hier. Man hört nur das Knacken im sumpfigen Unterholz und das Rascheln einer großen Zypresse. In den letzten Augenblicken seines Lebens hörte mein Vater das Klicken des Zylinders und spürte das geschliffene Holz des Revolvers in seiner Hand. Und dann die letzten paar Sekunden, in denen sich sein Finger um den Abzug legte. Er hätte genug Zeit gehabt, seiner Todessehnsucht zu widerstehen und zurückzukommen. Ich kann nicht glauben, daß er es getan hat.

Als ich am Morgen aufwache, liege ich noch immer auf der Veranda. Durch das Gebüsch am Rande des Gartens sehe ich Sophies Schnauze. Sie verfolgt gerade einen zerzausten Ibis durchs Unterholz. Chloes Fähre gleitet schwerfällig über den Fluß.

Auf der Anrichte hat Chloe eine Kanne Kaffee warmgestellt. Daneben steht ein Teller mit frischen Biskuits und eine Notiz, daß mein Frühstück im Ofen steht. Saft und Marmelade finde ich im Kühlschrank.

Ich gieße mir einen Schluck Kaffee ein, mache den Ofen aus und ziehe einen Teller mit Würstchen, Hafergrütze, Soße und Rühreiern heraus. Ich bin wie ausgehungert und stürze mich auf das Frühstück. Als ich Chloes Schritte auf der Veranda höre, habe ich bereits den ganzen Teller verputzt. Sie ruft Sophie. Die Fliegengittertür fällt zu, und gleich darauf hört man das eilige Tapsen des Hundes. Sophie springt mit hängender Zunge direkt auf mich zu. Ich schiebe ihr ein Biskuit rüber und reibe über das weiche Fell unter ihrer Schnauze.

Chloe kommt in die Küche und legt ihre ledernen Arbeitshandschuhe auf die Anrichte. Sie setzt sich zu mir an den Tisch und zündet sich eine Zigarette an. Ihre Wange ist mit schwarzem Schmierfett beschmutzt.

»Wie geht's dir? Ich habe dich heute nacht gehört, aber ich dachte, du brauchst ein bißchen Zeit für dich.«

»Danke.«

»Es wird eine Weile dauern, bis du wieder auf dem Damm bist. Du weißt, daß du so lange hierbleiben kannst, wie du willst.«

Ich schüttle den Kopf. »Ich kann nicht bleiben, Chloe.«

»Ich kenne das Geschäft, Al. Ich war selbst lange genug dabei. Gönn dir mal eine Verschnaufpause. Du machst eine Menge Leute reich, aber am Ende stehst du selbst mit leeren Händen da.«

Ich muß an Mark denken. »Die Leute, die mich suchen, werden mich hier irgendwann finden. Ich weiß es.«

»Mein Gott, Al. Du klingst wie eine Figur aus einem schlechten Spionageroman, als ob der verdammte KGB nach dir suchen würde. Okay, irgendein Dealer ist sauer auf dich oder vielleicht sogar ein reicher Kolumbianer. Du bist ein Kurier, stimmt's, Al? Diese Leute haben etwas Besseres zu tun, als dich bis ans Ende der Welt zu jagen. Das würde sich einfach nicht rechnen. Warte doch mal ab.«

»Es ist mehr als das.«

Chloe raucht schweigend ihre Zigarette zu Ende, steht auf und gießt sich noch eine Tasse Kaffee ein.

»Willst du es mir erzählen?«

»Es ist eine komplizierte Geschichte.«

Chloe zuckt mit den Schultern. »Die Fähre fährt erst in zwei Stunden wieder.«

Ich erzähle ihr alles, angefangen von Joeys Anruf, der mißlungenen Übergabe in Bremerton, bis hin zu Marks Tod. Ich erzähle ihr von Darwin, den Hmong und John Wykel, der darauf bestanden hat, daß die Diskette für ihn bestimmt sei. Und ich erzähle ihr von meinem Treffen im Jonah's. Chloe trommelt die ganze Zeit mit ihren Fingern auf die Tischplatte, während ich rede, und jetzt stützt sie nachdenklich ihr Kinn auf die Hände.

»Und was glaubst du, hat dein Vater mit der ganzen Sache zu tun?«

»Wer?« Ich schaue Chloe erstaunt an, so als ob ich sie nicht richtig verstanden hätte.

»Dein Vater.«

»Was meinst du?«

»Diese ganze Geschichte in Chau Doc kommt mir wie ein riesiger Zufall vor.«

»Ich verstehe nicht, mein Vater war niemals in Chau Doc.«

Chloe schaut erstaunt auf und streicht sich eine Haarsträhne aus dem Gesicht. Dabei verschmiert sie den Fleck auf ihrer Backe noch mehr.

»Aber natürlich war er das«, sagt sie und zögert einen Moment. »Er hat dort eine Sondereinheit geleitet.«

»Das ist unmöglich«, erkläre ich ihr. »Ich habe Cyrus gefragt. Er hat mir bestätigt, daß er nicht dort war.«

Chloe richtet sich auf und erhebt sich vom Tisch. Sie nimmt sich eine Lucky Strike. »Cyrus hat dich belogen, Al. Dein Vater war sechs Monate da unten.«

»Das hätte mir Cyrus erzählt.«

Chloe schüttelt den Kopf und zündet sich die Zigarette an. »Er war dort«, sagt sie noch einmal.

Meine Beine fühlen sich an wie Pudding, und ich muß mich setzen, um mir über das Gewicht von Chloes Worten klarzuwerden. Ich versuche mir vorzustellen, daß Cyrus mich belügen könnte. Ich hatte immer absolutes Vertrauen zu ihm, mehr noch als zu meinem Vater.

»Vielleicht hat Cyrus es nicht gewußt. Oder er hat es vergessen.«

Chloe sagt nichts und lehnt sich an die Küchentheke.

»Was hast du jetzt vor, Al?«

»Ich muß mit Cyrus reden. Ich werde zu den Keys hinunterfahren.«

»Ich kann dich mit dem Flugzeug hinbringen, es steht noch in einer Lagerhalle bei Intracoastal City.«

»Ich muß zuerst nach Miami, um noch etwas zu erledigen. Ich nehme wohl besser den Wagen.«

»Ich mache mir Sorgen um dich.«

Ich schaue auf die Uhr. »Wann kannst du mich rüberbringen?«

Die Fähre knarrt leise, als Chloe am gegenüberliegenden Ufer festmacht. Auf der anderen Seite kann ich durch die Bäume gerade noch das Dach von Chloes Haus ausmachen. Die Fähre ist klein und bietet bestenfalls Platz für ein halbes Dutzend Autos. Ich bin der einzige Passagier. Ich helfe Chloe beim Andocken. Auf dem provisorischen Parkplatz warten mehrere Wagen auf die nächste Überfahrt.

Chloe hat während der ganzen Fahrt geschwiegen. Als wir die Fähre gesichert haben, geht sie mit mir über das Deck zu meinem Mustang.

»Ich möchte, daß du die gut aufbewahrst«, sagt sie und drückt mir einen Zettel in die Hand. »Das ist meine Telefonnummer. Ich will, daß du anrufst, wenn du irgendwas brauchst. Cyrus hat die Nummer auch. Ich kann dich außer Landes fliegen. Ich habe eine Freundin, die auf einer kleinen Insel vor Honduras lebt. Sie betreibt auf Roaton Island ein kleines Hotel für Touristen, die zum Tauchen kommen. Ich kann dir eine Unterkunft und einen Job besorgen. In Delcrambe gibt es einen Jungen, der manchmal die Fähre für mich übersetzt. Er kann hier nach dem Rechten sehen, während ich weg bin.«

»Und was mache ich dann? Soll ich die nächsten zehn Jahre hinter jedem Touristen meinen Mörder vermuten? Und eines

Tages werde ich dann mit einem gebrochenen Genick oder einer Kugel im Kopf im Meer treiben.«

»Wenn du hierbleibst, wird es auch nicht anders aussehen. Ruf mich an, Al.«

Ich öffne meine Wagentür und steige in den Mustang. Chloe beugt sich zum Fenster herab.

»Dein Vater, Al –« Sie hält einen Moment inne und blickt über mich hinweg auf den Fluß. »Ich hätte mir selbst nicht treu bleiben können. Daß ich ihn verlassen habe, war reiner Selbstschutz.«

»Ich weiß, Chloe. Ich weiß.«

- 15 -

Die Zeit, in der ich Kokain genommen habe, war wie ein plötzlicher tiefer Fall in eine enge Schlucht. Kein Sündenfall, sondern ein Taumel, ein endloser, unwirklicher Sturz. Ich erinnere mich nur flüchtig an die Ereignisse aus jener Zeit. So wie ein Körper, der ins Dunkel fällt, sich manchmal an etwas stößt.

Als ich clean wurde und mich aus der Tiefe emporhangelte, war ich zuerst geblendet von meiner eigenen Geschichte. Lange Zeit schwankte ich am Rande der Schlucht und versuchte, mein Leben zu ordnen. In den Monaten nach meiner Rückkehr hatte ich ständig Angst, etwas zu verlieren. Ich ging über die Straße und spürte plötzlich, wie mir etwas aus der Tasche rutschte. Ich blieb stehen und sah mich vergeblich danach um. Inzwischen habe ich gelernt, unsere täglichen Verluste hinzunehmen, die Vergänglichkeit unserer Erlebnisse zu akzeptieren. Ich weiß jetzt, daß uns nur vereinzelte Erinnerungen bleiben.

Ich sehe mein Leben in drei Teilen vor mir: die Zeit vor dem Kokain, die ich während meiner Sucht wie durch eine wäßrige Membran gesehen hatte; dann meine Reise durch das Nichts, die durch vereinzelt auftauchende Momente der Klarheit unterbrochen wurde, und meiner Rückkehr, durch die ich mich selbst neu erschaffen konnte. Wie damals werde ich heute zurückgeholt an einen Ort, dessen Landschaft mir für alle Zeit vertraut sein wird. Kurz vor Pensacola schließe ich meinen Atlas und verstaue alle Karten im Fußraum.

Als ich Ocala umfahre und die durchlässige, von Seen überzogene Landschaft Zentralfloridas durchquere, geht die Sonne gerade unter. Seit ich die Grenze überquert habe, bin ich gut vorangekommen und werde Miami lange vor Sonnenaufgang erreichen. Mit einem Mal ist alles vertraut, die flachen Hügel im Norden, die langsam in Sumpfland übergehen, die ersten hellgrünen Blätter der Orangenhaine, die bunten Imbißbuden am Straßenrand, die Hühnchenfleisch als Alligatorsteak verkaufen. Ich habe diesen Staat so oft durchquert, daß ich die Namen der Städte schon weiß, lange bevor ich an ihnen vorbeifahre.

Vor Avon Park tanke ich meinen Wagen. Vom Schießstand in der Nähe durchdringt endloses Geknatter die Abendstille. Ich folge dem Highway 27, umfahre die Südspitze von Lake Okeechobee und weiter nach Miami. Die Lichter der wenigen Autos spiegeln sich im Kanal und streifen über die Everglades. Um drei Uhr früh überquere ich den Biscayne Boulevard, fahre weiter Richtung Julia-Tuttle-Damm und Miami Beach.

Nachdem wir nach Florida gezogen waren, schickte mich mein Vater jeden Sommer zu meinen Großeltern nach New York. Ich verbrachte zwei Wochen mit den Eltern meiner Mutter und zwei Wochen mit denen meines Vaters. Meine Großeltern mütterlicherseits lebten auf Coney Island. Die Wochen, die ich bei ihnen verbrachte, bedeuteten für mich die pure Freiheit. Sie gingen mit mir zur Promenade, um den Artisten zuzusehen, es gab Schlangenbeschwörer und Schwert- und Feuerschlucker. Mein Großvater kaufte mir Zuckerwatte und Hot-dogs, bis mir schlecht wurde. Sie waren vor dem Krieg aus Prag gekommen und sprachen in ihrer seltsamen Sprache miteinander, aßen Reibekuchen und dickes, mit glänzenden schwarzen Mohnsamen gefülltes Gebäck und tranken Martinis mit großen grünen Oliven. Mein Großvater war Musiker, und jeden Abend nach dem Essen holte er seine Geige heraus und spielte Zigeunerlieder, zu denen meine Großmutter und ich auf dem Wohnzimmerteppich tanzten.

Die Mutter meines Vaters lebte in Bay Bridge unweit der Stelle, wo sich die Verrazano Bridge nach Staten Island spannte. Mein Großvater Kerry ist schon vor meiner Geburt gestorben. Wenn ich zu Besuch war, nahm mich meine Großmutter jeden Sonntag mit in die Messe. Bis mein Vater es herausfand und ihr wütend das Versprechen abnahm, es nie wieder zu tun. Sie hat mich das Vaterunser und das Ave-Maria gelehrt und mir gezeigt, wie man sich bekreuzigt. Wir gingen immer ein bißchen früher zur Kirche, und sie saß in einer der Kirchenbänke mit den starren Rückenlehnen, während ich zur Beichte ging. Die Kirche gefiel mir beinahe so gut wie Coney Island. Ich mochte es, im dunklen Beichtstuhl zu sitzen und zu dem verdeckten Gesicht hinter dem Gitter zu sprechen. Ich mochte die Reihen flackernder roter Kerzen auf der Rückseite, den Klang der Orgel, den Weihrauchduft und die elegante Art, wie die Frauen ihre Füße nebeneinanderlegten, wenn sie im Knien beteten. In der Nähe unseres Hauses auf den Keys gab es eine St.-Mary-Star-of-the-Sea-Kirche, aber mein Vater und ich sind nie hineingegangen.

Ich nehme die Collins Avenue, die südlich des Damms verläuft, und kreuze dann zum Ocean Drive hinüber. Ich parke den Mustang und versuche, meine Gedanken zu ordnen. Ich kenne Joey so gut wie er mich. Er wird noch nicht zu Hause sein, es ist noch zu früh. Die Bars machen langsam zu, gerade stolpert eine Schar fetter deutscher Touristen über den sandigen Bürgersteig. In Art-deco-Hotels und überfüllten Straßencafés drängeln sich späte Gäste. Es ist mittlerweile fast vier, und noch immer strömen Paare in Abendgarderobe aus den Bars. Die hohen Atlantikwellen brechen sich und rollen an den Strand.

Ich erinnere mich, wie ich neben meiner Großmutter auf der Kirchenbank gesessen habe. Ihr geblümtes Hauskleid reichte im Sitzen gerade bis über ihre Knie, und mein Hals brannte und juckte unter dem frisch gestärkten Kragen meiner einzigen guten Bluse. Vor der Tür des Beichtstuhls aus Eichenholz hing ein schwerer Vorhang, der mit kleinen goldenen Kreuzen bestickt war. Ich zog ihn hinter mir zu. Der Geruch von gewachstem Holz und der Duft des Priesters überwältigten mich. Meine Großmutter besaß einen Rosenkranz mit einem kleinen silbernen Kruzifix. Beim Reden strich ich über die Umrisse der Jesusfigur und preßte meine Finger auf die drei scharfen Knubbel der Nägel in seinen Händen und Füßen.

Ich stelle den Wagen auf einem öffentlichen Parkplatz am Strand ab. Inzwischen wird Joey seine nächtlichen Geschäfte erledigt haben, vielleicht sitzt er jetzt am Pool des Mark oder Clevelander und raucht eine Zigarre, während er nach einer Frau Ausschau hält, die noch einigermaßen aufrecht steht. Ich lade die Beretta und montiere den Schalldämpfer. Die Fünfundvierziger schiebe ich in mein Schulterhalfter. Ich ziehe ein frisches T-Shirt und Shorts an, stecke die Diskette in meine Gesäßtasche und schlendere über den Strand auf Joeys Haus zu. Auf dem Meer schimmern die Lichter mehrerer großer Schiffe.

Ich gehe durch den kratzigen Strandhafer und über die hölzerne Promenade bis ans Wasser. Auf halber Strecke bleibe ich stehen und setze mich in den Sand, ziehe die Knie an die Brust und zähle die Stockwerke des Gebäudes, bis ich die verschlossenen dunklen Fenster von Joeys Apartment gefunden habe.

Was will ich von ihm? Geld. Oder soll er mir meine Last abnehmen, meinen Zorn zur Kenntnis nehmen? Informationen, die mir bei der Entscheidung helfen, wohin ich als nächstes gehen soll? Ich atme tief ein und lasse die feuchte Luft in meine

Lungen strömen. Eine Brise vom Atlantik streicht über meine Haut und zerzaust mir die Haare. Ich lecke mit der Zunge die dünne Salzschicht von meinen Lippen und warte darauf, daß Joey nach Hause kommt.

»Illusion«, sagte der Vater meiner Mutter immer und sprach das fremde Wort betont deutlich aus, während die Flammen im Schlund des Mannes verschwanden. Der Feuerschlucker war der Lieblingsartist meines Großvaters, doch meine Großmutter und ich bevorzugten die Künstlerin, die nach ihm kam. Die Vorhänge wurden zurückgezogen, und die Frau betrat in glitzerndem Cape und Body die Bühne. Ihre zarten Beine vibrierten vor Kraft, und ihre schwarze Mähne fiel wallend in ihren Rücken, wenn sie eine mit Schwertern bestückte Treppe erklomm. Wir hielten in der stickigen Dunkelheit den Atem an, wenn sie ihre nackten Fußsohlen behutsam auf die messerscharfen Schneiden der Schwerter setzte.

Noch besser als die Treppe war ihr Finale. Aus einer mit Samt ausgeschlagenen schwarzen Kiste entnahm sie zwei lange Nägel und einen kleinen goldenen Hammer. Sie legte ihren Kopf in den Nacken und schlug die Nägel in ihre Nase. Dann zog sie ein Schwert aus der Treppe und stieß es in ihre Kehle, bis die Klinge ganz in ihrem Leib verschwunden war.

Endlich gehen die Lichter in Joeys Apartment an, und ich gehe über den Strand. Die Umrisse zweier Personen bewegen sich durch das Wohnzimmer. Die Vorhänge der Balkontür gehen auf, und eine Frau tritt auf den Balkon. Der Pool des Gebäudes ist durch eine hohe Zementmauer vom Strand abgetrennt. Ich ducke mich dahinter und schleiche zur Vorderseite des Gebäudes.

Durch die Glastür sehe ich den Nachtportier Manuel hinter seinem Tresen sitzen. Ich ziehe das T-Shirt über die Beretta und klopfe an die Scheibe. Manuel blickt auf und lächelt. Er schlendert durch die Halle und öffnet mir die Tür.

»Hey, Manny«, sage ich. Manuel arbeitet schon auf der Nachtschicht, seit ich Joey kenne.

»Mr. Perez ist gerade nach Hause gekommen. Ich kann Sie anmelden, Miß Kerry, wenn Sie wollen.«

»Er erwartet mich. Ich denke, ich gehe einfach rauf.« Ich steuere die Fahrstühle an. »Wie geht es Dolores?« frage ich. Dolores ist Mannys Frau. Ich drücke auf den Knopf an der Wand, und ein Pfeil blinkt auf.

»Oh, ihr geht es sehr gut. Wir haben ein zweites Baby, ein Mädchen.«

»Herzlichen Glückwunsch«, sage ich. Die Türen des Fahrstuhls öffnen sich, ich winke Manny zum Abschied und betrete die Kabine.

Im vierzehnten Stock steige ich aus und gehe den Flur entlang zu Joeys Apartment. Vor seiner Tür ziehe ich die Beretta aus meinen Shorts und klopfe. Von drinnen höre ich leise Musik und das Geräusch von hohen Absätzen auf dem Parkett.

»Wer ist da?« ruft eine Frau.

»Ich will Joey sprechen«, sage ich.

Die Absätze stöckeln von der Tür weg, und eine Zeitlang ist alles still. Dann wird der Riegel zurückgeschoben. Die Tür geht auf, und Joey steht vor mir.

»Wo bist du gewesen, verdammt noch mal?« sagt er. Ich trete in den Flur, und er schließt die Tür hinter mir. Er blickt auf die Jetfire und grinst. »Bist du gekommen, um mich umzubringen, Al?« Er greift um meinen Rücken herum nach der Beretta, doch ich reiße die Waffe zur Seite.

»Sieh zu, daß du sie loswirst.« Ich blicke an ihm vorbei ins Wohnzimmer. Meine Hände zittern.

»Julia«, ruft Joey über seine Schulter. Die Frau erscheint in der Tür. Sie hat rote Haare und trägt ein kurzes weißes Kleid mit durchsichtigen Seitenteilen. »Ich hab was Geschäftliches zu erledigen, Baby. Am besten du verschwindest für eine Weile, okay?«

»Komm schon, Joey«, quengelt Julia.

Ich zücke die Pistole hinter meinem Rücken. »Sofort«, sage ich. »Schnapp deine Handtasche und verpiß dich.«

Ich folge Joey ins Wohnzimmer. Julia stakst an uns vorbei aus der Tür.

»Wo hast du die denn aufgegabelt?« frage ich. »In der Cheerleadertruppe der Pembroke Pines High-School? Oder hast du einfach das willigste Mädchen in der Bar aufgerissen?«

»Eifersucht ist etwas sehr Häßliches, Al.« Joey geht durch das Zimmer zur Bar und gießt sich einen Drink ein. »Kann ich dir irgend etwas anbieten?« fragt er und weist auf die Flaschensammlung.

»Du hast mich reingelegt«, sage ich. »Ich war dumm genug, dir zu vertrauen.«

Joey geht an der offenen Balkontür vorbei und setzt sich auf das Ledersofa. Seine Füße sinken in den flauschigen, cremefarbigen Teppich. Sein Oberkörper ist frei, er trägt nur eine beige Lederhose. Ein goldener Anhänger mit einem Indianerkopf baumelt über der tiefen Falte zwischen seinen Brustmuskeln. Die Eiswürfel in seinem Glas klimpern.

»Ich weiß nicht, wovon du redest. Es heißt, du wärst wieder auf Droge. Du mußt zugeben, daß dein Verhalten in letzter Zeit reichlich unüberlegt war.«

Auf einem hohen Tisch hinter der Couch steht eine Vase mit Paradiesvogelblumen. Ich hebe die Beretta, visiere die Vase an und drücke ab. Das Glas hinter Joeys Schulter zerspringt, Wasser und Blumen verteilen sich auf dem Teppich.

»Siehst du, was ich meine.« Joey nippt gelassen an seinem Drink.

»Wieviel haben sie dir gezahlt?« Ich richte die Waffe auf Joeys Brust.

»Warum nimmst du die verdammte Knarre nicht runter. Wir wissen beide, daß du nicht schießen wirst.«

»Wieviel? Oder wolltest du einfach nur mein Geld einbehalten?«

»Schau dich doch mal um, Al.« Joey breitet seine Arme aus. »Was glaubst du wohl, was mich das alles hier kostet? Ich denke in anderen Größenordnungen. Nimm die Waffe runter und denk mal eine Minute nach. Ich bin Geschäftsmann. Warum sollte ich meine Fahrer bescheißen?«

»Ich will mein Geld. Sofort. Ich habe die Scheibe nach Houston gebracht, und jetzt will ich, was mir zusteht.«

»Gib mir die Diskette, dann bekommst du dein Geld«, sagt Joey.

»Ich habe sie nicht«, lüge ich.

»Leck mich am Arsch, Al.«

Ich gehe um die Couch herum und halte die Waffe weiter auf Joey gerichtet. »Steh auf. Oder ich schwöre bei Gott, ich bringe dich um. Weißt du, was sie mit Mark gemacht haben?«

Joey nimmt einen weiteren Schluck von seinem Drink. Ich stehe direkt vor ihm und schlage ihm mit dem Griff der Beretta ins Gesicht. Das Metall trifft mit einem widerlichen Geräusch auf seine Haut. Das Glas fliegt aus seiner Hand und zerschmettert an der Balkontür. Joeys Kopf schnellt zurück, und er reißt instinktiv die Hand hoch, um sich vor einem weiteren Schlag zu schützen. Die Haut an seinem Hals spannt sich. Blut quillt aus seiner Lippe, und unter seinem Auge verläuft ein roter Striemen.

»Mein Gott, Al«, flüstert er geschockt, und ich merke, daß ich ihm weh getan habe. Er hat die Augen vor Angst weit aufgerissen.

Ich lasse die Waffe sinken und wende mich ab. »Also jetzt einmal von Anfang an, Joey. Wer hat mich engagiert?«

»Einen Tag bevor ich mit dir über den Job gesprochen habe, hatte mich so ein Typ angerufen, der dich engagieren wollte.«

»Er hat nach mir gefragt?«

»Ausdrücklich.« Joey befühlt die Wunde an seiner Lippe und zuckt zusammen. »Scheiße«, sagt er. »Es tut ziemlich weh.«

»Wie kam er darauf, dich anzurufen?«

»Das wollte er nicht sagen. Ehrlich. Zuerst habe ich ihn abgewimmelt und ihm erklärt, daß ich nicht einfach irgendeinem Typen vertraue, den ich nicht kenne. Er sagte mir, daß das Päckchen, das du transportieren solltest, absolut legal sei. Es seien nur Informationen, die außer für die Betroffenen unwichtig sind.«

Joey schaut mich an. »Außerdem fragte ich ihn, warum er die Informationen nicht einfach mit der Post schicken könnte.«

»Und warum nicht?« Ich ziele immer noch mit der Beretta auf Joey.

»Er meinte, es sei die einzige Kopie dieser wie auch immer gearteten Information und er wolle kein Risiko eingehen. Und dann hat er mir das Geld geboten.«

»Und für die Summe hast du mich dann bereitwillig vermittelt.«

»Nein. Ich sagte ihm, daß er mir verraten müsse, wer hinter der ganzen Sache steckt. Dann nannte er den Namen David Callum und fragte, ob die CIA als Auftraggeber mir genügen würde.«

»Jetzt red keinen Quatsch, ich habe keine Zeit für so etwas.«

»Das ist kein Quatsch. Du hast mich gefragt, wer dich engagiert hat, und ich sage dir, es war David Callum.«

»Woher sollte Callum mich kennen?«

Joey zuckt mit den Schultern.

»Und was war in Houston?« frage ich. »Callum war noch nicht mal mehr am Leben, als du die Übergabe angezettelt hast.«

»Als ich mich damit einverstanden erklärt hatte, die Sache für ihn zu organisieren, sagte er, daß du das Päckchen nach Colorado bringen solltest, irgendwo in der Nähe von Denver. Er versicherte mir, daß du weitere Anweisungen bei der Übergabe bekommst, daß ich also nichts zu sagen brauche, bis du –«

»Denver?«

»Verdammt, laß mich doch ausreden. Am Abend der Übergabe habe ich einen weiteren Anruf erhalten. Diesmal war es ein Freund von Callum. Er sagte mir, daß alles schiefgelaufen sei. Trotzdem bleibe es dabei, daß du das Päckchen abliefern sollst, allerdings in Houston. Er versicherte mir, daß du das Geld dann bekommen würdest.«

»Aber ursprünglich sollte ich nach Denver liefern?« Ich muß sofort an Wykel denken.

»Ja. So war es zuerst geplant.«

»Und wer war dieser Typ, dieser angebliche Freund?«

»Das hat er nicht gesagt.«

»Und du hast ihn nicht gefragt?« Ich kann nicht glauben, daß Joey so dumm war.

»Du warst da draußen, und ich wußte nicht, was ich tun sollte. Als du von Mark aus angerufen und mir erzählt hast, daß alles schiefgelaufen ist, war das ja nichts Neues für mich. Also habe ich dir den neuen Treffpunkt genannt. Woher sollte er denn auch gewußt haben, daß er bei mir anrufen muß, wenn er nicht einer von Callums Leuten war.«

Ich erhebe mich von der Couch, gehe auf Joey zu und halte den Schalldämpfer direkt unter sein Ohr. »Also hast du Callums sauberem Freund erzählt, daß ich bei Mark bin?«

»Nein. Ich habe niemandem erzählt, wo du dich aufhältst. Das mußt du mir glauben. Ich habe dir alles erzählt«, sagt er und zieht den Kopf vor der Waffe zurück. »Ich schwöre es dir.«

»Wieviel Geld hast du im Safe?«

»Ich weiß nicht genau. Fünfzig, sechzig Riesen.«

»Hol es.«

»Joey rührt sich nicht. Ich hebe die Beretta und ziele auf die Couch ein paar Zentimeter über seiner Schulter. »Die glauben doch sowieso schon, daß ich zwei Leute ermordet habe«, sage ich. »Glaubst du, auf einen dritten Mord kommt es jetzt noch an?« Ich drücke ab, und meine Kugel zerfetzt das Lederpolster.

Joey steht auf. Ich folge ihm aus dem Wohnzimmer durch den Flur vorbei an zwei Schlafzimmern ins Büro. Er beugt sich über den Schreibtisch und stellt die Kombination seines Safes ein.

»Ich habe wirklich nicht daran geglaubt, daß irgend etwas schiefgehen könnte«, sagt er. Seine Hände zittern. »Ich weiß ja nicht einmal, was auf dieser Diskette so verdammt Wichtiges drauf ist.« Joey legt die Hand auf den Griff des Tresors.

»Laß mich das machen«, sage ich, öffne die Safetür, nehme Joeys Sig-Sauer heraus und schiebe sie in meinen Hosenbund. »Ich nehme an, die wolltest du nicht benutzen.«

Ich stehe wieder auf und lege die Spitze des Schalldämpfers zwischen Joeys Schulterblätter. »Nimm das Geld raus«, flüstere ich. Joey zieht mehrere Bündel Banknoten aus dem Safe.

»Ich brauche eine Tasche«, sage ich.

»In der Küche sind ein paar Einkaufsbeutel.«

Ich folge Joey aus dem Büro. Er hat eine Hand auf seine Wange gelegt. Aus seinem Mund ist weiteres Blut geflossen und über sein Kinn gesickert. »Ich brauche etwas zum Kühlen. In der Kühlschranktür ist eine Eismaschine.«

Ich nehme ein Glas aus einem der Schränke und fülle es mit Eis. Im Wohnzimmer gebe ich Joey das Glas. Das Geld liegt auf dem Sofa, und ich stopfe die schweren Bündel in die Winn-Dixie-Tüte. Die Vorhänge vor der Balkontür sind immer noch offen, die Sonne ist gerade erst über dem Atlantik aufgetaucht, sie bildet nur einen schmalen Streifen am frühen Morgenhimmel.

»Warum sollte ich dir glauben?« Ich schaue auf Joey hinab. Er hält sich einen schmelzenden Eiswürfel an die Wange. Seine Finger sind zart und kräftig zugleich, und ich spüre das alte Verlangen in mir aufsteigen.

Er zuckt mit den Schultern. »Weil ich dir die Wahrheit gesagt habe. Al, ich brauche einen Drink.«

»Ich hol ihn dir.« Ich lege das Geld auf den Couchtisch und gieße ihm ein Glas Scotch ein.

»Es tut mir leid«, sagt Joey.

»Nein, das tut es nicht.« Ich gebe ihm den Scotch. »Lüg mich nicht an. Ich bin zu müde.«

Joey nimmt einen großen Schluck von seinem Drink. Bevor ich zur Tür gehe, stecke ich die Beretta wieder in den Hosenbund und nehme das Geld.

»Es muß noch jemand gewußt haben, daß du zu Mark gefahren bist.«

Es klingt so einfach und logisch, aber als ich mir bewußt mache, was das bedeutet, dreht sich mir der Magen um. Ich greife nach der Türklinke und drehe mich noch einmal zu Joey um. Er hat die Augen geschlossen und seinen Kopf zurückgelehnt. Ich fühle eine plötzliche Klarheit in mir, fast wie damals, als mir bewußt wurde, daß mich das Kokain zerstören würde, wenn ich nicht damit aufhörte. Mein Verlangen ist in Mitgefühl umgeschlagen. Joey tut mir leid. Ich weiß, daß er die Wahrheit gesagt hat. Mir fällt ein, daß ich Cyrus die Nachricht auf Band hinterlassen habe, daß ich bei Mark bin. Cyrus hat mich belogen.

Die kleine kubanische Bäckerei neben der Bodega Melosa wimmelt vor frühmorgendlicher Geschäftigkeit. Männer mit steifen Hüten und Butterbrotdosen drängeln sich für einen *Café con leche* und Spiegeleier auf *Pane Cubano*. Ich sitze in meinem Mustang an der Eigth Street und nippe an meinem dampfenden Kaffee. Melosa macht erst um halb acht auf.

Callum wußte, wen er anrufen mußte, um mich zu engagieren, und er hat ausdrücklich nach mir gefragt. Er hatte Joey erzählt, daß es keine Kopie von der Diskette gibt. Außer ihrem Inhalt erinnert nichts an die Ereignisse in Chau Doc. Aber neben Callum sind mindestens zwei weitere Amerikaner an den Befehlen beteiligt gewesen. Der eine hatte die Hmong-Truppe angeführt, der andere hatte unter Callums Namen den Befehl unterschrieben: J. R. Und dann war da noch mein Vater.

Um zwanzig nach sieben sehe ich die gebeugte Gestalt von Luis Melosa um die Ecke kommen und die Eight Street hinunter zu seiner Bodega gehen. Er betritt die Bäckerei, bestellt sich einen Kaffee und scherzt ein bißchen mit dem Mädchen hinter der Theke. Ungelenk fummelt er mit seinen Schlüsseln herum, bis er das Sicherheitsgitter vor dem Laden geöffnet hat. Er trägt ein kurzärmeliges leichtes Baumwollhemd, eine zerknitterte Khaki-hose und rote Turnschuhe.

Nach einer Weile flackert das Neonlicht an der Decke, und im Fenster taucht das ABIERTO-Schild auf. Ich steige aus dem Mustang und gehe auf den Eingang der Bodega zu. Die Morgensonne wirft lange Schatten über den holprigen Bürgersteig. Wahrscheinlich wird es heute drückend heiß.

Ich betrete den Laden und gehe an einer Reihe von *Goya*-Dosen und verschiedenen Paketen mit getrockneter *Yerba buena* und *Annatto* entlang nach hinten. An der Wand stapeln sich Kartons mit Ware: grüne Einmachgläser mit schwarzen Marmeladenpflaumen, angestoßene Bananen, kleine *Bonitos*. Hinten höre ich Melosas Stimme, der leise vor sich hin singt.

»Luis«, rufe ich und gehe in die Richtung, aus der die Stimme kommt.

Er steckt seinen ergrauten Kopf hinter einem Regal hervor. »Alison!« sagt er mit rauher Stimme. »So lange habe ich dich nicht gesehen!«

Ich lächle. »Wie geht's Maria?«

»Oh, ich fürchte, wir werden beide alt.«

»Unsinn.«

»Es stimmt. Wir sind jetzt schon Großeltern. Consuela hat im letzten Jahr einen kleinen Jungen bekommen.«

»Arbeitet sie noch immer am Mt. Sinai?«

Melosa nickt stolz. Dann verfinstert sich sein Gesichtsausdruck. »Ich habe von deinen Problemen gehört. Habe mir aber gleich gedacht, daß die lügen. Bist du deshalb hier?«

»Sie müssen mir einen Gefallen tun, Luis.«

»Selbstverständlich.«

»Ich brauche einen Paß, einen guten, keinen amerikanischen.« Ich ziehe mehrere Tausenddollarscheine aus der Tasche meiner Shorts und halte sie Melosa hin. »So schnell wie möglich.«

»Vielleicht kanadisch?« fragt er und nimmt das Geld.

»Ich habe mehrere, die für dich passen könnten.«

»Das wäre prima, Luis.«

Melosa schlurft in den vorderen Teil des Ladens, verriegelt die Tür und nimmt das ABIERTO-Schild aus dem Fenster.

»Tut mir leid, Ihr Geschäft zu stören«, sage ich.

Luis kommt zwischen den Regalen zurück und drückt mir die Hände. »Das ist mein Geschäft, Alison.«

Das Hinterzimmer der Bodega riecht nach Fotochemikalien und Staub. Melosa setzt mich vor eine blaue Leinwand. Er nimmt eine pinkfarbene Flasche Revlon-Make-up aus einem Schrank und trägt die Schminke mit einem Schwämmchen auf.

»Die Blutergüsse sehen nicht gut aus«, stellt er nüchtern fest.

»Was ist mit den Haaren?« frage ich. »Ich möchte nicht für den Rest meines Lebens als Blondine rumlaufen müssen.«

»Die sind okay. Auch kanadische Frauen färben sich die Haare. Im Paß wird stehen, daß du brünett bist. Das Blond ist ja ganz offensichtlich nicht echt.«

Nachdem er mit meinem Make-up zufrieden ist, tritt er hinter seine Boxkamera und macht ein Bild.

»Es wird ein bißchen dauern. Wenn du willst, kannst du im Laden warten. Da müssen auch noch ein paar Zeitschriften rumliegen.«

»Danke, Luis, aber ich habe noch etwas zu erledigen. Ich bin in zwei Stunden zurück.«

»Welchen Namen hättest du gern? Ich glaube, ich habe Miranda, Helen und Sarah.«

»Suchen Sie ihn lieber für mich aus«, sage ich.

»O nein. Das mußt du schon selbst entscheiden. Das wird deine Identität. Daran mußt du auch beteiligt sein.«

»Helen ist gut.«

Melosa preßt seine Handfläche auf ein Brett in der Wand, und ein Regal mit Konservendosen schwingt auf.

»Wie Batman«, sagt er grinsend, tritt durch die Öffnung und zieht das Regal hinter sich wieder zu.

Der Lesesaal der öffentlichen Bibliothek von Miami ist bis auf ein paar Obdachlose, die die Morgenzeitungen lesen, leer. Man hört nur das leise Rascheln der Zeitungen und das Brummen der Neonlampen. Die Bibliothekarin an der Information blickt nur kurz auf, um mich an das bibliothekseigene Computersystem zu verweisen.

»Ich suche nach einem Artikel von vor zehn Jahren«, erkläre ich ihr.

»Ach ja«, erwidert sie freundlich und mit leiser Stimme. »Da drinnen sollte alles aus den letzten fünfzehn Jahren sein. Geben Sie einfach Ihr Stichwort ein. Der Computer wird Ihnen eine Zusammenfassung jedes Artikels anbieten. Drucken Sie einfach die Informationen über die von Ihnen gewünschten Artikel aus, und ich suche sie Ihnen gerne heraus.«

Wie angewiesen, nehme ich vor einem der Bildschirme Platz, gehe die verschiedenen Suchmöglichkeiten durch, entscheide mich dann für eine chronologische Suche und tippe das Wort CALLUM ein.

Der Computer arbeitet ein paar Sekunden, bevor eine Flut von Artikelüberschriften auf dem Bildschirm erscheint. Der jüngste ist auf das Jahr 1987 datiert und unter dem Titel ›Cold War Cash‹ in einem vierteljährlich erscheinenden Wirtschaftsmagazin veröffentlicht worden. Die kurze Zusammenfassung berichtet über ein neues erfolgverheißendes Computerspiel, das auf den beiden Erzfeinden des kalten Krieges, David Callum und Nikolai Gregorowitsch, basiert.

Die anderen Artikel sind aus dem Frühjahr 1986 und befassen sich mit den Anhörungen wegen der Veröffentlichung von Callums Memoiren. Ich überfliege die Liste auf der Suche nach Fotos und lasse mir die entsprechenden Einträge ausdrucken.

Ich nehme den Ausdruck mit und gehe zur Information. »Diese würde ich mir gern ansehen, bitte«, sage ich und halte ihr das leicht zerknitterte Blatt hin. Obwohl ich schon weiß, was mögliche Fotos enthüllen werden, will ich ganz sicher gehen.

Die Bibliothekarin blickt auf und sagt: »Aber natürlich, meine Liebe.«

Die Zeitschriften sind staubig, ihre glänzenden Titelblätter von vielen Lesern abgenutzt. Ich breite die Magazine auf einem großen Tisch aus und fange an, die Artikel chronologisch durchzusehen. Auf den Fotos sieht Callum zehn Jahre jünger aus als auf den Bildern, die die Zeitungen und Fernsehsender bei der Berichterstattung über seinen Tod gebracht haben. Callum im dunklen Anzug und weißen Hemd vor dem nationalen Sicherheitsrat. Callum mit seinem Anwalt. Callum in seinem Büro mit einem Exemplar seines Buches. Callum mit seiner Frau in seinem Haus in Washington State. Beide strahlen ewige Jugend und unerschütterliche Vitalität aus.

Der letzte Artikel befaßt sich mit dem Ausgang der Anhörungen. Es ist eine zehnseitige Zusammenfassung eines populären Nachrichtenmagazins mit Stellungnahmen prominenter Autoren zum Thema Zensur. Außerdem gibt es ein Interview mit Callum, in dem er irgendwie zögerlich wirkt, überhaupt über das Buch zu sprechen. »Ich erkenne jetzt, daß es das Beste für die Nation ist.«

Und dann entdecke ich etwas wirklich Interessantes, in einem Artikel, der sich näher mit den Anhörungen beschäftigt. Ich erkenne den Fischer sofort. Er sitzt hinter einem Tisch und schickt sich an, etwas in ein Mikrofon zu sprechen. Das Bild, das ich mir von ihm gemacht hatte, war automatisch mit seinem Tod verbunden, und jetzt kommt es mir seltsam vor, ihn so lebendig zu sehen. »Robert Ghilchrist«, steht unter dem Bild, »Callums Sicherheitschef in Vietnam, bei seiner Aussage vor dem Sitzungsrat«.

Ich blättere weiter, die Reportage endet mit einem ganzseitigen Foto von Callum, auf dem er gerade aus dem Gerichtsgebäude ins helle Tageslicht tritt, seine Frau in einem leuchtendroten Kleid direkt neben ihm. Links neben Callum steht ein kleiner Mann in einem blauen Anzug. Seine Finger streifen Callums Arm. Callum aber hat den Ellenbogen unnatürlich hoch gehoben, als wolle er die Berührung mit diesem Mann vermeiden.

In einem Kasten unter dem Bild findet sich die Erläuterung: »Jude Randall, David Callum, Callums Frau Patricia«.

Ich betrachte das Gesicht des Mannes. J wie Jude, wie Judas, der Verräter, wie Jude Randall, J. R., der Skorpionmann. Max. Der Mann, der Freude an seiner Arbeit hat. Ich lasse den Blick noch einmal über die Bildunterschrift gleiten und überfliege den Text, bis ich seinen Namen entdecke. »Jude Randall sprach sich im Interesse der Regierung dafür aus, das Erscheinen von Callums Memoiren in jedem Fall zu verhindern. Randall, früherer Mitarbeiter der CIA, war Leiter einer amerikanischen Sondereinheit in Südostasien. Mr. Randall nannte unter anderem die ›Gefährdung der nationalen Sicherheit‹ als wichtiges Argument gegen…«

Das reicht mir. Ich lege die Zeitschrift zur Seite und gehe zurück zur Information.

»Haben Sie gefunden, wonach Sie gesucht haben?« fragt mich die Bibliothekarin.

Die Frau nimmt mir den Stapel ab und sieht mich aufmerksam an. »Wissen Sie«, sagt sie, »es geht mich ja eigentlich nichts an, aber mein erster Mann hat mich auch öfters geschlagen. Wenn ich Ihnen einen guten Rat geben darf, dann verlassen Sie ihn so schnell wie möglich.«

»Ganz so einfach ist das nicht«, erkläre ich ihr.

Sie lächelt und verlagert den Zeitschriftenstapel auf ihren anderen Arm. »Das ist es niemals, Kleines.«

Ich stehe am Fenster der Bodega und blicke über die 8th Street. Melosa ist noch im Hinterzimmer und gibt meiner neuen kanadischen Identität den letzten Schliff. Auf dem Bürgersteig gegenüber schiebt eine junge Kubanerin einen Kinderwagen vor sich her. Ein Stück die Straße hinunter lehnt ein etwa zwölfjähriger Junge in der Tür eines Pfandleihers. Ein Mann spricht ihn nervös an, Geld wechselt von Hand zu Hand. Der Mann schiebt sich hektisch ein Tütchen unter den Bund seiner Jeans und trippelt davon.

Ich wende mich vom Fenster ab. Vor meinem inneren Auge sehe ich immer wieder, wie meine Waffe auf Joeys Gesicht trifft, sein Kopf nach hinten geschleudert wird, seine instinktiv hochgerissenen Hände, als habe er diese Verwundung schon oft erfahren müssen.

In dem Zelt auf Coney Island hatte meine Großmutter mir immer die Hand in der Dunkelheit gehalten. Als die Frau auf der Bühne sich vorbeugte und ihr Gesicht hinter dem juwelenbesetzten Griff des Schwertes verschwand, rührte sich niemand im Publikum. Ich versuchte mir vorzustellen, wie die geschliffene Klinge in ihrem geschmeidigen Körper sich anfühlte, die Schwertspitze dicht unter der Haut ihres Halses. Kraft wird gefährlich, wenn sie deinen Körper verläßt und in den eines anderen dringt. Der wahre Trick ist es, sie in deinem eigenen Körper zu sammeln, die tödlichen Schwerter in sich selbst zu bewahren.

Ich gehe zum Tresen der Bodega und nehme den Hörer vom Telefon.

»Was willst du um diese Zeit von mir?« Joeys Stimme klingt verschlafen.

»Ich bin's Al.«

»Oh, Scheiße. Ich dachte, er wäre es. Er hat mich bereits zweimal angerufen, um mich nach dir auszufragen.«

»Was hast du ihm erzählt?«

»Ich habe ihm versichert, daß du nicht hier warst. Was auch immer du da mit dir herumträgst, er will es auf jeden Fall haben.«

»Hat er dir irgendeine Telefonnummer gegeben?«

»Nein. Er hat nur gesagt, daß er es wieder probieren würde.«

»Sehr gut.«

»Was heißt hier sehr gut? Was soll ich ihm verdammt noch mal sagen?«

»Wenn er das nächste Mal anruft, kannst du ihm ausrichten, daß ich heute abend an den Keys sein werde, im Haus meines Vaters. Ich will die Diskette endlich loswerden.«

»Bist du sicher, Al? Er wird nicht lange herumfackeln, denn ihm ist klar, daß du über den Inhalt der Diskette Bescheid weißt. Er wird dich umbringen.«

»Laß das meine Sorge sein, okay, Joey? Tu mir einfach den Gefallen. Ich komme schon klar.«

»Ich habe dich gestern nicht belogen. Ich möchte, daß du das weißt.«

»Ich weiß es, Joey. Und sag ihm bitte, daß er alleine kommen soll. Keine anderen Killer. Ich verhandle entweder mit ihm oder gar nicht.«

Ich habe noch einen letzten Anruf zu machen. Ich muß Chloe erreichen.

- 16 -

Außerhalb von Florida City regnet es, aber es ist kein heftiger Regenguß wie normalerweise, der sich rasch wieder verzieht, sondern ein nieselnder Dauerregen. Ich verlasse den Highway One und fahre auf den Parkplatz eines Cirkle-K. Seit ich bei Chloe aufgebrochen bin, habe ich nicht mehr geschlafen.

Ich tanke den Wagen voll und betrete den Laden. Eine Frau hat sich über den Tresen gebeugt und redet mit einem Mann in dreckigen Jeans und Arbeitshemd. Beide blicken auf, als ich hereinkomme.

»Ganz schön naß draußen«, sage ich, lächle ihnen kurz zu und gehe zur Kaffeemaschine.

»Weiß jemand von Ihnen, ob es hinten an den Keys auch regnet?« Ich gieße mir einen Kaffee ein, ziehe einen zerknitterten Zwanzigdollarschein aus der Tasche meiner Shorts, den ich auf den Tresen lege. Die Frau trägt ein lockeres, tief ausgeschnittenes Top, das ihren sommersprossigen Brustansatz und eine tätowierte Rose entblößt. Sie blickt in mein Gesicht und starrt auf die gelblichen Blutergüsse.

»Wie es hinter Marathon aussieht, kann ich Ihnen nicht sagen«, meint der Mann, »aber da hat es gepißt, als ich losgefahren bin. Außerdem kommt man nur langsam voran. Die verdammten Bullen halten jeden Wagen an, der auf die Keys will oder von dort kommt.«

»Haben sie gesagt, warum?« Ich greife mir ein Paket Brezeln aus einem Ständer neben dem Tresen. »Ich nehme noch die, und getankt habe ich auch. Die zweite Säule«, erkläre ich der Frau.

»Nee. Direkt hinter Islamadora haben sie eine Straßensperre errichtet. Ich konnte einfach so durchfahren. Ich war wohl nicht der, nach dem sie gesucht haben, wer auch immer es gewesen sein mag. Für das Stück von Marathon bis hier habe ich drei Stunden gebraucht.«

»Mist. Sieht wohl so aus, als würde es eine lange verregnete Fahrt werden«, sage ich und verdrehe die Augen.

»Sind Sie nur zu Besuch?« fragt die Frau, als sie mir mein Wechselgeld gibt.

»Ich bin unten in Key West aufgewachsen«, sage ich. »Ich bin auf dem Weg nach Hause.« Ich wende mich ab und gehe Richtung Tür. »Danke für die Auskunft.«

»Jederzeit, Süße«, ruft der Mann mir nach. »Fahr vorsichtig.«

Nach der künstlichen Kühle im Supermarkt kommt mir die Luft draußen besonders feucht und heiß vor. Auf dem Gehweg an der Tür steht eine Zeitungsbox mit dem *Miami Herald*. Ich erinnere mich an das, was Wykel gesagt hat, und stecke ein paar Münzen in den Schlitz, um mir eine Zeitung zu ziehen.

Ich rolle die Zeitung zusammen, klemme sie mir unter meinen Arm und laufe durch den Regen zu meinem Wagen. Ich bin früh dran und habe genug Zeit für die Fahrt zu den Keys. Ich verstaue meinen Kaffeebecher zwischen den Knien und blättere in der Zeitung. Die Titelseite ist uninteressant. Das letzte Gnadengesuch eines zum Tode Verurteilten wurde nicht gebilligt. Und wieder mal ein paar Skandale aus Washington.

Als ich die dritte Seite aufschlage, wird mir plötzlich klar, warum Wykel unbedingt wollte, daß ich mir eine Zeitung kaufe. Das Schwarzweißfoto, das mir ins Auge springt, wird der wirklichen Szene wahrscheinlich nicht gerecht. Mehrere asiatische Männer, die alle eine schwarze Arbeitskluft tragen, stehen auf einem Feld. Man kann die Landschaft nicht genau erkennen, aber man sieht die Markierungen anderer Felder im Hintergrund.

Die Männer haben alle irgendwelche Geräte in der Hand. Einer lehnt sich gegen seine Schaufel, ein anderer hält eine Hacke. Es könnte ein Bild stolzer Farmer sein, die sich über eine gute Ernte freuen. Aber es ist kein solches Bild, die Männer schauen nicht in die Kamera. Ihre Blicke sind auf ein Schlammloch gerichtet, aus dem Erde gehoben wurde.

Das Loch ist ziemlich tief und groß genug, um viele Leichen darin zu bergen, man sieht einzelne Arme, Beine und Schädel, die sich gegen die dunkle Erde abheben.

MENSCHLICHE ÜBERRESTE AMERIKANISCHER SOLDATEN IN VIETNAM ENTDECKT. Ich überfliege die Schlagzeile und beginne, den Artikel zu lesen.

> Letzte Woche machten Farmer aus der vietnamesischen Provinz An Giang einen schrecklichen Fund: Etwa zwei Dutzend amerikanische Soldaten, die im Einsatz verschollen waren... Die Entdeckung von An Giang kommt zu einem Zeitpunkt, da die wiederaufgenommenen ökonomischen und politischen Beziehungen zwischen der amerikanischen und vietnamesischen Regierung eine Zusammenarbeit zur Identifizierung der im Einsatz verschollenen Soldaten forciert haben... Zu dieser jüngsten Massenausgrabung befragt, bestätigten die Verantwortlichen beider Seiten, daß sie kooperieren würden und daß umfangreiche Ermittlungen geplant seien...

Callum muß das gewußt haben. Wenn die Überreste letzte Woche ausgegraben wurden, dann hat ihm sicher irgend jemand einen Hinweis gegeben, jemand, der immer noch davon betroffen ist. Und dann, nach dreißig Jahren, hat seine Verantwortung für den Tod dieser Männer ihn dazu getrieben, in irgendeiner Form zu reagieren. Also hat er die einzige Information, die er besaß, nämlich die Namensliste, an jemanden geschickt, der damit etwas anfangen konnte: John Wykel. Ich lasse die Zeitung sinken, bestücke meine Waffe mit Munition und fahre los.

Nach gut einer Meile auf dem Highway taucht die Ausfahrt zur Card Sound Road im Regen auf. Ich fahre langsamer, wechsle in die rechte Spur, fahre vom Highway ab und folge der schmalen zweispurigen Straße nach Osten über die Mautbrücke. Sie überspannt den Barnes Sound und führt in die Mangrovenwälder im Norden Key Largos. Der Regen hat die tiefer liegenden Abschnitte der Straße überflutet, und ich muß aufpassen, daß der Mustang in den Kurven nicht ins Schleudern gerät. Hier sind die Verwüstungen des Hurrikans Andrew noch überall sichtbar. Frisches Blattwerk wächst an den vom Sturm kahl gerupften Baumskeletten.

Ein paar Meilen hinter der Mautbrücke teilt sich die Straße. Der eine Abzweig windet sich nach Süden, wo er im unteren Teil von Key Largo wieder auf den Highway One stößt. Der nördliche Abzweig läuft am Intercoastal Waterway entlang. Ich fahre nach Norden, tiefer in die Mangroven, kurble das Fenster herunter und lasse den warmen Regen auf mein Gesicht rieseln. Unweit der äußersten Spitze von Key Largo stoße ich auf die Straße, nach der ich gesucht habe: Sie besteht aus zwei schlammigen Reifenspuren, die nach Westen auf die Biscayne Bay zulaufen. Ich steuere den Mustang durch die dichten Mangroven und halte vor einer windschiefen Hütte.

Auf dem schlammigen Platz vor der Hütte sind mehrere halbrestaurierte Harley Davidsons aufgebockt. In einer Ecke der provisorischen Veranda baumelt eine Hängematte. Ich schalte den Motor ab und strecke meine müden Glieder. Als ich vorbei an schmutzigen zerbrochenen Spielsachen und öligen Ersatzteilen zur Hütte laufe, stürzen sich Moskitoschwärme auf meine nackten Beine. Hinter der Hütte höre ich leises Gehämmere. Der brackige Geruch von salzigem Sumpfwasser erfüllt die Luft. Ich atme tief ein und lasse die heimischen Gerüche in meine Lunge strömen.

»Charles!« rufe ich und gehe über den Hof dem rhythmischen

Gehämmer nach. Ein großer Dobermann steckt seinen Kopf um die Ecke des Schuppens, spitzt die Ohren und knurrt leise.

»Percy!« sage ich und locke ihn zu mir, indem ich mir auf meine Oberschenkel klopfe. »Komm hierher, Junge.« Der Hund hört auf zu knurren, springt auf mich zu und leckt mit seiner feuchten Zunge über meine Wange. »Hi, Percival.« Ich tätschle seinen langen muskulösen Rücken. »Komm, laß uns Charles suchen.«

An der Rückseite des Schuppens weicht das Buschwerk der weiten blauen Bucht. Ein Holzsteg führt durch die Mangroven auf ein langes Dock. Charles' riesenhafte Gestalt ist durch den grauen Regenschleier kaum auszumachen. Er steht am Ende des Docks über einen großen Außenbordmotor gebeugt, auf den er wütend einhämmert. Percy läuft vor mir über den Steg und auf das Dock.

»Charles!« rufe ich noch einmal.

Das Gehämmer setzt aus, und Charles dreht sich in meine Richtung um. Die kräftigen Muskeln seiner Oberarme glänzen vor Regenwasser und Schweiß.

»Willst du das Ding ein für allemal erledigen«, rufe ich ihm zu, »oder willst du es bloß lahmlegen?«

»Ah!« Charles läßt den Hammer sinken und gibt dem Motor einen flüchtigen Tritt. »Mein Gott, du hast mich vielleicht erschreckt.«

»Tut mir leid. Ich habe im Haus niemanden gesehen, deshalb dachte ich, ich gehe einfach nach hinten durch. Wo ist Angela?«

»Sie ist mit den Kindern zu ihrer Mutter nach Atlanta gefahren.«

»Habt ihr wieder Streit?«

»Bloß das Übliche. Das hat nichts zu bedeuten. Du kennst uns doch, wir finden immer was, worüber wir streiten können. Mit dem Krabbenfischen lief es in letzter Zeit ziemlich beschissen. Und ich habe darüber nachgedacht, wieder das andere zu machen, aber natürlich will Angela das nicht. Dabei weiß ich, daß Cyrus Hilfe brauchen wird, jetzt wo dein Vater...« Charles bricht ab und starrt auf den Boden. »Scheiße, Al. Laß uns reingehen.«

»Weißt du, es ist seltsam, daß er sich umgebracht hat. Er war einfach nicht der Typ dafür. Erinnerst du dich noch daran, wie der verrückte Steve sich draußen auf Stock Island in dieser Nobelkutsche von dem Touristen erschossen hat?« Charles gibt mir ein trockenes Handtuch und setzt sich zu mir an den verkratzten Küchentisch. »Wir waren an dem Abend alle im Blue Ibis und haben einen getrunken. Dann kam Jorge Cora, der Bulle, herein und sagte, sie hätten Steve gefunden. Das werde ich nie vergessen. Nachdem Cora gegangen war, hat dein Vater sich zu mir umgedreht und gesagt: ›So was ist verdammt feige.‹«

Ich blicke an Charles vorbei zu der offenen Tür. Der Regen ist heftiger geworden, so daß man die Bucht fast gar nicht mehr sehen kann. Auf dem Herd pfeift der Wasserkessel. Charles nimmt zwei Becher aus dem Schrank über dem Waschbecken, löffelt löslichen Kaffee hinein und gießt heißes Wasser darüber. Er gibt mir einen der Becher.

»Es scheint, als hättest du selbst ziemlich dicken Ärger. Du mußt mir nichts darüber erzählen, wenn du nicht willst, aber in den letzten paar Tagen warst du ständig in den Nachrichten. Es kommt mir vor, als würde ich deinen Namen hören, sobald ich das Radio einschalte.«

Ich streiche mit dem Daumen über den warmen Griff meines Bechers. »Es ist wahrscheinlich besser, wenn du nicht die ganze Geschichte weißt, aber es ist jedenfalls vollkommen anders, als sie sagen. Ich bin echt übel gelinkt worden.«

»Du siehst furchtbar aus, Al«, sagt Charles.

»Danke für das Kompliment«, sage ich und muß lächeln.

»Und was tust du hier unten? Die Keys sind ein ziemlich idiotischer Fluchtpunkt, das weißt du. Ein Weg rein, ein Weg wieder raus. Das blonde Haar wird dich auch nicht ewig verstecken. Die haben dir ein ziemlich dickes Ding angehängt.«

»Ich muß mich noch um ein paar Sachen kümmern. Mein Vater, weißt du. Ich bin auf dem Weg nach Key West.« Ich nippe an meinem Kaffee und lasse mir seine Bitterkeit auf der Zunge zergehen. »Ich weiß, wie ich wieder von der Insel wegkomme«, erkläre ich ihm. »Es ist alles arrangiert.«

Charles nickt. »Und warum kommst du dann zu mir?«

»Ich brauche jemand, der mich rüberbringt.«

»Klar. Wir können den Laster nehmen. Ich wollte Cyrus sowieso besuchen.«

Ich ziehe eine Zigarette aus meiner zerknitterten Packung und zünde sie an. »Nicht den Laster. Ich möchte, daß du mich mit dem Boot rüberbringst. Ich habe gehört, sie haben unten bei Islamorada eine Straßensperre errichtet. Ich habe Geld, Charles. Ich werde dich für die Tour gut bezahlen. Wenn du willst, kannst du auch den Mustang behalten. Ich komme nicht hierher zurück.«

»Ich bewahre deinen Wagen für dich auf, aber Geld nehme ich nicht. Du gehörst schließlich so gut wie zur Familie, Al.«

Ich sehe mich in der kleinen Küche um. Percy liegt zusammengerollt vor der Tür und leckt sich die Pfoten. Eine gestreifte Eidechse huscht an der Wand über dem Herd entlang. Am Kühlschrank hängt eine Kinderzeichnung von einem Krabbenkutter und einer hellgelben Wachsmalstift-Sonne, daneben ein Foto von Charles' beiden kleinen Töchtern.

»Angela hat recht«, sage ich. »Bleib beim Fischen. Arbeite nicht wieder für Cyrus.«

Charles steht auf und stellt seinen Becher ins Waschbecken. »Wir nehmen das kleine Boot. Ich habe den Motor frisiert. Damit schaffen wir es in einer guten Zeit auf die Keys. Warum holst du nicht alles, was du noch brauchst, aus dem Wagen?«

»Danke, Charles.« Ich stehe auf und gehe durch das vordere Zimmer der Hütte zur Eingangstür.

Als erstes klappe ich den Kofferraum des Mustang auf und nehme die Win-Dixie-Tüte, die Diskette und die Computerausdrucke aus dem Geheimfach unter der Innenverkleidung. Dann ziehe ich meine Tasche von der Rückbank und stopfe die Sig-Sauer und die anderen Waffen hinein. Die Walther schiebe ich mir in den Hosenbund. Im Handschuhfach finde ich die Brieftasche des Fischers und ganz hinten das Foto meines Vaters, die ich zusammen mit meinen paar anderen Habseligkeiten auch in der Tasche verstaue.

»Ich nehme an, nach dem Mustang fahnden sie auch«, höre ich Charles' Stimme hinter mir.

»Ja, vermutlich.«

»Dann stellen wir ihn wohl besser hinten in den Schuppen. Ich kann mir zwar nicht vorstellen, daß irgend jemand hier draußen danach sucht, aber man kann nie wissen.«

Ich steige in den Mustang und folge Charles und Percy durch die Mangroven zu einer primitiven kleinen Hütte. Ich warte, bis er das Tor des Schuppens geöffnet hat.

»Bist du soweit?«

»Auf geht's«, antworte ich. Den Zündschlüssel lasse ich stecken und schließe die Tür.

Der Regen begleitet uns auf unserem gesamten Weg bis zu den Keys. Er verdeckt die Sicht auf die Inseln und prasselt auf die ruhigen Gewässer der Florida Bay. Mit Percy an meiner Seite rolle ich mich in einer Ecke der Kajüte zusammen und falle in einen unruhigen Schlaf. Ich werde immer wieder von Percy geweckt, dessen Muskeln beim Träumen nervös zucken. Charles singt leise im Hintergrund. Draußen zieht jenes Land an mir vorüber, das unauslöschlich in mein Herz geschrieben ist.

Kurz hinter Marathon öffne ich die Augen und betrachte die Unterseite der Seven Miles Bridge. Über uns rauscht der dichte Verkehr über den Highway One. Der Brückenbogen aus Stahl und Beton spannt sich über etliche Meilen in beide Richtungen. Das Tageslicht ist einer bläulich schimmernden Dämmerung gewichen, ein Blitz zuckt am nördlichen Himmel. Die Lichter der Markierungsbojen leuchten blutrot durch den Schleier aus Regen.

Ich reibe mir die Augen und stehe auf. Das Licht der Kajüte fällt auf Charles' Gesicht. »Du mußt müde sein«, sage ich. »Ich kann dich für eine Weile ablösen, wenn du eine Pause machen möchtest.«

»Ich will uns nur gerade noch durch den Kanal steuern. Wenn wir den Atlantik erreicht haben, kannst du übernehmen. Hast du schön geschlafen?«

»Ja.«

»In der Kühlbox sind Sandwiches und ein Sechserpack Bier. Nimm dir, was du möchtest.«

»Danke.« Ich klappe den Deckel der Kühlbox auf und ziehe zwei Dosen Bier aus ihren Plastikringen. »Willst du auch eine?«

»Klar.«

Ich knacke beide Dosen und gebe Charles eine. »Wie oft, glaubst du, hast du diese Tour schon gemacht?« frage ich.

»Bestimmt Hunderte Male. Und du?«

»Öfter, als ich mich erinnern kann.« Ich trinke einen Schluck Bier und zünde mir eine Zigarette an.

»Weißt du, wie die Inseln entstanden sind?« fragt Charles. Wir sind aus dem Kanal aufs offene Meer gekommen, und Charles hält sich dicht an der Küstenlinie. Am Strand von Bahia Honda macht jemand ein Lagerfeuer. Die Flammen spiegeln sich in dem flachen, von Korallenriffen durchzogenen Wasser.

»Nein.«

»Mangroven wurden vom Festland herübergeweht und fingen an, in den seichten Gewässern Wurzeln zu schlagen. In diesen

Wurzeln verfingen sich Korallen und Sedimente und sonstiges Treibgut.« Charles tritt vom Ruder zurück. »Sie gehört dir«, sagt er lächelnd.

Ich übernehme das Steuer und gebe Gas. Das Boot gewinnt an Geschwindigkeit und springt über kleinere Wellen. Wasser klatscht gegen den Rumpf.

Charles hockt sich auf die Kühlbox und nimmt einen Schluck von seinem Bier. »Irgendwie passend, daß die Keys auf diese ziellose Art entstanden sind. Angela sagt immer, die Keys sind wie der Boden einer Cornflakespackung, wo sich all die zerbrochenen Stücke und Krümel sammeln. Viele, die hier wohnen, sind an irgend etwas zerbrochen, auf der Flucht, untergetaucht. Als ich vor zwanzig Jahren hierherkam, fragte ich die Leute immer, woher sie kamen, nach ihrer Geschichte. Ich wollte bloß höflich sein, weißt du, Small talk. Aber hier redet keiner über die Vergangenheit. Es ist, als würde sie nicht mehr existieren, wenn man über die Brücke nach Key Largo kommt.«

Ich blicke nach rechts auf die vorbeiziehenden Lichter von Big Key Pine und die über den Damm kriechenden Autos. »Charles«, frage ich und trinke den letzten Schluck von meinem Bier, »was könnte einen Mann dazu bringen, so etwas zu tun, sich selbst umzubringen?«

»Ich weiß nicht, Al. Vielleicht eine Schuld, die man mit sich trägt. Ich meine, wenn den Mädchen oder Angela irgendwas zustoßen würde, wenn ich jemanden verraten hätte.«

Wir schweigen beide. Der Wind pfeift über die Scheiben der Kajüte. Wie viele Jahre dauert es wohl, bis ein winziges Stück Land entsteht? Tausende, vielleicht Millionen. Der ruhige, unmerkliche Vorgang der Schöpfung übersteigt meine Vorstellungskraft. Ein paar verschlungene Mangrovenwurzeln, die winzige Korallenwesen um sich gesammelt und ihre Muscheln festgehalten haben. Alles auf den Keys ist aus geplündertem Gut gemacht. Sogar das Haus, in dem ich aufgewachsen bin, wurde aus den Planken eines gestrandeten Schoners erbaut, der durch ein falsches Leuchtfeuer auf ein zerklüftetes Riff gestoßen war.

Ich versuche mir die ersten, primitiven Erhebungen vorzustellen, die kleinen Furchen in den Korallen, die mit der Zeit immer größer wurden. Ein Schneckenhaus, das im Schlamm steckengeblieben war, könnte heute ein breiter Streifen Land sein.

Charles irrt. Unsere Vergangenheit kann nicht einfach ausgelöscht werden. Wir begraben sie und strengen uns an, sie im Laufe der Zeit zu vergessen, doch sie bleibt stets in ihrer ursprünglichen Gestalt erhalten, vielleicht ein wenig angeschlagen oder verformt durch unsere Erlebnisse. Doch sie ist immer da und bestimmt alles, was um uns herum geschieht.

Woran hat er gedacht, als er den Lauf an seiner Schläfe spürte? Vielleicht an den Krebs, der den Körper meiner Mutter und in gewisser Weise auch unser Leben durchdrungen hatte. Vielleicht hatte er auch den Mann im PIC vor Augen. Oder ein ganzes Dorf, das sie ausgelöscht hatten. Es war irgendeine Art von Verrat.

Ein letztes Mal ziehen die Keys an mir vorüber. Ramrod. Big Torch. Sugerloaf. Ich versuche die vertrauten Namen und Orte in mich aufzunehmen, denn ich werde nie mehr hierher zurückkehren.

- 17 -

Für die letzten paar Meilen bis nach Key West hat Charles das Ruder wieder übernommen. Ich blicke aus den Fenstern auf der Steuerbordseite auf die orangefarbenen Lichter des Truman Annex. Ordentliche Reihen von Marinekasernen ziehen vorbei, die Straßen schimmern im hellen Regen. Der Weg zum Strand bei Fort Zachary Taylor führt direkt durch das Militärgelände. Fort Taylor war einer der Lieblingsorte unserer Kindheit, stets strampelten wir mit einem enthusiastischen Gefühl auf unseren verrosteten Fahrrädern mit halbplatten Reifen an Wachhäuschen und mit Stacheldraht umsäumten Mauern entlang zu unseren samstagnachmittäglichen Badeausflügen. Heute weiß ich natürlich, daß wir dort keine nationalen Geheimnisse hätten entdecken können. Der wirklich streng geheime Kram befindet sich in der Tiefseestation auf der Nordostseite der Insel, wo U-Boote und Schiffe von der Größe umgestürzter Wolkenkratzer vor Anker liegen. Auffälligerweise fehlt das Gelände auf allen Touristenkarten.

Charles navigiert das Boot um die Nordwestspitze der Insel, vorbei an der Militärbasis, dem Strand und den schicken Hotels am Mallory Square. In früheren Zeiten, als Strandräuber ihren Lebensunterhalt mit geplündertem Schiffsgut bestritten, wurden auf dem Pier Auktionen abgehalten. Schluchzende Überlebende sahen zu, wie ihre gestohlenen Besitztümer paketweise an den Meistbietenden verkauft wurden. Heute verdienen die Bewohner der Insel mit Tourismus ihr Geld.

Charles läßt den Motor fast leerlaufen, als wir den Yachthafen hinter dem Blue Ibis anlaufen. Die Regentropfen ziehen weite Kreise auf dem stillen Wasser, als ob Tausende von Fischen zur Fütterung an die Oberfläche schwimmen würden. Wir machen an einem Anlegeplatz in der Nähe der Bar fest, die Seite des Bootes drückt quietschend gegen die Gummibojen. Charles schaltet den Motor ab, während ich auf den Landungssteg springe und die Bugleine vertäue.

Percy läuft nervös über das Deck, seine hochgehaltene Nase wittert fremde Gerüche. Charles gibt mir meine Tasche. »Ist das alles, was du hast?«

Ich nicke.

Er geht noch einmal in die Kajüte und nimmt zwei Milk Bones

aus einer Schublade. »Du bleibst hier, Percy«, sagt er sanft. Er wirft dem Hund die beiden Kekse zu und klettert über die Reling auf den Landungssteg. »Sitz!« sagt er und weist mit dem Finger auf das Deck. Percy rührt sich nicht.

»Der Name Percy«, frage ich, »hast du den wegen Parzival vom Heiligen Gral ausgesucht?« Unsere Schritte hallen auf dem hölzernen Dock wider, als wir uns auf den Weg zur Bar machen.

»Was?« Charles starrt mich ungläubig an. »Nicht doch, nein. Percy wie Percy Sledge.«

Die Wände an der Vorderseite des Blue Ibis reichen nur bis zur Hüfte, das Dach wird von groben Pfosten getragen. Durch das Wasser, das von der Regenrinne überläuft, kann ich die Männer in der Bar erkennen. Aus der Jukebox dröhnt Hank Williams Stimme in den verregneten Abend. Charles und ich gehen zur Rückseite des Gebäudes vorbei an den dunklen Fenstern des Büros in den Hinterhof.

Aus der Küche fällt ein Lichtstreifen auf die Mülltonnen. Salvador, der Küchengehilfe, hockt auf einem Milchkarton in der Tür und raucht eine Zigarette. Er blickt uns durch den Regen entgegen, mustert mein Gesicht und entdeckt meine vertrauten Züge.

»Holà, Allie!« sagt er schließlich und springt auf.

»Hey.«

»Mira!« ruft er in die Küche. »José! Kommt! Es ist Allie.«

»Kennst du Charles?« frage ich.

»Nein.« Salvador schüttelt den Kopf.

»Er ist ein Freund von Cyrus und meinem Vater«, sage ich und deute mit einem Nicken auf Charles.

Die Fliegengittertür geht auf, und José tritt in den Hof. In der rechten Hand hält er ein langes Messer. »Allie! Charles!« Er hält die Tür auf und macht uns ein Zeichen einzutreten. Er ist kleiner geworden mit dem Alter. Wie ein kleiner Krebs schlurft er hinter uns her, doch die Muskeln in seinem schmächtigen Körper sind noch immer drahtig.

Der Küchenfußboden ist voller Blut. Auf den Terracottafliesen liegt der leblose Körper eines knapp drei Meter langen Hais.

»Ich habe ihn erst vor ein paar Stunden gefangen«, erklärt José mit einem triumphierenden Grinsen. »Du weißt ja, man muß sie sofort säubern, sonst wird ihr Fleisch giftig.«

Der Bauch des Hais ist der Länge nach aufgeschlitzt, und sein riesiger Kopf ist vom Rumpf abgetrennt worden. Seine schwarzen, leblosen Augen starren auf einen Plastikeimer mit glitschigen Eingeweiden.

»José, ist Cyrus hier?« frage ich. Die Hitze in der kleinen Küche ist bedrückend, und von dem satten Blutgeruch wird mir langsam übel.

»Nein«, sagt Salvador. »Er ist heute nachmittag gegangen. Er war sehr erregt.«

»Irgendeine Ahnung, wohin er gegangen ist?«

»Er hat nichts gesagt.«

»Zu Hause ist er jedenfalls nicht. Ich habe eben bei ihm angerufen, um ihm von dem Hai zu erzählen. Ich dachte, wir würden ein Fest feiern. Siehst du«, José weist auf einen großen Soßentopf, der auf dem Herd abkühlt, »ich habe frische *Mojo* gemacht. Aber es ist niemand ans Telefon gegangen.«

Salvador macht die Fliegengittertür einen Spalt auf und schnippt seine Zigarettenkippe in den Hof.

»Allie, wir waren alle sehr traurig über den Tod deines Vater«, sagt José leise.

»Warst du hier an dem Abend, als es passiert ist?« frage ich.

»Vorher, ja. Aber wir waren schon nach Hause gegangen. Er muß sehr lange geblieben sein. Es tut mir leid.«

»Ich muß Cyrus finden«, sage ich. Ich starre auf die dunkelrote Bauchhöhle des Hais und Josés blutbespritzte Tennisschuhe. Ich will nicht über meinen Vater reden.

»Versuch es mal im Schooner Wharf«, schlägt Salvador vor. »Dort geht er in letzter Zeit immer einen trinken.«

»Und dann kommt ihr drei zum Hai-Essen zurück«, beharrt José.

Ich wende meinen Blick zu José und Salvador. »Es ist sehr wichtig, daß ihr niemandem erzählt, daß ihr mich gesehen habt.«

»Klar, Allie. Wie du meinst«, bestätigt Salvador nickend.

José beugt sich über den toten Hai, stößt die scharfe Messerklinge in die rauhe Haut und löst das rote Fleisch ab. »Natürlich. Ich habe dich hier nicht gesehen«, sagt er.

»Laß uns vorne raus gehen«, sage ich zu Charles, und wir bewegen uns Richtung Küche.

Wir drücken uns an den Fritteusen und Öfen vorbei ins Büro. Durch die Fensterluken in den Schwingtüren zur Bar kann ich mehrere Pärchen erkennen, die sich auf der Tanzfläche verteilt haben. Wir betreten den Büroraum. Vom Yachthafen fällt Licht auf den Schreibtisch mit mehreren ungeordneten Papierstapeln und einem Computer, auf dem Cyrus die Buchführung macht. Ich taste mich durch das Halbdunkel zum Schreibtisch und stelle meine Tasche ab. Charles schaltet die Deckenlampe ein, und gelbliches Licht erfüllt den Raum.

»Hier hat Cyrus ihn gefunden«, sage ich. Ich streiche mit der Hand über die hohe Lehne des Rohrstuhls hinter dem Schreibtisch. Vermutlich war überall Blut. Vielleicht sind sogar sein Gehirn oder Splitter des Schädels verspritzt. Sicher haben Cyrus oder José alles weggewischt. Lange nach seinem eigentlichen Tod mußten sie diese letzten intimen Spuren von ihm beseitigen, die Abdrücke seiner Lippen auf dem Glas, aus dem er getrunken hat, die Blutflecken an den Wänden und auf dem Boden. Trotzdem würde man in den Bodenritzen noch einzelne graue Haare finden, abgeriebene Hautfetzen im Staub, der sich auf dem Fensterbrett sammelt.

»Al.« Charles kommt auf mich zu. Der Kragen seines T-Shirts

steht offen, und ich lege meine Stirn an seine warme Brust. »Niemand von uns hätte irgend etwas tun können.« Ich lausche dem angenehmen Klang von Charles Stimme. »Das weißt du doch, oder?«

»Ja«, flüstere ich, aber ich bin nicht überzeugt.

Ich wende mich von ihm ab und krame in meiner Tasche nach meinem Knöchelhalfter und der Beretta. Nachdem ich mir die Waffe ans Bein geschnallt habe, schlüpfe ich in eine frische Jeans, lege mein Schulterhalfter an und schiebe den Lauf der Fünfundvierziger hinein.

»Ich möchte, daß du das jetzt nimmst. Keine Widerworte.« Ich ziehe die Win-Dixie-Tüte aus meiner Tasche, nehme fünftausend Dollar heraus und halte Charles die Scheine hin.

»Ich habe hier jede Menge Geld. Wenn du es jetzt nicht nimmst, hinterlege ich es bei Cyrus, und er wird dich zwingen, es anzunehmen. Du hast mir aus der Patsche geholfen, Charles.« Ich drücke ihm die Scheine in die Hand und verstaue die Diskette, die Computerausdrucke und das übrige Geld im Safe der Bar. Die Brieftasche des Fischers fällt mir in die Hände, und ich stecke sie in die Hosentasche. Ich durchwühle meine Klamotten, bis ich auch den Browning gefunden habe. »So, und nun laß uns Cyrus suchen«, sage ich und gebe Charles die Pistole.

Obwohl es nach wie vor in Strömen regnet, ist die Schooner Wharf überfüllt. Die offenen Seiten sind mit Plastikplanen verhängt worden, um das Wasser abzufangen. Charles und ich drängeln uns durch die dichte Menge an die Bar vor. Im hinteren Raum spielt eine Reggae-Band, zwischen dem schweren Baß-Beat kann ich einzelne Gesprächsfetzen aufschnappen. Keine Spur von Cyrus, aber ich entdecke Douglas, der schwankend auf einem Barhocker sitzt. Douglas arbeitet auch gelegentlich im Blue Ibis. Charles und ich schieben uns neben ihn.

»Douglas«, sage ich und lege eine Hand auf seine Schulter. Er sieht mich nervös und mit blutunterlaufenen Augen an.

»Allie?« fragt er und blinzelt durch die Filter seiner Trunkenheit.

»Wie geht's, Douglas?«

»Nicht gut, Al.« Douglas fummelt an einem Streichholzbriefchen herum und reißt dünne Pappstreichhölzer heraus. Selbst sturzbetrunken ist Douglas noch nervös. »Hast du irgendwas bei dir? Nur einen Krümel. Mir ist vor einer Stunde der Stoff ausgegangen. Nur ein bißchen, um mich wachzuhalten. Von mir aus auch Speed.«

»Tut mir leid, Mann. Ich habe nichts. Du weißt doch, daß ich das Zeug nicht mehr anrühre. Wir suchen Cyrus. Hast du ihn gesehen?«

Douglas schüttelt den Kopf und gibt dem Barkeeper ein Zeichen für einen weiteren Drink.

»Hey, Charles. Hey, Al. Das mit deinem alten Herrn tut mir leid.« Ken, der Barkeeper, kommt zu uns herüber. Er ignoriert Douglas und streckt mir über den Tresen seine Hand hin.

»Danke«, sage ich.

»Ich vermute, du steckst ziemlich dick in der Scheiße. Die Nachrichten haben dich zu einer echten lokalen Berühmtheit in Miami gemacht. Ich hatte nicht erwartet, dich hier unten zu sehen. Die Insel wimmelt von Bullen.« Ken nickt Charles zu. »Long time, no see, man.«

Ken hat schon hier gearbeitet, als ich noch ein kleines Mädchen war, und kennt jeden auf den Inseln. Er trägt sein obligatorisches Hawaiihemd. »Was kann ich für dich tun, Al?« fragt er.

»Wir suchen Cyrus«, erklärt Charles ihm.

»Er war vor ein paar Stunden hier.« Ken nimmt eine Flasche Budweiser aus der Kühltruhe hinter der Bar und stellt sie vor Douglas auf die Theke.

Douglas nimmt einen Schluck und knallt die Flasche auf den Tresen. »Bitte, Al. Nur ein Krümelchen.« Er packt die Ärmel meines T-Shirts, um nicht das Gleichgewicht zu verlieren. »Das mit deinem Vater tut mir leid. Ich wäre noch länger geblieben, weißt du. Ich mußte sowieso noch den Laden putzen.« Ich schiebe Douglas von mir weg.

Ken wirft ihm einen genervten Blick zu. Douglas murmelt irgendwas und legt seinen Mund direkt an mein Ohr. Sein keuchender Atem stinkt nach billigem Schnaps und Tabak.

»Ich wäre noch geblieben«, flüstert er entschuldigend.

»Und warum hast du es nicht getan?« frage ich.

Ich bin müde und will endlich meine Ruhe haben.

»Cyrus hat mir gesagt, daß ich eine Nacht freimachen soll.« Douglas klammert sich haltsuchend an die Bar. »Mir wird schlecht«, murmelt er. Und bevor ich realisieren kann, was er da eigentlich gerade gesagt hat, verschwindet er schon in der Menge und bahnt sich seinen Weg zum Klo.

»Achtung, Al.« Ken tippt mir auf den Arm und deutet mit dem Kopf zum Vordereingang. Drei Polizisten auf Fahrradstreife haben ihre Räder abgestellt und kommen durch die Menge auf uns zu.

»Scheißtypen.« Charles schnappt sich meinen Ärmel, zieht mich in die dichte Menge und schiebt mich vor sich her zum Hinterausgang. Ich greife in mein T-Shirt und lege die Hand an den Griff der Fünfundvierziger. Wir erreichen die Tür, und ich reiße sie auf. Durch den Regen sehe ich den Yachthafen und den hohen Mast des alten Piratenschiffs, das zur Bar gehört.

»Welche Richtung?« fragt Charles.

»Number One Saloon.« Die Tür hinter uns fällt zu, und wir gehen an einer Mauer entlang.

»Allie, bleib stehen!« ruft eine Stimme hinter uns aus der Dunkelheit. Ich ziehe die Walther und drehe mich um. Charles erstarrt. Einer der Polizisten hat uns verfolgt.

»Mein Gott, steck die Waffe weg. Wenn du anfängst, Bullen zu erschießen, glauben sie wirklich, daß du schuldig bist. Ich bin's, Al. Pete.«

»Pete McCarthy?« Ich lasse die Walther sinken. Pete war mein Partner beim Abschlußball auf der High-School. Er stammt aus einer Familie alter Schwarzbrenner, und sein Vater schmuggelt nach wie vor Dope aufs Festland. Sein Beruf machte ihn zum schwarzen Schaf der Familie, bis sie erkannten, wie hilfreich ein Verwandter bei der Polizei sein konnte.

»Hi, Charles.«

»Hi, Pete«, sagt Charles.

»Hör mal, Al. Ich habe dich hier nicht gesehen. Okay? Aber du mußt zusehen, daß du von der Insel verschwindest. Alle suchen nach dir.«

»Ich habe diese Leute nicht umgebracht, Pete. Ich bin reingelegt worden.«

»Das ist mir ziemlich egal, Al. Du mußt nur hier weg.« Der Regen durchnäßt Petes Jacke. »Das mit deinem Dad tut mir leid. Allen hier tut es leid.« Er dreht sich um und verschwindet wieder in der Bar.

»Vielleicht ist es besser, wenn du nicht mitkommst«, sage ich zu Charles.

»Kann sein. Aber ich komme trotzdem mit.«

Ich stecke die Walther in meine Jeans, und wir machen uns auf die Suche nach Cyrus.

Als wir aus der Duval Street in die Gasse kommen, in der die Bar liegt, ist gerade eine festliche Hochzeitsgesellschaft vor dem Number One Saloon eingetroffen. Große Männer in schrillen pinkfarbenen Brautjungfernkleidern klettern, ihre gerüschten Röcke über die nassen Pflastersteine raffend, aus einer weißen Limousine. Ein kleiner Mann in einem schwarzen Frack begrüßt jede Brautjungfer mit einem übertriebenen Kompliment: »Du siehst wunderbar aus, Darling!« oder »phantastische Perücke!« Der Number One Saloon ist schon immer die offizielle Transvestitenbar von Key West gewesen und berühmt für seine rein männlichen Hochzeitsfeiern. Außerdem ist die Bar ein Zufluchtsort für Einheimische, die sich vor der allgegenwärtigen Touristenschar retten wollen. Cyrus, mein Vater und ich sind oft hier gewesen.

Im Vergleich zu der Hochzeitsgesellschaft sind wir ziemlich mies gekleidet, aber wir folgen der Gruppe trotzdem. Der Türsteher zieht eine Braue hoch, als wir an ihm vorbeigehen. Ein großer Teil des Saloons wird von der Hochzeitsgesellschaft belegt. Ein schlaksiger Schwarzer thront, umgeben von Bewunderern, in hohen weißen Pumps und einem seidenen Hochzeitskleid mit Reifrock auf einer gepolsterten Bank. Spanische Rhythmen erfüllen den Raum. Ich entdecke Cyrus an der Bar.

»Ist es nicht einfach wunderbar?« Ein großer Schwarzer in einem wehenden babyblauen Chiffonkleid segelt auf uns zu. Er hat einen Vollbart und im Haar einen Strauß blauer Miniaturrosen. »Trinken Sie ein Glas Champagner«, sagt er und bietet uns zwei Gläser an. »Ich bin die Mutter der Braut.«

»Meinen Glückwunsch!« sagt Charles und hebt sein Glas. Der Mann dreht sich um und verschwindet in der Menge, während wir uns mit den Ellenbogen bis zur Theke durchkämpfen und uns neben Cyrus quetschen.

»Al! Gott sei Dank ist alles in Ordnung mit dir. Wie bist du hier runtergekommen?«

»Er hat mich in seinem Boot hergebracht«, erkläre ich ihm. Cyrus gleitet von seinem Barhocker und kommt mit weit ausgebreiteten Armen auf mich zu.

»Faß mich nicht an«, sage ich.

»Was ist los mit dir?«

»Wie war deine Angeltour nach Tortuga?« frage ich. »Du hast mir nie davon erzählt. Hast du viel gefangen?«

Cyrus dreht sich um und wendet sich wieder der Bar zu. »Verdammt, Al« sagt er. »Warum fragst du mich das so? Glaubst du nicht, daß ich mich schuldig genug fühle, daß ich in jener Nacht nicht hier war?« Er klopft auf die Theke, und der Barkeeper schaut ihn fragend an. »Drei Johnnie Walker, bitte.«

»Warum hast du mich angelogen?«

Cyrus schiebt ein Glas zu Charles herüber und gibt mir auch eines.

»Spül das Zeug herunter«, sagt er.

Ich nehme einen großen Schluck von dem Whiskey und wende mich Charles zu. »Du solltest besser zurück zu den Keys fahren, dann wirst du nicht so unmittelbar in Verbindung zu mir gebracht.«

»Ich fahre nicht, bevor ich nicht sicher sein kann, daß du eine Möglichkeit hast, von der Insel wegzukommen«, sagt Charles mit Nachdruck. »Ich kann dich außer Landes bringen, Al. Mein Boot wird zwar nicht mehr lange durchhalten, aber ich kann dich zumindest bis zu den Bahamas bringen.«

»Ich komme schon zurecht«, sage ich. »Es ist alles vorbereitet.«

»Falls du irgend etwas brauchst –«

»Ich weiß. Danke.«

»Wir hören voneinander.« Charles legt seine Hand auf Cyrus' Schulter, dann dreht er sich um und verschwindet in der Menge.

»Wo bist du hingegangen, nachdem du die Truppe der Kampfschwimmer in San Diego verlassen hattest?« Ich knalle das leere Whiskeyglas vor Cyrus auf die Theke.

»Ich bin mit Victor Platoon nach Soc Trang gegangen. Es liegt auf der anderen Seite von Dung Island am Bassac. Darwin war auch dort, aber nur kurz, bevor sie dann nach Chau Doc gegangen ist. Deinen Vater mußten wir in Saigon zurücklassen. Ich habe lange nichts von ihm gehört, bestimmt sieben oder acht

Monate, seitdem wir uns im Land aufhielten. Er arbeitete bei einer PRU weit draußen in der Khanh-Hoa-Provinz.«

»Und was war vor Khanh Hoa?«

Cyrus antwortet nicht und winkt statt dessen dem Barkeeper. »Wenn du ein bißchen Luft hast, mach uns noch zwei.«

Ich schüttle den Kopf. »Nicht für mich. Wo war er, bevor er nach Khanh Hoa beordert wurde?« frage ich noch einmal.

Der Barkeeper stellt Cyrus' Whiskey auf die Theke. »Wo willst du jetzt hingehen?« fragt Cyrus. »Auf den Keys kannst du nicht bleiben.«

»Er war in Chau Doc. Das hat mir Chloe erzählt.«

Cyrus sagt nichts dazu. Er nippt an seinem Whiskey und läßt dann langsam das Glas sinken.

»Du hast mich angelogen.« Meine Stimme klingt schrill und ich merke, daß mein Kopf rot wird vor Wut. »Du hast mich an Randall verraten und ihm erzählt, daß er mich bei Mark finden würde. Du warst der einzige, der überhaupt wußte, daß ich dort war. Und du hast Douglas gesagt, er solle sich in jener Nacht freinehmen, als mein Vater starb.« Ich packe Cyrus am Kragen und blicke ihm direkt in die Augen. »Erzähl mir nicht, daß du dich schließlich schuldig genug fühlst, okay? Hast du ihn selbst umgebracht oder hast du nur die nötigen Voraussetzungen für Randall geschaffen?«

Als ich von ihm ablasse, fällt Cyrus zurück und findet im letzten Moment das Gleichgewicht.

»Ich kann dir alles erklären, Al.«

»Ich habe dir vertraut. Und mein Vater hat dir auch vertraut.« Ich stoße mich von der Theke ab und drängle mich ohne Rücksicht an den Gästen vorbei zur Tür.

Draußen auf der Straße fange ich an zu rennen, aber Cyrus ist direkt hinter mir und packt mich von hinten.

»Nimm deine Finger von mir!« brülle ich ihn an.

»Es gab gewisse Vorfälle im Leben deines Vaters, Al.« Cyrus

umklammert mein Handgelenk mit unnachgiebigem Griff, sein Gesicht ist schmerzverzerrt. Er schüttelt den Kopf. »Versteh mich doch. Er wollte, daß du das mit Chau Doc niemals erfahren würdest. Ich mußte es ihm versprechen.«

»Scheiße.« Mit einem Ruck reiße ich mich von ihm los und hole die Fünfundvierziger unter meinem T-Shirt hervor. »Sag mir, was dort passiert ist.« Ich entsichere die Waffe und ziele direkt auf Cyrus' Gesicht.

»Ich habe ihn nicht getötet. Ich hätte ihn niemals verlassen, wenn ich geahnt hätte, was passieren würde. Ich habe ihn geliebt, Al.«

»Was ist in An Giang bei der PIC vorgefallen? Sie haben die Soldaten gefunden. Warum waren sie, wie es heißt, ›im Einsatz verschollen‹?«

Cyrus starrt mich an, sein Gesicht ist ganz naß vom Regen. »Es war direkt nach den Ermordungen in My Lai«, beginnt er. »Die PIC war ziemlich weit draußen. Sie waren die allerletzten dort. Aber es gab Gerüchte, die bis nach Saigon durchdrangen, daß die Männer ihr Ziel nicht erreicht hatten.«

»Was meinst du?«

»Na ja, sie sollten die Dorfbewohner einziehen, weil sie in Verdacht standen, mit den Roten und dem Vietkong zu sympathisieren. Sie sollten diese Leute befragen, sie unter Druck setzen und sie vielleicht auf die andere Seite ziehen.«

»Und?«

»Sie waren ein wenig zu eifrig. Sie haben sie in Frachtnetzen an den Hubschrauber gehängt, um auszuprobieren, bei welcher Höhe sie anfangen würden zu reden. Es war grausam, Al. Es war schlimmer als grausam.«

»Ich verstehe nicht«, sage ich.

»Nach den Anhörungen in My Lai befand sich die amerikanische Regierung in einer schlechten Position. Es sprach nicht gerade für sie, daß ihre Soldaten irgendwo im Dschungel vietnamesische Dorfbewohner terrorisieren. Das letzte, was die während des Krieges gebraucht haben, war eine weitere Anhörung. Also sind sie unter größter Geheimhaltung dorthin gegangen und haben die Männer niedergeschossen.«

Cyrus läßt seinen Kopf sinken.

»Es waren zwei Dutzend unserer eigenen Männer, Al. Und wir haben sie umgebracht.«

»Und mein Vater?«

»Er war dabei.«

»Du lügst«, sage ich, aber im selben Moment weiß ich, daß Cyrus die Wahrheit sagt. Ich lasse die Waffe sinken und schaue die Straße runter. Ich habe genug gehört.

»Bitte, Al. Laß mich dir alles erklären.« Cyrus' Stimme geht im prasselnden Regen beinahe unter.

»Es ist zu spät«, sage ich und schaue ihn noch einmal an. »Auf Wiedersehen, Cyrus.«

Die Fenster von unserem Haus in der Petronia Street sind dunkel. Unter der Veranda vor dem Haus suche ich Schutz vor dem Regen. Die eiserne Bank im Vorgarten, auf der mein Vater vor all den Jahren gesessen hat, steht immer noch da. Ich neige den Kopf zur Seite und blicke zum Balkon im ersten Stock. Ich kann Entfernungen nicht besonders gut schätzen. Über mir schmiegen sich die Wedel der Königspalmen aneinander. Wie viele Meter war er damals entfernt? Vielleicht sieben. Ich versuche zu schätzen, wie lange ich damals gebraucht hätte, um aus meinem Zimmer den dunklen Flur hinunterzugehen. Zehn, fünfzehn Sekunden. In fünfundzwanzig Sekunden wäre ich im Erdgeschoß gewesen, in dreißig im Garten bei ihm, meine kleinen Arme um seinen Hals. Aber ich hatte mich entschieden, oben zu bleiben.

Ich stehe auf und schnippe meine Zigarette in den Regen. Als ich den Schlüssel im Schloß umdrehe, höre ich das vertraute

Klicken. Ich öffne die Tür und betrete den Hausflur. Regen trommelt auf das Zinkdach. Ich gehe durch den Flur in die Küche, wo ich in einer Schublade eine Taschenlampe finde, und dann die Treppe hinauf.

Die Regentropfen am Fenster werfen ihre Schatten an die Wände. Auf dem Absatz der Treppe knipse ich die Taschenlampe an und lasse ihren Lichtstrahl über den Holzfußboden gleiten. Instinktiv bin ich auf der Suche nach dem zuckenden Schwanz eines Skorpions. Termiten huschen in eine Spalte in der Fußleiste. Ich gehe am Zimmer meines Vaters vorbei, dann am Bad und an meinem alten Zimmer.

Am Ende des Flurs führt eine schmale Falltür auf den vollgestellten Speicher. Ich zwänge mich durch die Öffnung und steige nach oben. Meine Hände sind glitschig von Regen und Schweiß. Ich streiche mir meine feuchten Haare aus der Stirn. Der Lichtkegel meiner Taschenlampe erfaßt die groben Dachbalken. Der prasselnde Regen ist hier noch lauter. Ich schaue mich auf dem Speicher um. Ein kleines Fenster am hinteren Giebel führt in den Garten. Ich ducke mich und krieche unter der Dachschräge bis zur hintersten Ecke. Im Dezember 1969, während ich eingerollt in meiner wäßrigen Hülle dem Herzschlag einer Frau lauschte, die ich nie gekannt habe, war mein Vater in Chau Doc.

Endlich finde ich die Truhe, nach der ich gesucht habe. Gespannt klappe ich den Deckel auf. Die Marke meines Vaters glänzt zwischen Papieren und Fotos. Ich hebe die Kette mit einem Finger an und teste ihr Gewicht. Unter den Orden liegt ein Stapel Briefe. Ich richte den Strahl der Taschenlampe auf die zerknitterten Bögen und erkenne die Handschrift meiner Mutter. Das Datum des 23. April 1970 springt mir entgegen.

Heute haben wir eine Tochter bekommen, beginnt der Brief. Einige der Buchstaben sind verschmiert, das L in Liebe und das A in Alison. Ich lasse den Briefbogen sinken. Vielleicht hat es damals geregnet wie heute nacht. Er hat irgendwo in der Provinz

Khanh Hoa bei Nha Trang oder Cam Ranh in einem Zelt oder unter einem Baum gesessen und gelesen, daß er Vater geworden ist.

Ich krame weiter in der Truhe und gehe einen Stapel Fotos durch, drehe sie einzeln um und lese die Beschriftung auf der Rückseite: *Cyrus und Darwin in Soc Trang, Urlaub mit Cyrus auf Hawaii, Die PRU in Khanh Hoa.* Ihr Lächeln wirkt aufgesetzt, ihre Gesichter glänzen vor Tarnfarbe. Das letzte Bild zeigt meinen Vater mit einem Asiaten. Beide Männer sind müde und tragen schmutzige Klamotten, Sandalen und etwas, das aussieht wie schwarze Pyjamas. Ich drehe das Bild um und lese den verblaßten Schriftzug. »Mit Willie Phao, Scout, Chau Doc, PRU«. Willie war also auch dort gewesen.

Ich lege das Foto weg und untersuche den Boden der Truhe. Etwas Farbiges wird sichtbar, der Körper eines Vogels, gebauschte Federn mit kleinen Augen auf der Rückseite einer Spielkarte. Ich ziehe die Karte hervor und halte ihre Vorderseite ins Licht: das umgedrehte schwarze Herz eines Pik-As und am oberen Rand eine verblichene Zeichnung eines Arms mit einem Schwert in der geballten Faust.

Ich hole die Brieftasche des Fischers hervor und ziehe die zerknitterte Karte aus dem Lederfach. Ich lege die beiden Karten nebeneinander und vergleiche die beiden Zeichnungen. Es ist dieselbe schwarze Tinte. Es geht um Verrat.

Ich fange unten im Haus meines Vaters an und arbeite mich durch die Stationen seines Alltags nach oben vor. Die Taschenlampe lege ich wieder zurück in die Küchenschublade, ich möchte alles genau spüren. Ich ziehe meine Turnschuhe aus, spüre meine nackten Füße auf dem genoppten Küchenboden und lasse meine Zehen die ausgetretenen Pfade auf dem Boden ertasten, die Spur vom Spülbecken zu den Schränken, von der Tür zum Kühlschrank. Ich streiche mit den Fingern über häufig benutzte Flächen, die tiefen Furchen im Tisch, die Rillen, die er beim Brotschneiden und Zwiebelhacken in die Arbeitsflächen gegraben hat.

Im Wohnzimmer ziehe ich die Vorhänge auf und wieder zu, drücke meine Handflächen gegen die gequollenen Ringe auf der Tischplatte, wo Kondenswasser von kalten Getränken in das Holz gedrungen ist. Ich streiche über die abgewetzten Armlehnen des Sofas, die schräge Rückenlehne, über das ins Polster gestickte Blumenmuster. Ich betaste das kalte Metall der Ersatzschlüssel auf dem Garderobentisch, die heruntergefallenen Stapel ungeöffneter Post.

Ich glaube, das Geheimnis und das Wunder des Krieges hat nur wenig mit dem physischen Überleben zu tun. Es reicht nicht, einem Stolperdraht oder einer tödlichen Kugel entwichen zu sein. Diese unfaßbare Todesnähe mag dir den Schlaf rauben oder dich schweißgebadet erschaudern lassen, doch sie ist nicht entscheidend. Das Geheimnis liegt in der Rückkehr. Das Wunder besteht darin, daß wir wieder lernen, unter anderen Menschen und mit uns selbst zu leben.

Cyrus und mein Vater konnten heimkehren, indem sie schwiegen. Sie feierten Geburtstage. Sie liebten Frauen. Sie nahmen ihren Verlust hin. Jeden Abend saß mein Vater an meinem Bett und zupfte mir das Haar aus dem Gesicht zu einem dunklen Fächer auf dem Kopfkissen. Er strich die geblümte Decke glatt und schob sie mir bis unter mein Kinn. Cyrus nähte Flicken auf die zerfransten Hände und Füße meiner Stofftiere. Sonntags morgens kam er ganz früh, machte Hafergrütze und briet Spiegeleier, die an den Rändern knackig und braun waren.

Und ich hatte nicht die geringste Ahnung davon, was sie getan hatten. Ich erinnere mich, vor ein paar Jahren in der Zeitung die Geschichte eines Mannes gelesen zu haben, der während der Apartheid Menschen gefoltert hatte. Er zog einen Jutesack über die Köpfe seiner Opfer und übergoß sie mit kaltem Salzwasser, bis sie an Atemnot litten. Irgendwann mußten sie sich übergeben und ersticken. Er hatte feste Arbeitszeiten, von neun bis fünf, und am Ende des Tages schrubbte er sich die Hände, rollte die Ärmel seines gestärkten Arbeitshemdes wieder über die Handgelenke und ging nach Hause zu seiner Frau und seinen beiden Kindern.

Haben sie mich bestaunt? Hatte mein Vater nicht vor mir gestanden, wenn ich, klein, mager, hochrot und tropfnaß von der Dusche, auf den Badezimmerfliesen stand, verwundert über diese kindliche Unschuld? Standen nicht seine Alpträume und sein ungebrochenes Schweigen immer zwischen uns? Heute kommt es mir so vor, als hätte ich es schon immer gewußt und als hätte dieses Wissen einen Schatten auf uns alle geworfen.

Ich gehe die Ereignisse der letzten Woche noch einmal im Kopf durch. Es ist, als ob ich in einer offenen Wunde stochern würde. Es begann alles ganz harmlos, als irgendein Farmer seinen Spaten in die Erde gerammt, auf Widerstand gestoßen und einen Knochen ausgegraben hat. Wer hätte davon schon Notiz genommen? Eine Handvoll Regierungsbeamter auf beiden Seiten: nämlich jene Männer, die nach den vermißten Amerikanern gesucht hatten; jemand bei der CIA, Robert Ghilchrist, der Fischer, damals David Callums Sicherheitsbeauftragter in Vietnam. Vielleicht hat er Callum aus Loyalität informiert, vielleicht hatte er auch Angst. Vielleicht gab es aber auch einen anderen Grund, den ich niemals verstehen werde.

Ich taste mich am Treppengeländer und den rissigen Wänden im Flur entlang und betrete das Zimmer meines Vaters. Sein Bett ist ungemacht, ein Haufen zerwühlter Laken, auf dem Kopfkissen noch der Abdruck seines Kopfes. Ich lege mich hin und ziehe meine Knie an die Brust.

»Wir haben unsere eigenen Männer umgebracht«, hat Cyrus gesagt. Ich versuche, meine Gedanken zu ordnen, und überlege, auf welche Fragen ich bereits eine Antwort habe. Jude Randall hatte den Befehl unterschrieben, aber das Massaker in Chau Doc war zu lange her, daß es noch jemanden interessieren könnte. Die Regierung würde ihn ohnehin decken, um sich selbst zu schützen; Randall weiß das. Nein, hier muß noch irgend etwas anderes auf dem Spiel stehen.

Randall hatte Willie Phao in Chau Doc kennengelernt, er hatte sich an dem Handel beteiligt, den Willies Vater von seiner Farm aus betrieb. Als der Krieg vorüber war, hatte er Willie und die anderen in die Vereinigten Staaten gebracht und sein eigenes Geschäft aufgebaut. Aber was hat das mit Cyrus zu tun? Randall hatte die Männer von der PRU in Vietnam angeführt. Sie werden sich also vom Krieg her gekannt haben. Aber warum sollte er jetzt Verrat an meinem Vater begehen?

Leicht verdientes Geld, darauf geht alles zurück.

Der Griff der Fünfundvierziger gräbt sich in die Haut unter meiner Brust, das Halfter scheuert am Rücken. Morgen werde ich dort eine wunde Stelle haben, rosafarbene Abdrücke auf der Haut, eine Verspannung in der Wirbelsäule von der Walther und am Knöchel einen Striemen vom Halfter der schallgedämpften Beretta. Mein Vater hatte das Fenster geöffnet, und jetzt tropft der Regen auf das Fensterbrett. Ich presse mein Gesicht in die Baumwollaken und atme seinen vertrauten Geruch ein.

Es spielt keine Rolle, wer den Abzug gedrückt hat: Jude Randall oder jemand, den er geschickt hat; vielleicht war es auch ein Teil meines Vaters, den der Krieg geschaffen hatte. Wer oder was immer es war, mein Vater war sich dessen bewußt.

Ich lausche dem stetig prasselnden Regen und dem Puls in meinen Adern. Er weiß, wo ich bin. Jetzt kann ich nur noch warten.

- 18 -

In den frühen Morgenstunden hört es endlich auf zu regnen. Ich liege auf den zerwühlten Laken, mein Körper ist angespannt, und ich spitze meine Ohren bei jedem kleinsten Geräusch, das mir fremd vorkommt. Und dann höre ich ihn. Sofort bin ich hellwach und springe aus dem Bett.

Das Haus um mich herum ächzt. Letzte dicke Regentropfen rollen von grünen Palmwedeln und platschen auf das Blechdach. Ich höre, daß unten im Haus die Fliegengittertür geöffnet wird. Jemand schleicht über die Bodendielen. Ich gehe in die Hocke und ziehe die Walther aus meiner Jeans.

Es war tiefe Nacht, als sie Chau Doc verließen. Sie folgten einem kleinen Fluß nach Norden über die Grenze. Wie viele waren sie? Mindestens ein Dutzend. Einer für jeweils zwei zu tötende Männer. Um sie herum die fremden Stimmen des Dschungels, kreischende Affen, flirrende Insekten. Die Hmong sprachen kaum, und wenn sie etwas sagten, war es in einer Sprache, die mein Vater nicht verstand, die Worte abgehackt und nasal.

Schweiß tropft von meiner Stirn. Ich nehme eine Hand von der Walther und reibe mir die Augen. Sie erkunden das Haus mit routinierter Lautlosigkeit. Jemand schleicht über den Teppich im Wohnzimmer. Ich entsichere meine Waffe.

Willie Phao, der Scout, übernahm damals die Führung und durchkämmte die Luft nach unsichtbaren Drähten. Behutsam stieg er über jede Wurzel und jeden heruntergefallenen Ast, lauschte auf jedes Knacken, spürte den leichtesten Druck auf seinen Unterschenkeln und Fußballen. Sie rutschten von einem Deich in ein Reisfeld. Schlamm saugte an ihren Knöcheln.

Das lose Brett auf der dritten Treppenstufe quietscht. Stoff raschelt an der Wand. Ich versuche, ruhig zu atmen und das Pochen in meinen Schläfen zu ignorieren.

Totale Befriedigung, dachte mein Vater und hatte Callums Befehl im Sinn. Stacheldraht hing zwischen den Türmen des Lagers. Suchscheinwerfer schwenkten über das Sumpfland. Die Männer drückten sich tiefer ins Schilf und ließen sich weiter durch die Dunkelheit treiben, hoben ihre schweren Köpfe und Lippen nur knapp über die Oberfläche.

Ich spanne meine Oberschenkel an, stemme meine Knie in die Matratze und halte die Ellenbogen starr vor die Brust.

Sie kamen über die Landebahnen, umgingen die verminten Felder, sie hatten die Position jeder Sprengladung auswendig gelernt. Die Wachtürme nahmen sie als erstes. Sie kletterten an den groben Sprossen hinauf und schnitten den Wachposten die Kehlen durch, eine Hand auf ihren Mund gepreßt, um die Todesschreie zu ersticken.

Ich spüre einen Luftzug im Flur, eine Gestalt kommt flüsternd näher. Ich lasse mich seitlich vom Bett gleiten, bis meine nackten Füße den Holzboden berühren, dann lehne ich mich mit der Schulter an die Wand neben der Tür. Ich halte den Atem an und lege meine Fingerkuppe fester auf den Abzug. Eine undeutliche Kontur taucht in der Tür auf, die Umrisse einer Waffe, ein Arm. Ich visiere ihn an, hebe die Walther und warte ab.

Mein Vater blieb unten auf dem verlassenen Hof. Er beobachtete, wie die Suchscheinwerfer erloschen und die Gestalten wieder hinunterkletterten. Er nahm sein Messer aus der Scheide und hörte den Stahl über das Leder gleiten. Er kroch in die Baracke, schlich zwischen den Reihen der Feldbetten entlang und teilte jedem Bett eine Karte zu. Körper rührten sich im Schlaf. Jemand stockte, atmete laut und schlief weiter.

Mein Körper wird von Wut und Angst erfaßt. An der Tür höre ich jemanden langsam und leise ausatmen.

Ich kann den Mann jetzt blinzeln sehen. Die weißen Halbmonde seiner Augen verschwinden, bis er fast unsichtbar ist. Seine Waffe ist auf mein Gesicht gerichtet. Seine blaß schimmernden Lippen verziehen sich zu einem angespannten Lächeln. »Allison.« Er spricht meinen Namen übertrieben deutlich aus, die drei Silben hallen in der Dunkelheit zwischen uns. »Hast du wirklich geglaubt, daß ich allein kommen würde?« fragt er höhnisch.

Aus dem Flur hört man das dumpfe Geräusch eines schallgedämpften Schusses. Die Wand neben meiner Schulter explodiert, und die schweren Schiffsplanken zerbersten in kleine Splitter. Der plötzliche Blitz erleuchtet das Zimmer, das ungemachte Bett, das offene Fenster, die leere Tür. Ich bin zu spät. Max – Randall – ist bereits wieder im düsteren Labyrinth des Hauses verschwunden.

Ich packe die Walther fester, halte sie vor meine Brust, taste mich vorsichtig aus der Tür und blicke in den leeren Flur, bis sich meine Augen an die Dunkelheit gewöhnt haben. Über den Reisfeldern war ein Halbmond aufgegangen und schien durch die Palmen. Vielleicht war es damals eine mondlose Nacht gewesen, und man hörte nur den prasselnden Regen und das rauschende Wasser in den Abflüssen. Und das dumpfe Geräusch, wenn das Messer in die Körper eindrang, das Knacken von Knochen. Ich werde nie die Einzelheiten kennen.

Mein Vater war dort. Willie Phao war dort. Und David Callum war dort, wenn nicht in Chau Doc, dann in einem staubigen kleinen Zimmer in Saigon, wo er den Lauf der Dinge bis in den Morgen hinein verfolgte.

Wie viele sind es heute nacht, frage ich mich. Ein Dutzend von ihnen könnte im Garten warten, sie könnten in den glatten, braunen Windungen des riesigen Feigenbaums hocken oder ihre Gesichter hinter riesigen Bananenblättern verbergen. Ich schiebe mir die Walther ins Kreuz und ziehe das Hosenbein über der schallgedämpften Beretta hoch. Ein zweiter, lauter Schuß würde mich verraten und wahrscheinlich das Leben kosten.

Ich stoße mich vom Türrahmen ab und schleiche über den

Flur in den hinteren Teil des Hauses, wo die beiden anderen Zimmer auf dieser Etage liegen. Meine Augen brennen, und ich blinzele gegen ein salziges Rinnsal aus Schweiß an. An der Tür zu meinem Zimmer bleibe ich stehen und schwenke mit dem Lauf der Beretta über die gegenüberliegende Wand. Nichts.

Ich versuche, mich so gut wie möglich nach allen Richtungen abzusichern, und bewege mich in großen Kreisen auf das leerstehende Zimmer zu. Sie könnten überall lauern, auf der Treppe zum Speicher, hinter der Tür des Gästezimmers oder auf der Treppe ins Erdgeschoß. Scheißkerle. Ich bewege lautlos die Lippen und fluche vor mich hin. Und dann höre ich es. Nur eine unmerkliche Bewegung direkt über mir, nicht lauter als eine Baumratte oder eine Katze, die auf dem Dach herumklettert, aber unverkennbar zögernd, menschlich. Ich drehe mich zur Speichertreppe um und vergesse dabei die geöffnete Tür des leeren Zimmers.

Zwei Hände packen mich von hinten, mir bleibt die Luft weg, als ich zu Boden gehe. Ich spüre das Gewicht und die Statur des Mannes über mir. Es ist nicht Randall, sondern jemand, der größer und schlanker ist. Als unsere Körper auf dem Boden aufprallen, löst der Mann seinen Griff für den Bruchteil einer Sekunde, und ich reiße den Ellenbogen hoch und ramme ihn gegen sein spitzes Schlüsselbein. Er bäumt sich auf, und ich rolle mich auf den Rücken. Gleichzeitig versuche ich mit den Fingern meiner rechten Hand an den Abzug der Beretta zu kommen.

»Du kleines Miststück«, keucht die Stimme des Mannes in der Dunkelheit. Seine Faust trifft meine linke Gesichtshälfte, mein Kopf wird zur Seite gerissen, und ich verliere für einen Moment die Orientierung. Ich höre ein lautes Klicken über mir, das mechanische Geräusch einer Waffe, die entsichert wird. Ich taste mit der Kuppe meines Zeigefingers nach dem Abzug der Beretta und drücke ab. Der Mann wird nach hinten geschleudert, meine Beine sind wieder frei. Er packt sich mit der linken Hand an die rechte Schulter. Seine Waffe rutscht über den Fußboden und knallt gegen die Fußleiste. »Miststück«, stößt er noch einmal hervor. Ich drücke mich vom Boden ab und versuche, ihn anzuvisieren. Er kriecht auf die offene Tür zu, ich taxiere die Länge seines Körpers und ziele auf seine Schulter.

»Wie viele?« flüstere ich. Ich mache zwei Schritte nach vorn, trete mit der Ferse auf seine unverletzte Hand und presse den Lauf der Beretta gegen den Baumwollstoff seines Hemdes. »So wie es jetzt aussieht, wirst du überleben. Zwing mich nicht, ein zweites Mal auf dich zu schießen«, erkläre ich ihm. »Wie viele seid ihr?«

Er versucht seine Hand unter meinem Fuß wegzuziehen, und ich schlage mit der Beretta hart gegen seine verwundete Schulter. Sein Körper bebt vor Schmerz. Ich beuge mich ganz nah zu ihm hinunter. »Ich höre«, sage ich.

»Noch zwei Mann draußen«, würgt er schwer atmend.

»Wo ist Randall?« zische ich ihm ins Ohr.

Er weist mit dem Kopf zur Decke, zum Boden des Speichers.

»Danke«, sage ich. Ich lasse seine Hand los und schlage ein weiteres Mal mit der Waffe zu, diesmal gegen seinen Schädel. Seine Knie geben nach, und er bricht zusammen.

Ich lehne mich an die Wand und versuche zu Atem zu kommen und mir irgendeinen Plan zurechtzulegen. Zwei Mann draußen, sage ich mir, und Randall irgendwo oben. Es wäre vollkommen zwecklos, es über die Treppe zu versuchen. In dem engen Durchgang wäre ich gefangen wie eine Ratte im Labyrinth, so gut wie tot, bevor ich auch nur halb oben bin. Ich schließe die Augen und stelle mir den Grundriß des Hauses und den Garten vor. Zwei Männer draußen heißt vermutlich, einer an der Vorder- und einer an der Hintertür. Ich könnte problemlos aus einem der Fenster im Erdgeschoß klettern, doch das wäre wahrscheinlich nutzlos. Der Garten wird von einem hohen Zaun begrenzt, der an der gesamten Länge des Hauses entlangläuft. Ich wäre also im Garten gefangen, die einzigen Wege nach draußen sind die Tore vor und hinter dem Haus. Außerdem ist der Zaun weiß getüncht und ein gutes Stück höher als ich. Wenn ich versuchen würde mich hinüberzuhangeln, wäre ich vor dem weißen Hintergrund ein einfaches Ziel.

Ich öffne die Augen und blinzele gegen den Schweiß an. Durch die Tür meines alten Zimmers kann ich das Fenster zum Garten sehen. Bald wird die Sonne aufgehen, der Himmel ist schon eine Spur heller geworden. Ich schleiche mich durch den Flur ins Zimmer meines Vaters auf das offene Fenster zu. Ich schiebe die Beretta in meine Jeans und lege meine Hände auf das nasse Holz der Fensterbank und klettere hinaus. Meine Zehen tasten haltsuchend über das glatte Zinkblech.

Auf der Fenstergaube finde ich festen Stand und blicke nach oben. Im unteren Teil ist das Dach flacher, gut drei Meter über mir steigt es dann zum Giebel hin steil an. Das Zinkblech ist vom Regen naß und glitschig. Ich taste mich behutsam vorwärts und muß höllisch aufpassen, daß ich nicht abrutsche. Als ich den Anstieg der Dachfläche spüre, mache ich eine Pause. Der Speicher hat auf den beiden spitzen Giebelseiten des Daches jeweils ein Fenster. Ich lehne mich mit dem Rücken an den Giebel und taste mich zur Rückseite des Hauses vor.

Aus dieser Höhe kann ich über die Zinkdächer hinweg bis zum tiefschwarzen Golf sehen. Am Mallory Pier hat ein schwerfälliges Kreuzfahrtschiff festgemacht. Eine festliche weiße Lichterkette funkelt an Deck. Im Norden sieht man das baumlose Rechteck des alten Friedhofs. Hinter mir erheben sich das La Concha Hotel und die beiden Türme der alten Kathedrale über der Duval Street.

Als ich das Ende des Giebels erreicht habe, greife ich nach der Beretta. Ich knie mich hin, lasse mich vorsichtig auf den Bauch gleiten und robbe auf den Ellenbogen zu dem Speicherfenster. Zuerst sehe ich ihn nicht. Durch das regennasse Glas wirkt der

Speicher stockdunkel. Nur langsam treten Randalls Umrisse hervor. Er hockt mit dem Rücken zu mir wie eine hungrige Spinne über der Treppe. Er hebt die rechte Hand, um sich ein paar Strähnen aus dem Gesicht zu streichen, und ich kann die Konturen seiner Waffe erkennen, die schwer in seiner Hand liegt.

Mein Plan kommt mir hier oben auf dem Dach wahnwitziger vor als unten im Haus, als ich in Panik versetzt war: Ich muß Randall überraschen und werde hoffentlich einen gezielten Schuß abfeuern, bevor er Zeit hat, sich zu sammeln. Ich klemme die Beretta neben meinen Bauch in eine Vertiefung in dem Zinkblech und stelle mich auf die Zehenspitzen. Mit den Fingern drücke ich gegen den verwitterten Rahmen und beginne behutsam, das Fenster nach oben zu schieben.

Ein paar Zentimeter reichen mir, um einen sauberen Schuß anzusetzen. Ich arbeite langsam, den Blick die ganze Zeit auf Randall gerichtet, weil ich weiß, daß mich jedes leiseste Quietschen oder Ächzen verraten wird. Das Fenster läßt sich etwa eineinhalb Zentimeter bewegen, dann klemmt es. Ich lasse die Hände sinken und stütze sie auf das Außensims. Ich drücke die Lippen auf das Metall und stütze meinen Kopf ab, um meine Zehenspitzen zu entlasten. Irgendwo auf der Insel heult eine Sirene. Ein Wagen fährt auf der Straße vor dem Haus vorbei. Die Insel ist dem Tageslicht ein Stück näher gerückt, die ersten ockerfarbenen Ränder der Dämmerung sind sichtbar. Ich atme zweimal tief durch und strecke die Hände wieder nach dem Fensterrahmen aus.

Plötzlich ist auf dem Giebel über mir ein dumpfer Aufprall und ein lautes Trippeln zu hören. Bloß eine Ratte, denke ich, doch durch die schmutzige Scheibe sehe ich, daß Randall sich aus der Hocke erhebt und zur Mitte des Speichers geht. Mit ausgestreckten Armen hält er die Waffe gegen die Decke. Da streift meine Hüfte die Beretta, und die Waffe rutscht mit einem gefährlich lauten Klappern über das wellige Blech.

Meine Hand schnellt vor und erwischt gerade noch den Griff der Waffe. Verdammter Mist. Den Lärm hätte auch ein Tauber auf eine Meile Entfernung gehört. Ich packe die Waffe und drehe mich auf den Rücken, weg vom Fenster. Im nächsten Moment bin ich auf den Beinen und taste mich an dem Giebel entlang. Ich ziehe die Beretta in Kopfhöhe, gehe tief in die Hocke und stütze mich mit der freien Hand auf der flacheren Dachschräge ab.

Das Fenster wird geöffnet, ich höre das Knirschen von Holz auf Holz, dann ist es totenstill. Ich verlagere das Gewicht auf meinen Oberschenkeln und versuche, ruhig zu atmen. Die Muskeln in meinen Beinen brennen. Einundzwanzig, zweiundzwanzig, dreiund... Ich zähle die Sekunden und schätze den Abstand bis zum Boden. Ich würde einen Sturz in den Garten wohl überleben, aber bestimmt nicht unverletzt. Und wenn ich bei der Landung lahmgelegt würde, wäre ich ein leichtes Ziel für die beiden da unten.

Man hört ein dumpfes Geräusch auf der anderen Seite des Giebels, als ob sich das Blech unter einem Gewicht zusammenzieht. Ich beginne mich rückwärts an dem Dach entlangzutasten. Wieder hallt ein Geräusch durch die Dunkelheit, eine weiche Schuhsohle, die sich auf der Schräge abstützt. Ich spanne die Arme an, halte die Beretta direkt vor mein Gesicht und visiere mit dem Lauf die Giebelkante an.

Randalls Hand taucht zuerst auf, die Mündung seiner Waffe hebt sich deutlich gegen die Färbung des Himmels ab. Ich atme kurz aus, ziele auf den Griff von Randalls Waffe und drücke ab. Er heult laut auf, und die Waffe segelt durch die Luft, rutscht die gesamte Dachschräge nach unten und schließlich ganz auf den Boden. Randall taumelt und bemüht sich, mit seinem gedrungenen Körper das Gleichgewicht zu wahren. Er sinkt auf die Knie, rollt sich ab und findet mit einem Fuß an der Dachrinne Halt. Ich habe seine linke Hand getroffen. Randall zieht die Knie an die Brust und stöhnt vor Schmerzen.

Ich taste mich am Dach entlang, wobei ich mich mit der linken Hand abstütze und mit der rechten die Beretta starr vor mich halte. Inzwischen haben uns die beiden anderen garantiert gehört. Mir bleibt nicht viel Zeit. Bald werden sie im Haus sein und nach einem Weg auf das Dach suchen. Randall blickt zu mir auf, seine Miene reglos, seine Lippen grimmig zusammengepreßt. Ich mache einen Schritt auf ihn zu. Mit einem kräftigen Tritt könnte ich ihn hinunterstoßen.

Plötzlich packt Randall mit seiner gesunden Hand meinen Knöchel und zieht mir den Fuß weg. Mein Knie schlägt auf das Blech, ich stürze vorn über in Richtung Dachkante. Ich reiße meinen Körper herum und bemühe mich, das Gleichgewicht zu halten. Sein Griff ist eisern, seine Finger graben sich in den Stoff meiner Jeans. Ich feuere die Beretta blind ab. Der Schuß trifft nur das Dach. Ich schieße erneut und versuche dabei auf Randall zu zielen. Ich überlege, wie viele Schüsse ich noch in dem Clip übrig habe. Wenn ich mich nicht irre, noch zwei. Der Griff um meinen Knöchel lockert sich, und ich taumele rückwärts, so daß meine Schulter an der steilen Dachschräge entlangscheuert.

Plötzlich sehe ich ihn neben mir, sein ausdrucksloses Gesicht ist zum Himmel gewandt. Unter seinem Kopf bildet sich eine Blutlache. Ich richte mich auf und beuge mich über Randalls reglose Gestalt. Ich hebe seinen Kopf und streiche durch sein verfilztes Haar, bis ich das Loch finde. Blut sickert über meine Arme. Er hätte mich umgebracht, denke ich. Er hätte keine Ruhe gegeben, bis ich tot gewesen wäre. Ich wende mich ab, taste mich zu dem geöffneten Speicherfenster vor und folge den verschmierten Spuren auf dem Zinkblech.

Noch zwei weitere, sage ich mir. Der eine, dem ich eben begegnet bin, ist wahrscheinlich noch bewußtlos. Ich habe schon Typen außer Gefecht gesetzt, die doppelt so groß waren wie er. Vor dem Fenster bleibe ich stehen und tausche die Beretta gegen die Walther. Als ich mich vergewissert habe, daß der Speicher leer ist, klettere ich über die Fensterbank ins Haus.

Der erste ist kein Problem. Ich kann sie unter mir hören, ihre Schritte unterscheiden sich deutlich voneinander. Einer von ihnen bleibt an der Speichertreppe stehen, und ich lausche dem zögerlichen Geraschel und Atmen an der offenen Tür. Ich durchquere den Speicher und mache gerade genug Lärm, um mich bemerkbar zu machen, bevor ich mich mit Blick auf das Loch im Boden, wo die Treppe endet, in der gegenüberliegenden Ecke verschanze.

Er kommt langsam nach oben und schwenkt die Waffe in alle Richtungen. Sein Atem geht schwer, und selbst auf diese Entfernung kann ich seinen Schweiß riechen und seine Angst. Ich warte, bis ich seinen ganzen Körper im Visier habe. Ich ziele über den Lauf der Walther direkt auf die Stelle oberhalb seines Knies und drücke ab. Der Mann schreit auf und schwankt, bis schließlich seine Beine nachgeben.

»Verdammte Scheiße«, stöhnt er. Ich gehe zu ihm und nehme ihm die Waffe aus der Hand. Er hat die Augen vor Schmerz zusammengekniffen und greift mit der freien Hand nach seinem Bein.

»Randall ist tot«, erkläre ich ihm und werfe seine Waffe in eine dunkle Ecke des Speichers. »Du hast Glück gehabt. Du wirst überleben.« Ich hake meine Arme unter seine Schultern. »Und jetzt steh auf«, sage ich. »Du wirst mir helfen, hier rauszukommen.«

»Geh zum Teufel«, keucht der Mann. Sein Mund ist trocken, und sein Atem riecht nach Krankheit und Verfall.

»Los!« sage ich und zerre ihn hoch. Er stützt sich fluchend auf sein gesundes Bein. Ich drücke seinen Rücken gegen meinen Bauch und manövriere ihn die Treppe hinunter, während ich den Lauf der Walther gegen seinen Hinterkopf drücke. »Wir gehen jetzt da runter«, zische ich ihm ins Ohr. »Ein Wort, und du bist tot. Kapiert?«

Der Mann nickt. Er stemmt seinen Körper gegen meinen und macht den ersten Schritt. Ich lausche angestrengt in die Stille des Hauses unter mir und versuche den leisesten Laut auszumachen, irgendwas, das den zweiten Mann verraten könnte. Nichts.

»Weiter«, sage ich. Der Mann macht einen weiteren Schritt, als ich ihm den Lauf der Walther in den Nacken stoße. »Wo steckt er, verdammt noch mal?« flüstere ich, laut denkend.

Und dann höre ich etwas.

Eine Bodendiele im Speicher über uns quietscht laut, und ich reiße den Kopf und mit ihm den verletzten Mann herum. Ich entdecke eine Gestalt, die scheinbar über das Dach durch das offene Fenster gekommen ist. Mündungsfeuer blitzt auf. »Das Miststück hat mich erwischt«, brüllt der Mann vor mir, mit Panik in der Stimme. »Nicht schießen!«

Ich ducke mich in den Gang und lehne mich an die Wand, wobei ich den Mann weiter an meine Brust drücke. Von hier aus schieße ich auf den zweiten Mann. Er muß wie ich aus einem Fenster im Erdgeschoß und weiter aufs Dach geklettert sein. Er erwidert das Feuer, doch gleichzeitig höre ich seine Schritte direkt über mir.

Ich verlagere mein Gewicht, ohne meinen lebendigen Schutzschild aufzugeben, und ramme die Walther in seinen Nacken. »Gehen wir«, sage ich. »Haben sie dir nicht erzählt, wie gefährlich ich bin?«

Ich drücke mich mit dem Rücken an die Wand, und gemeinsam steigen wir die Treppe hinunter. Der Ärmel meines T-Shirts ist blutverklebt. »O Gott«, stöhnt der verletzte Mann, als wir uns dem Absatz nähern. »Ich muß mich übergeben. Ich schubse ihn die letzten paar Stufen hinunter. Als wir beide außer Schußweite sind, stoße ich ihn beiseite. Er knallt auf den Boden, und sein Magen bebt sichtbar. Schwere Schritte laufen vom Rand des Speichers zur Treppe. Die Luft ist sauer von Blut- und Gallegestank.

Ich nehme die Walther in die linke Hand und feuere ins Treppenhaus. Mit der rechten Hand zerre ich mein feuchtes T-Shirt über meinen Bauch und ziehe blitzschnell die Fünfundvierziger aus dem Halfter. Ich ballere auf die Stufen und durchlöchere das Holz mit beiden Pistolen. Ohne das Feuer zu unterbrechen, taste ich mich, die Hüfte an das Geländer gelehnt, ins Erdgeschoß.

Im Erdgeschoß nehme ich die Schlüssel meines Vaters vom Garderobentisch und reiße die Tür weit auf. Meine Füße berühren die rissigen Verandabretter. Ich renne die Stufen hinunter in den feuchen Vorgarten, den Blick stur auf den Weg gerichtet, ich wage es nicht, mich umzudrehen. So schnell ich nur kann, renne ich über die Straße und dann durch Gärten und Gassen zur Bar meines Vaters.

In meinen Ohren hallt noch der Schußwechsel, als ich auf die Reihe der stillen Häuser blicke, die die Straße säumen. Es müßte längst das Heulen der Sirenen zu hören sein. Irgend jemand muß uns gehört haben. Meine nackten Füße klatschen auf das Pflaster. Ich nehme den von Unkraut überwucherten Weg hinter dem alten Friedhof, biege auf die William Street und halte mich in westlicher Richtung. Irgend jemand muß uns gehört und die Polizei alarmiert haben. Ich atme die salzige Luft ein und staune über die morgendliche Stille. Ich schleiche mich hinter der Bibliothek entlang auf die Margaret Street. Jetzt wird mir wieder klar, wo ich bin. Natürlich wird es keine Bullen und heulenden Sirenen geben. Ich bin in einer Stadt von Verbrechern, wo man in Drogenverfahren kein Geschworenengericht einberufen kann, weil kein Mensch unparteiisch wäre, wo die Nachbarn beim Geräusch von Schüsseln die Jalousien herunterlassen und der Bulle, der dich verhaften will, dein Partner beim Abschlußball auf der High-School war. Niemand wird anrufen. Niemand wird etwas gehört haben. Ich bin zu Hause.

- 19 -

Erst als ich die zerbrochenen Austernschalen unter meinen Füßen spüre, die den Parkplatz des Blue Ibis säumen, höre ich auf zu rennen. Kleine Wellen kräuseln sich im Yachthafen. Ein einsamer Pelikan watschelt an den Anlegeplätzen der Yachten und Fischerboote entlang. Die Flossen des Vogels platschen auf die Planken. Ich lasse den Blick über den Parkplatz schweifen, bis ich den roten Toyota Pick-up meines Vaters entdecke, den ich gestern auf einem Stellplatz in der Nähe der Docks gesehen habe. Vorsichtig schleiche ich um die Bar, vorbei an Cyrus' Boot und öffne den kleinen Werkzeugschuppen direkt neben dem Gebäude. Ich ziehe an der Kette für die Deckenlampe und fange an durch das Gewühl aus Ankerseilen, verstaubten Schwimmgürteln, Kisten mit Leuchtkugeln und Dosen mit Farbe und Epoxydharz zu wühlen. Endlich finde ich auf einem hohen Regal im hinteren Teil des Schuppens meine Tauchausrüstung. Ich muß zweimal gehen, um Atemgerät, Flossen, Maske und Schnorchel sowie zwei zusätzliche Sauerstoffflaschen und meine Rettungs- und Tarierweste auf der Ladefläche des Toyota zu verstauen. Ich arbeite schnell und gehe dann zu der Bar.

An dem Schlüsselbund, den ich aus dem Haus mitgenommen habe, hängt der Ersatzschlüssel. Im Lokal sind alle Stühle umgekehrt auf den Tischen gestapelt, ich gehe an ihnen vorbei ins Büro. Ich stelle die Kombination des Tresors ein und nehme das Geld, die Papiere und die Diskette heraus. Das Bild von meinem Vater stecke ich in Helens Paß. Durch das Fenster sehe ich die ersten Sonnenstrahlen auf die Bucht fallen. Der Pelikan erhebt sich gerade in die Luft.

Ich gehe zurück durch die Bar und steige in den Pick-up. Ich nehme die Palm Avenue Bridge, folge dem North Roosevelt Boulevard entlang der Garrison-Bucht und fahre weiter über den

Damm nach Stock Island zu Cyrus' Haus. Meine Tauchausrüstung klappert auf der Ladefläche.

Ein Hahn mit geschwelltem Kamm scharrt in dem feuchten Lehmboden vor Cyrus' Haus und wirbelt kleine Kiesel auf. Ich biege in die Auffahrt und stelle den Motor ab. Das dunstige Licht der Morgensonne fällt durch die Blätter der Bäume, sie sind noch naß vom Regen der vergangenen Nacht.

»Cyrus!« rufe ich und steige vorbei an dem verlausten Geldbaum die Verandatreppe hoch. Ich klopfe einmal an die Fliegengittertür und betrete das Haus, ohne eine Antwort abzuwarten.

Über mir quietscht ein Deckenventilator. Ein Gecko kämpft sich an einem Fenster hoch, seine winzigen Füße schaben über die Jalousie. Ich gehe durch den Flur in die Küche.

Dort sitzt Cyrus an einem Tisch aus Glas und Eisen, vor sich eine Tasse Kaffee. Durch die offene Hintertür sieht man die Mangroven und Platanen, die das Ende des Gartens säumen, dahinter erstreckt sich das Meer bis zum Horizont. Ich ziehe die beiden Spielkarten aus der Tasche und knalle sie auf den Tisch.

»Ich möchte, daß du mir alles von Anfang an erzählst. Wie lange arbeitest du schon für Randall?« frage ich ihn fordernd.

Cyrus sagt nichts. Er starrt auf die schwarzen Asse. Ich setze mich ihm gegenüber. Unter meinen Fingernägeln klebt getrocknetes Blut. Während ich mir eine Zigarette anzünde, nehme ich die Walther aus dem Hosenbund und lege sie in meinen Schoß. Durch die fleckige Glasplatte des Tisches kann ich die feuchten Blätter auf dem Verandaboden sehen.

»Dort hat alles angefangen, stimmt's?«

Er schüttelt den Kopf. »Ich habe ihn in Vietnam kennengelernt. Alle Einsatzleiter kannten ihn. Aber er trat erst nach dem Krieg mit mir in Kontakt. Ich lebte gerade bei meiner Mutter in Jacksonville und habe dort als Türsteher in einer Bar gearbeitet. Er rief an und behauptete, er wolle mir ein geschäftliches Angebot machen. Du mußt dir vorstellen, was das für uns Heimkehrer bedeutete, Al. Ich wäre mit der Marine einfach nicht mehr klargekommen; ich hatte kein Vertrauen mehr.«

»Also hast du für Randall gearbeitet?«

»Ich habe nicht wirklich für ihn gearbeitet. Er besorgte mir hier unten einen Job.«

»Was denn für einen?«

»Er hat mir die Bar gekauft, das Blue Ibis. Er gab mir eine Menge Geld, um hier etwas aufzubauen.»

»Und was hat er dafür verlangt?«

»Als Gegenleistung nutzte er das Blue Ibis als Umschlagplatz für seine Erträge.«

»Du hast Geld für ihn gewaschen?«

Cyrus nickt und erhebt sich von seinem Stuhl, um mir einen Kaffee einzuschenken.

»Seit wann hast du schon nicht mehr geschlafen, Alison?« fragt er und reicht mir die Tasse.

»Wußte mein Vater davon?«

»Er hatte mir erzählt, was bei der PIC vorgefallen war. Das ging damals auf Randalls Kappe, und dein Vater haßte ihn dafür. Als ihr beiden dann damals zu mir gekommen seid, konnte ich es ihm nicht erzählen.«

»Also hast du die ganze Buchhaltung alleine gemacht.«

Cyrus zuckt mit den Schultern. »Er war daran nicht interessiert.«

»Hat sich ziemlich gut ergeben für dich.« Ich schnippe meine Zigarette in den Garten und trinke einen Schluck Kaffee.

»Dein Vater und ich waren Schmuggler. Es fiel kaum auf, daß wir noch ein paar mehr illegale Dollar verschwinden ließen. Ohne Randall hätten wir niemals die Bar halten könnten.«

Irgendwo draußen kräht ein Hahn, und ich schaue zum Garten hinaus in Richtung Meer. »Ich habe ihn getötet«, sage ich.

»Wen?«

»Randall. Er ist letzte Nacht zu unserem Haus gekommen, und ich habe ihn umgebracht. Woher wußte er von dieser Diskette?«

Cyrus trommelt mit seinen Fingern nervös auf der Tischplatte herum. »O mein Gott, Al«, murmelt er.

»Callum hat nach mir gesucht, und deshalb hat er Joey angerufen. Woher hat er gewußt, daß er mich über ihn engagieren könnte?«

»Eine Nacht bevor dein Vater starb, ist er mit Callum durch die Bars gezogen. Nachdem ich den Laden dichtgemacht hatte, kam er zu mir und holte mich aus dem Bett. Er hörte überhaupt nicht auf zu reden, erzählte von irgendwelchen Informationen, die Callum über Randall hätte. Er sagte auch, daß er dich da mit reingezogen habe, weil er ihm Joeys Nummer gegeben habe. Er erwähnte Chau Doc oder die PIC mit keinem Wort, redete nur wirres Zeug. Ich habe versucht, ihn auszufragen, aber er war total betrunken. Du kennst das ja.«

Cyrus schaut mich an, und ich nicke. »Ich kenne es«, sage ich. »Also hast du Randall angerufen?«

»Ich mußte es tun. Dein Vater hatte ja keine Ahnung, aber wir verdienten an Randall eine Menge Geld, das wir bitter nötig hatten. Wir hätten uns endlich zur Ruhe setzen können, Al. Wir hatten bisher das Glück gehabt, nicht verhaftet oder ermordet worden zu sein. Ich hatte mir ein schöneres Leben für uns alle gewünscht. Verstehst du das, Al?«

Ich nicke matt. »Ja, Cyrus. Das verstehe ich.«

Cyrus fährt fort. »Ich habe also Randall angerufen, um ihm den Hinweis zu geben, daß irgend etwas im Gange ist.«

»Und du hast ihm auch gesagt, daß ich mit der Sache zu tun habe.«

»Nein, Al.«

»Er wußte, daß ich bei Mark bin. Und er wußte, daß er mich über Joey erreichen würde. Ich bin nicht dumm, Cyrus. Du hast es ihm erzählt.«

Cyrus stützt sich auf dem Tisch ab und rauft sich die Haare, feine Staubkörnchen werden im grellen Sonnenlicht sichtbar.

»Ich wußte nicht, daß sie ihn ermorden würden«, sagt er. »So wie bei deinem Vater. Randall sagte mir, daß ich verschwinden solle, weil er ein bißchen Zeit bräuchte, um mit ihm zu reden. Er fragte mich nach Joeys Nummer und wo du wohl Unterschlupf suchen würdest. Daß dir etwas zustößt, war das allerletzte, was ich gewollt hätte. Ich hatte keine Ahnung, daß alles so schieflaufen würde.«

»Also hatte Randall überhaupt keine Ahnung, was auf der Diskette ist? Er dachte nur, daß Callum seine Geschäfte aufdecken würde.«

Cyrus nickt.

»Du hättest den Abzug gleich selbst drücken können«, sage ich.

Eine Weile sagt keiner von uns etwas, es herrscht eine bedrückende Stille. Cyrus rutscht auf seinem Stuhl herum.

»Du haßt mich, Al«, stößt Cyrus schließlich hervor. »Es ist dein gutes Recht.«

»Was ist mit Callum?« frage ich. »Nach all den Jahren ruft er einfach meinen Vater an und weiß, daß ich als Kurier arbeite?«

Cyrus greift nach seiner Kaffeetasse und trinkt einen Schluck. Er wischt mit dem Finger über einen kleinen Fleck auf der gläsernen Tischplatte. Die Haut seiner Hände ist dunkel, seine Fingerknöchel rissig und vom Wetter gegerbt.

»Weißt du noch, wie du vor ein paar Jahren angefangen hast, für Joey zu arbeiten? Du wurdest in Louisiana wegen irgendeiner blöden Geschwindigkeitsübertretung angehalten.« Cyrus stellt die Tasse ab, sieht mich an und zieht eine Augenbraue nach oben. »Erinnerst du dich?«

Ich nicke. »Ja. Es war in der Nähe von Baton Rouge.«

»Was, glaubst du, ist damals passiert, Al?«

»Ich weiß es nicht.« Ich knibble eine Blutkruste von meinem Oberarm. »Ich habe angenommen, daß mein Kunde ziemlich wichtig ist. Ich dachte, eine der interessierten Parteien hätte interveniert. So was passiert doch dauernd.«

»Wen hast du angerufen, als sie dich eingebuchtet haben?«

»Ich habe hier angerufen, das weißt du. Ich habe mit meinem Vater geredet, weil ich dachte, daß ich einen Anwalt brauchen würde.«

»Hast du dir nie überlegt, daß diese ›interessierten Parteien‹, wie du sie nennst, ziemlich schnell Wind von der Sache bekommen haben? Glaubst du, deine Freiheit wäre ihnen oder Joey so wichtig gewesen?«

»Ich weiß nicht, was damals in mir vorging. Ich dachte wohl, die Drogen wären wichtig. Ich dachte, ich würde im Kofferraum meines Wagens eine Megaladung wertvollen Kokains transportieren. Hör zu, Cyrus«, sage ich mit wachsender Verärgerung, »ich will nicht darüber reden, was in dem beschissenen Baton Rouge passiert ist. Ich will wissen, warum David Callum mich engagiert hat.«

»Verstehst du denn nicht, Al? Er ist derjenige, der dich in jener Nacht rausgeholt hat. Dein Vater hat ihn darum gebeten. Er hat ihn gefragt, ob er ein paar Fäden für dich ziehen könnte. Er wollte nicht, daß du die nächsten zehn Jahre im Knast verbringst. Callum muß hochrangige Leute gekannt haben, denn ein paar Stunden nachdem dein Vater mit ihm gesprochen hatte, rief Callum zurück und sagte, du würdest am nächsten Morgen freigelassen.«

»Und als er einen Kurier für die Diskette brauchte, hat er an mich gedacht?«

Cyrus sieht mir fest in die Augen. »Niemand tut dir einen Gefallen, ohne eine Gegenleistung zu erwarten«, sagt er kopfschüttelnd.

Ich zünde mir eine Zigarette an und lehne mich in meinem

Stuhl zurück, während ich auf das endlose Blau des Wassers schaue. »Ich brauche das Boot«, erkläre ich ihm.

»Es liegt hinter der Bar«, sagt Cyrus.

»Nein, nicht deines, das von meinem Vater.« Ich weise mit dem Kopf in Richtung Garten, wo das Boot aufgedockt liegt.

»Du weißt doch, daß es im Wasser nicht länger als ein paar Stunden durchhalten würde. Er hat den Riß im Rumpf nie geflickt.«

»Ich weiß. Aber das Funkgerät funktioniert noch, richtig?«

Cyrus nickt.

»Gut, und ich brauche den Kompressor. Sauerstoffflaschen und meine Ausrüstung habe ich mitgebracht.«

Cyrus runzelt die Stirn. »Was zum Teufel hast du vor, Al?«

Bis alles fertig ist, ist es früher Nachmittag. Mit seinem Pickup läßt Cyrus den Bootsanhänger langsam ins Wasser. Ich wate über die rutschige Rampe und halte die Bugleine. Das Wasser schwappt mir bis zu den Knien. Ein paar Krebse gleiten über den sandigen Grund. Der Rumpf klatscht auf dem Wasser auf, und das Boot schwimmt frei. Ich zerre an der Leine und vertäue das Boot am Steg, während Cyrus wieder aus seinem Wagen steigt.

»Verrätst du mir wenigstens, wo du hingehen wirst?« fragt er.

Ich antworte nicht. Ein Krabbenkutter erscheint am Horizont, seine Netze sehen aus wie die gespannten Flügel eines Schmetterlings.

Cyrus schüttelt resigniert den Kopf. »Ich habe etwas für dich.«

Er dreht sich um und geht durch den Garten zurück ins Haus, und in der Zwischenzeit verstaue ich meine Taucherausrüstung im Boot.

»Das nimmst du besser mit«, ruft Cyrus, als er, einen Karton im Arm, wieder aus dem Haus kommt.

»Ich liebe dich wie meine eigene Tochter, Al«, sagt er und gibt mir den Karton.

Als ich den Deckel abhebe, sehe ich die Urne meines Vaters.

»Er wollte, daß du niemals etwas über Chau Doc und die anderen Dinge, die im Krieg passiert sind, erfährst«, sagt Cyrus. »Es war seine größte Angst, daß du ihn nicht mehr lieben würdest, wenn du das alles über ihn weißt.«

Ich klemme den Karton unter den Arm und lehne mich gegen den Pick-up.

»Als ich mit Darwin in Soc Trang war, wurde unser Team für eine Mission abkommandiert, in ein kleines Dorf direkt am Fluß. Wir wurden von einem Kanonenboot am Ufer rausgelassen und mußten den Rest der Strecke zu Fuß überwinden. Es war mitten in der Nacht, wir hatten Informationen, daß sich in einer der Unterkünfte in diesem Dorf ein hohes Tier, ein Vietkong, aufhalten würde. Wir wußten sogar, in welcher Ecke des Raumes und in welchem Bett er schläft.

Es war stockdunkel in der Hütte, und als ich den Vietkong berührte, wußte ich sofort, daß irgend etwas nicht stimmte. Darwin wußte es auch. Aber ich hielt dem Vietkong den Mund zu, und Greg, unser Kumpel, stieß ihm das Messer direkt in die Brust. Meine Hand rutschte ab, und der Vietkong stöhnte leise. Alles ging ganz leise vonstatten. Und dann hörte ich Darwins Stimme in der Dunkelheit. ›Scheiße, mein Gott! Es ist ein Mädchen, ein kleines Mädchen, verdammt noch mal‹, flüsterte sie.

Meine Hand rutschte von ihrem Mund über ihre Brüste, und da merkte ich, daß Darwin recht hatte. Darwin flüsterte immer noch ›Jesus, Jesus, Jesus.‹ Verstehst du, Al? Wir waren falsch instruiert worden, wir haben keinen Vietkongführer ermordet, sondern ein vierzehnjähriges Mädchen.«

Ich schirme meine Augen gegen die Sonne ab und halte nach dem Fischkutter Ausschau.

»Es war so dunkel«, flüstert Cyrus. »Immer. Und wir hatten andauernd Angst. Es ist die Art, wie ein kleines Mädchen schläft, auch du hast dich so zusammengerollt. Ich habe dich manchmal auf dem Boot beobachtet, wie du die Wange an die kleine Faust geschmiegt hast und deinen Rücken gekrümmt hast. Und ich habe deinen leichten Atem gehört. Ein Kind ist so unverwechselbar und lebendig.«

Mein Vater hatte sich getäuscht. Und Cyrus auch. Ich hasse sie nicht. Ich verachte ihre Schwäche, ihren Betrug. Aber ich kann ihnen verzeihen. Cyrus hebt den Fuß und kickt gegen das Gras. Ich kenne diese Geste, mein Vater tat es auch immer, wenn er nachdachte oder frustriert war.

»Wir waren alle schuldig, Al«, sagt er. »Wir haben es alle gewußt.«

Ich steuere das Boot mit Vollgas in die seichten Gewässer bei Woman Key und bemühe mich, den Rumpf möglichst weit aus dem Wasser zu halten. Etwa eine Stunde nachdem ich in See gestochen bin, entdecke ich die beiden aufgebaggerten Hügel und navigiere das Boot in die kleine Bucht. Das Heck liegt schon tief im Wasser. Ich ziehe die Diskette aus der Hosentasche und versenke sie im Gewässer. Ihre schillernde Oberfläche schimmert wie ein silbriger Fisch, als sie auf den Grund trudelt. Wer auch immer diese Daten haben möchte, muß sie sich selbst besorgen. Ich werde ihm nicht dabei helfen.

Einmal haben Joey und ich in einem Anfall gieriger Lust die Blüten eines Orangenbaums abgezupft und auf dem Laken meines Bettes verstreut. Wir nahmen die weißen Blütenblätter in unseren Mund und legten sie mit der Zunge auf die Lippen des anderen.

Ich zerreiße die Computerausdrucke in kleine Schnipsel und streue sie über die Wellen. Bildausschnitte und Wortfetzen treiben über die Bucht. Gewalt. Befriedung, im Einsatz verschollen. Gregory, Darnell, Joseph. Ich hebe die Urne meines Vaters hoch und zerschmettere sie am Rumpf des Bootes. Graue Flocken rieseln ins Wasser.

Wie soll man den Duft von Orangenblüten beschreiben, die Verführung, die wachsende Begierde, ihn ganz in sich aufzusaugen? Ich schmiegte damals meine Nase in die Neigung an Joeys Rückgrat, in das reiche Tal der Düfte.

Der Bug des Bootes hebt sich aus dem Wasser. Ich lasse den Motor wieder an und nehme Kurs auf tieferes Gewässer. Die Schraube kratzt über feinen Sand. Felsen und Seetang streifen den Rumpf. Ich steuere eine Stelle an, wo das blasse Blau in einen dunklen Streifen tiefen Wassers übergeht.

Als ich im Golf die Konturen von Woman Key ausmache, stoppe ich das Boot, nehme das Funkgerät aus seiner Verankerung und stelle die Frequenz der Küstenwache ein. Gedämpftes Rauschen dringt aus dem Lautsprecher. Ich klicke auf Sendung und gebe meinen Notruf durch.

»Hier spricht Alison Kerry«, sage ich, gebe meine Position und die Registriernummer des Bootes an und warte auf eine Bestätigung.

Salzwasser schwappt über das Heck. Ich schlüpfe in Taucheranzug und Flossen, binde mir den Bleigürtel um, und befestige die wasserdichte Tasche mit dem Geld und Paß an meiner Weste. Das Boot bebt ein letztes Mal, jetzt ragt der Bug senkrecht in den Himmel. Ich stoße mich vom Deck ab und lasse mich fallen.

Direkt unter der Wasseroberfläche schwärmen Barrakudas um das sinkende Schiff, unzählige Augenzeugen. Ich greife nach meiner Kompaßleine und versuche, mich zu orientieren. Bis nach Woman Key schwimmt man von hier aus eine gute Stunde. Ich paddle voran, meine Arm- und Beinmuskeln arbeiten gegen den elastischen Widerstand des Wassers an. Unter mir öffnet sich der schwindelerregende Abgrund des Meeres.

Wie soll man die Grenze definieren, die Gewalt von Begehren und Begehren von Liebe trennt? Man müßte zu dem Orangenbaum gehen, unter seinen Zweigen stehen und den durchdringenden Duft der Blüten riechen. Ich blicke zum Rumpf des Bootes zurück, der in den Sand sinkt, der Schlick umspült bereits die Kajüte.

Den ganzen Nachmittag bis in den Abend kreuzen Rettungsboote und Hubschrauber über der Stelle, wo ich untergegangen bin. Nach Sonnenuntergang gleiten die Lichtkegel ihrer Suchscheinwerfer über das Wasser und durchkämmen die Korallenschichten der nahe gelegenen Inseln. Ich sitze gut versteckt in der Deckung der dichten Mangrovenwurzeln, die Woman Key säumen, und lausche dem Knattern der Rotorblätter in der Luft über mir. Die breite Sichel des Mondes taucht aus dem Meer und wirft einen langen Lichtstreifen auf das Wasser. Es ist schon nach drei, als sie aufgeben. Bis Tagesanbruch können sie nichts mehr tun.

Ich höre Chloe, lange bevor ich sie sehe. Sie kommt von Norden und fliegt ohne Licht. Das Summen des Motors erhebt sich klagend in die reine Stille. Sie brummt einmal um die Insel und zieht eine Schleife nach Süden. Sternenlicht fällt auf den Rand ihrer Kufen. Ich schalte meine Taschenlampe an und schwenke sie einmal durch die Luft. Chloe geht tiefer und landet auf dem Wasser.

Morgen werden sie wiederkommen, mit weiteren Booten und Flugzeugen. Wenn ich Glück habe, werden sie übermorgen aufgeben und davon ausgehen, daß ich ertrunken bin.

Ich ziehe meine Taucherausrüstung aus dem brackigen Wasser und stolpere über den Strand. Chloe öffnet die Tür ihres Flugzeugs. Sie winkt mir zu, ihre Umrisse sind im grünlichen Licht der Instrumententafel deutlich zu erkennen.

Ein Navigationsfehler, werden sie sagen. Sie werden der langen Spur über die flachen Gewässer folgen, die die Schraube in den Meeresboden gegraben hat. Sie werden den beschädigten Schiffsrumpf finden und den Riß am Heck entdecken, den Riß, den mein Vater nie geflickt hat.

Ich zerre meine Ausrüstung hinter mir her. Die Brandung kräuselt sich sanft um meine Hüften. Chloe streckt ihre Hand aus, und ich gebe ihr den Taucheranzug und die Sauerstoffflaschen. Dann klettere ich in das Flugzeug.

»Alles in Ordnung?« fragt Chloe und reicht mir ein Handtuch. Ich ziehe die Tür zu und nicke.

Das Flugzeug gleitet über das Wasser und hebt ab. Ich presse die Stirn an das klappernde Fenster und blicke auf den kleiner werdenden Bogen aus Lichtern herab, der die Keys markiert. Ich schließe die Augen und stelle mir vor, wie die unzähligen Kanäle unter mir in die drängende Strömung des Golfstroms münden, ich kenne ihre subtilen Farbschattierungen, wenn das Wasser tiefer wird. Diese Unterwasserlandschaft ist mir so vertraut wie die Hand meines Vaters auf meinem Rücken, seine Finger, die über meine Wirbel gleiten.

Wie soll man die Unregelmäßigkeiten erklären, das rätselhafte System, nach dem sich Untiefen und Strömungen formen? Ich habe es mein Leben lang studiert. Und trotzdem ist der Ozean ein geheimnisvoller Kosmos, hinter den wir nie schauen können. Als ich die Diskette losgelassen habe, ist sie für einen Moment auf dem Wasser geschwommen, als wollte ihr Geheimnis der Schwerkraft trotzen.

Sie werden an ein gewaltsames Ende meines Lebens glauben, sich den kräftigen Kiefer eines Hais vorstellen, der sich in mein Fleisch gräbt oder den scharfen Schnabel eines Fregattenvogels, der meine Haut durchbohrt.

Sie werden denken, ich hätte mich verirrt. Ich bin mir sicher, daß das nie passieren könnte.

Für ihre wertvolle Hilfe danke ich folgenden Personen:

Nat Sobel, meinem Agenten, für seine Unterstützung und sein Vertrauen in meine Arbeit. Rachel Klauber-Speiden, meiner Lektorin, sie ist die beste Kritikerin, die sich eine Autorin wünschen kann. Jack Macrae für seine Geduld. Martin Duffy, dessen Geschichten mich inspirierten. Meiner Großmutter, die wirkliche Jeannette Decker, für ihre Klugheit und Würde. Christine Gallagher, Libby Lawson, Ken Stubblefield, Meredith Norton, Dave Clark, Gary Berg, und Mike McCarthy für ihre Freundschaft und die vielen anregenden Gespräche. Dennis Kempe, der mir die nötige Ruhe in meinem Leben ermöglichte.

Ich möchte auch meinem Vater, John Siler, danken, durch den ich die Liebe zu meinem Land und zur Sprache gefunden habe.

Besonderer Dank gilt auch meiner Mutter, Jocelyn Siler, für ihr Vorbild und ihre Freundschaft. Ihr unerschütterliches Vertrauen in mich hat alles möglich gemacht.

PATRICIA CORNWELL

Im New Yorker Central Park wird die Leiche einer Frau gefunden. Bald wird klar, daß der Serienmörder Gault der Täter ist.
Und er hat es eigentlich nur auf ein Opfer abgesehen: Kay Scarpetta ...

43536

DEBORAH CROMBIE

Brillante Unterhaltung für alle Fans von
Elizabeth George und Martha Grimes

42618

43229

43209

44091

GOLDMANN

THE NOBLE LADIES OF CRIME

Diese Autorinnen wissen bestens Bescheid über die dunklen Labyrinthe der menschlichen Seele...

43761

43577

44225

41393

GOLDMANN

GOLDMANN

*Das Gesamtverzeichnis aller lieferbaren Titel erhalten Sie
im Buchhandel oder direkt beim Verlag.
Nähere Informationen über unser Programm erhalten Sie auch im Internet unter:*
www.goldmann-verlag.de

★

Taschenbuch-Bestseller zu Taschenbuchpreisen
– Monat für Monat interessante und fesselnde Titel –

★

Literatur deutschsprachiger und internationaler Autoren

★

Unterhaltung, Kriminalromane, Thriller
und Historische Romane

★

Aktuelle Sachbücher, Ratgeber, Handbücher und
Nachschlagewerke

★

Bücher zu Politik, Gesellschaft, Naturwissenschaft und Umwelt

★

Das Neueste aus den Bereichen
Esoterik, Persönliches Wachstum und Ganzheitliches Heilen

★

Klassiker mit Anmerkungen, Anthologien und Lesebücher

★

Kalender und Popbiographien

★

Die ganze Welt des Taschenbuchs

★

Goldmann Verlag • Neumarkter Str. 18 • 81673 München

Bitte senden Sie mir das neue kostenlose Gesamtverzeichnis

Name: _____

Straße: _____

PLZ / Ort: _____